아르센 뤼팽 전집 15

초록 눈의 아가씨

Arsène Lupin

아르센 뤼팽 전집 **15**

초록 눈의 아가씨 │ 모리스 르블랑

La Demoiselle aux yeux verts

│ 양진성 옮김

황금가지

차례

초록 눈의 아가씨

서문 · 9

그리고 파란 눈의 영국 여인 · 11

수사 · 34

어둠 속의 입맞춤 · 48

B 백작의 저택을 털다 · 72

인명 구조견 · 89

나뭇잎 사이로 · 106

지옥의 문 · 132

전투의 전략과 준비 · 150

우릴 구하러 오는 사람이 보이지 않니, 안? · 172

행동보다 가치 있는 말 · 199

피 · 219

차오르는 물 · 244

어둠 속에서 · 267

청춘의 샘 · 285

단편 암염소 가죽을 쓴 사나이 · 299

초록 눈의 아가씨

서문

모리스 르블랑은 오베르뉴 지방에 두 차례 머물면서 이 소설을 구상했다. 그는 1923년 가을에는 샤말리에르에, 그 다음해 가을에는 비시에 있는 테르말 팰리스 호텔에 머물렀다.

이 소설은 1926년 12월 8일부터 1927년 1월 18일까지《르 주르날》지에 연재되었다. 출간되자마자 8,000부가 동이나 그해 7월에 3,000부, 8월에 6,000부를 재출간해야 했다. 이 소설의 광고 문구는 이러했다. 「아르센 뤼팽의 흥미진진한 모험을 다룬 시리즈는 계속해서 성공을 거두고 있다. 모리스 르블랑은 아르센 뤼팽을 영원 불멸의 인물로 만드는 데 성공했다」

그리고 파란 눈의 영국 여인

라울 드 리메지 남작은 큰길가를 산책하고 있었다. 눈부신 4월, 파리에서 펼쳐지는 멋진 광경을 바라보며 발랄한 분위기를 느끼는 것만으로도 행복해하는 사람처럼 그의 발걸음은 무척이나 가벼웠다. 라울은 보통 키에 늘씬한 몸매였으며 강단도 있어 보였다. 팔 위쪽은 이두박근 때문에 소매가 불룩 튀어나와 있었고 허리는 가늘고 유연해서 상반신이 더욱 두드러져 보였다. 재단 상태나 색상에서 그가 옷을 신중하게 고른 흔적이 엿보였다.

체육관 앞을 지날 무렵, 라울은 옆에서 걷고 있던 남자가 한 여자를 뒤따라가고 있다는 느낌을 받았다. 자세히 지켜보니 정말이었다.

라울은 남자가 여자를 쫓아다니는 것만큼 우습고 재미있는 일도 없다고 생각했다. 그래서 그는 여자를 따라가는 남자를 쫓아가 보기로 했다. 이렇게 해서 세 사람은 적당한 거리를 유지하며 산책을 계속했다. 거리는 매우 소란스러웠다.

앞서 걸어가는 남자는 여자가 의심하지 않도록 매우 신중하게 행동했기 때문에 라울 역시 온갖 경험을 총동원해 그의 동태를 살펴야 했다. 라울 드 리메지도 사람들 틈에 섞여 조심스럽게 행동했다. 그는 두 사람을 모두 시야에서 놓치지 않기 위해 애쓰면서 걸음을 옮겼다.

남자의 뒷모습을 보니 정확하게 탄 가르마와 단정한 옷차림이 유난히 돋보였다. 검은 머리카락에는 기름칠이 되어 있었고 흐트러짐 없는 옷차림으로 넓은 어깨와 큰 키가 더욱 강조되어 보였다. 앞모습도 나무랄 데가 없었다. 수염은 잘 손질되어 있었고 피부는 싱싱한 분홍빛이었으며 나이는 서른 살 정도로 보였다. 그의 걸음걸이는 자신감에 차 있었고 몸짓에는 거드름이 배어 있었다. 그리고 얼굴에서는 왠지 저속한 분위기가 풍겼다. 손에는 반지를 여러 개 끼고 있었으며 입에 물고 있는 담배 필터 끝 부분은 금장식이 되어 있었다.

라울은 서둘렀다. 키가 늘씬한 영국 여자는 귀족적인 분위기와 당당한 자태가 돋보였다. 보도 위를 걷고 있는 그녀의 다리는 날씬했으며 발목도 가늘었다. 얼굴은 파란 눈과 풍성한 금발 덕분에 더욱더 아름다워 보였다. 지나가는 사람들이 걸음을 멈추고 감탄사를 내뱉으며 뒤를 돌아볼 정도였다. 하지만 그녀는 사람들의 이 같은 찬사에는 무관심한 모양이었다.

〈젠장, 뭐 저렇게 콧대 높은 여자가 다 있담! 아무리 봐도 여자가 저 남자는 거들떠보지도 않을 것 같은데! 저자는 뭘 하려는 거지? 의처증이라도 있는 남편인가? 청혼했다가 거절당한 사람일까? 아니면 저 여자와 잘해 보려고 따라다니는 날라리일까? 그

12

래, 그럴 거야. 저자는 가진 거라고는 돈밖에 없고 자기가 멋있는 줄 착각하고 사는 그런 인간일 거야.〉

오페라 광장에는 차들이 어지럽게 다니고 있었지만 그 여자는 아랑곳하지 않고 길을 가로질러 건너갔다. 마차 한 대가 그녀의 앞을 막으려고 했다. 그녀는 조용히 말고삐를 잡아 마차를 멈췄다. 마부는 화가 나서 자리에서 뛰어내렸고 그녀의 코앞에 대고 욕을 퍼부었다. 그녀가 마부의 코에 주먹을 날리자 마부는 코피를 쏟았다. 경찰이 다가와 무슨 일이냐고 물었지만 그녀는 뒤돌아서서 아무 일도 없었다는 듯 멀어져 갔다.

오베르가에 이르렀을 때, 마침 두 아이가 싸움을 하고 있었다. 그녀는 아이들의 멱살을 잡아 둘을 떼어 내고 나서 금화 두 개를 던져 주었다.

그녀는 오스만 대로에서 제과점으로 들어갔다. 라울은 멀찌감치 떨어져서 그녀가 탁자에 앉는 모습을 지켜보았다. 그녀를 따라온 남자는 안으로 들어가지 않았다. 라울은 제과점으로 들어가서 그녀가 눈치 채지 못하게 살며시 자리에 앉았다.

여자는 차와 토스트 네 쪽을 주문해서 아름다운 치아를 드러내며 허겁지겁 먹었다.

주위 사람들이 그녀를 쳐다보았다. 하지만 그녀는 아랑곳하지 않고 음식을 먹은 후, 토스트 네 쪽을 더 주문했다.

그때 또 한 명의 아가씨가 라울의 눈에 들어왔다. 그녀는 좀더 멀리 떨어진 곳에 앉아 있었는데, 영국 여자처럼 금발 머리에 물결무늬 머리띠를 하고 있었다. 옷은 영국 여자의 것보다 좋아 보이지 않았지만 파리 여성 특유의 감각이 느껴졌다. 그녀는 가난해 보이는 아이들 세 명에게 과자와 석류 주스를 먹이고 있었다.

14

문 앞에서 그 아이들을 만난 모양이었다. 반짝이는 눈으로 입가에 크림을 묻히면서 과자를 먹는 아이들의 모습을 보고 그녀는 무척 기뻐했다. 아이들은 입 안 가득 음식을 넣고 먹기에 바빠 아무 말도 하지 않았다. 그녀는 그 아이들보다 더 아이처럼 해맑은 웃음을 지으며 말했다.

「뭐라고 말해야지? 더…… 크게……. 안 들려……. 아냐, 난 아줌마가 아냐……. 〈고맙습니다, 누나.〉라고 해야지……」

라울 드 리메지는 곧 두 가지에 매료되고 말았다. 발랄하고 행복해 보이는 자연스러운 표정, 그리고 금빛을 머금은 커다란 비취색 초록 눈동자……. 그 눈을 한번 바라보면 절대 딴 곳으로 시선을 돌릴 수 없을 것 같았다.

보통 초록 눈동자를 가진 사람들은 좀 이상하고 우울해 보이거나 사색에 잠긴 듯이 보인다. 하지만 그녀의 눈에서는 강렬한 삶의 빛이 느껴졌다. 이런 느낌은 그녀의 눈에서만 나오는 게 아니었다. 짓궂어 보이는 입, 조금씩 움직이는 콧구멍, 웃을 때 드러나는 보조개…….

「저런 사람은 극도의 기쁨, 아니면 지나친 고통을 맛볼 뿐, 그 중간의 감정은 느끼지 않지……」

라울은 갑자기 그녀의 기쁨을 배로 키워 주고 고통은 반감시켜 주고 싶다는 욕구를 느꼈다.

그는 영국 여자 쪽으로 고개를 돌렸다. 그녀는 좌우가 완전히 대칭되고 균형 잡힌, 말 그대로 완벽한 미인이었다. 하지만 그의 표현대로 〈초록 눈의 아가씨〉가 훨씬 더 매력적이었다. 감탄을 자아낼 만큼 아름다운 여자가 앞에 있는데도 그는 또 다른 여자에 대해서 더 알고 싶고, 비밀을 캐내고 싶은 욕구가 생기기 시작했다.

　그는 초록 눈의 아가씨가 계산을 마치고 세 아이와 함께 밖으로 나가자 망설이기 시작했다. 그녀를 따라갈까? 아니면 이곳에 남을까? 내 마음이 어느 쪽으로 기울어질까? 초록 눈? 파란 눈?

　그는 서둘러 일어나서 계산대에 돈을 던지며 밖으로 뛰어나갔다. 그의 마음은 초록 눈 쪽으로 기울었다.

　밖에서는 예기치 못한 광경이 벌어지고 있었다. 초록 눈의 아가씨가 도로 위에서 머릿기름을 바른 그 날라리와 이야기를 하고 있지 않은가! 겨우 30분 전에는 수줍은 애인이거나 질투심 많은 애인이라도 되는 듯이 영국 여자를 따라다니던 그 날라리와 말이다. 두 사람은 토론이라도 벌이는 것처럼 열띤 대화를 나누고 있었다. 여자는 지나가려고 하는데 그 날라리가 길을 막고 있는 모양이었다. 라울은 예의가 아니긴 하지만 둘 사이에 끼어들어야겠다고 생각했다.

하지만 그는 타이밍을 놓치고 말았다. 택시 한 대가 제과점 앞에 멈춰 서더니 택시에서 내린 남자가 서둘러 달려왔다. 그는 지팡이를 들어 머릿기름을 바른 날라리의 모자를 날려 버렸다.

날라리는 어안이 벙벙해서 잠시 뒤로 물러섰다. 주위에서 사람들이 몰려들었지만 날라리는 아랑곳하지 않고 택시에서 내린 남자에게 달려들었다.

「미쳤군! 미쳤어!」

택시에서 내린 남자는 날라리보다 키도 작고 나이도 더 많았다. 그는 방어 자세를 취하려다가 다시 지팡이를 들어올리며 소리쳤다.

「내가 내 딸에게 말을 걸지 말라고 했잖아! 난 저 애의 애비야. 이런 역겨운 놈 같으니라고, 역겨운 놈!」

두 남자 모두 증오심에 치를 떨고 있었다. 욕을 먹은 날라리는 나이 든 남자에게 달려들 준비를 하고 있었고 초록 눈의 아가씨는 아버지의 팔을 잡고 택시로 끌고 가려 했다. 날라리는 두 부녀를 떼어놓고 나이 든 남자의 지팡이를 빼앗았다. 그런데 갑자기 두 사람 사이로 모르는 남자의 얼굴이 불쑥 들어왔다. 묘한 얼굴이었다. 남자는 오른쪽 눈을 신경질적으로 깜박거리고 있었으며 찡그린 표정 때문에 삐뚤어진 입에 담배 한 개비를 물고 있었다.

이렇게 끼어든 남자는 바로 라울이었다. 그는 잠긴 목소리로 말했다.

「불 좀 빌립시다」

정말 때를 잘못 맞춰도 한참 잘못 맞춘 것 같았다. 이 불청객은 대체 뭘 하자는 건가?

날라리는 화를 내며 말했다.

「날 좀 가만 내버려두시오. 불 같은 건 없소」

「불이 없다뇨? 조금 전에 담배를 피우시지 않았습니까?」

날라리는 불청객을 떼어 내려고 했다. 하지만 불청객을 떼어 내기는커녕 팔조차 움직일 수가 없었다. 날라리는 고개를 숙여 보았다. 그러나 그 불청객이 두 손으로 자기 손목을 잡고 있어서 전혀 움직일 수가 없다는 사실을 알고는 깜짝 놀랐다. 스패너로 조여도 이렇게까지 팔이 마비되지는 않을 것 같았다. 그 불청객은 끈질기게 말했다.

「불 좀 빌립시다. 빌려 주지 않겠다고 하시면 전 정말 마음이 아플 겁니다」

주위에 몰려든 사람들이 웃음을 터뜨렸다. 날라리는 흥분해서 소리쳤다.

「날 좀 가만히 내버려두란 말이야! 불이 없다고 말했잖아」

불청객 남자는 우울한 표정으로 고개를 저었다.

「정말 불친절하시군요. 그렇게 공손하게 부탁하는데 불도 빌려 주질 않으시다뇨. 하지만 뭐 그렇게까지 호의를 베풀기가 싫으시다면……」

그가 잡았던 손을 놓자 날라리는 서둘러 달려갔다. 하지만 초록 눈의 아가씨와 그녀의 아버지는 이미 택시를 타고 출발한 뒤였다.

라울은 그가 달려가는 모습을 지켜보며 말했다.

「헛수고로군. 누군지도 모르는 아름다운 아가씨를 돈키호테처럼 따라가다가 결국 그녀는 사라져 버리고 이름도 주소도, 아무것도 알아낸 게 없군. 다시 찾을 수는 없겠지? 그렇다면……?」

그렇다면 이제 영국 여자 쪽으로 되돌아가야겠다는 생각이 들었다.

영국 여자도 소동을 지켜본 모양이었다. 그녀는 소동이 끝나자 돌아서서 멀찌감치 걸어가고 있었다. 라울은 그녀를 따라갔다.

라울 드 리메지는 과거와 미래 사이에 정지된 시간에 있었다. 그의 과거는 온통 모험으로 가득 차 있었고 미래도 마찬가지일 것이다. 그 중간에는 아무것도 없다. 그렇게 살아온 인물이 서른 네 살이 되면 운명의 열쇠를 쥐고 있는 건 역시 여자라는 생각을 하게 된다. 초록 눈이 사라져 버렸으니 또다시 파란 눈의 광채를 좇아 불확실한 걸음을 옮기는 수밖에……

그런데 다시 여자를 뒤따라 가려다 보니 머릿기름을 바른 날라리가 또 눈에 띄었다. 날라리도 한쪽에서 버림받자 다른 쪽으로 고개를 돌렸는지, 다시 그 여자의 뒤를 쫓고 있었다. 그래서 다시 세 사람의 산책이 시작되었다. 영국 여자는 여전히 이들의 미행을 눈치 채지 못하고 있었다.

그녀는 사람 많은 보도를 따라 걸으면서 진열창에만 관심을 기울일 뿐, 자신을 향해 쏟아지는 감탄 어린 눈길에는 전혀 관심을 보이지 않았다. 그녀는 마들렌 광장을 지나 루아얄가, 생토노레가를 거쳐 콩코르디아 호텔로 갔다.

날라리는 걸음을 멈췄다가 100보 정도 걸어가서 담배를 한 갑 샀다. 그러고는 호텔로 들어갔고 라울은 밖에서 그가 경비원과 이야기하는 모습을 지켜보았다. 날라리는 3분 후 호텔 문을 나섰다. 라울도 경비원에게 다가가 파란 눈의 영국 여자에 대해 뭘 좀 물어보려고 했다. 하지만 그 순간 여자가 입구에서 나와 택시에 올라탔다. 짐꾼 한 명이 그녀의 짐을 들고 나와 차에 실어 주었다. 그렇다면 여행을 떠나는 것일까?

「저 택시를 따라갑시다」

라울은 다른 택시를 잡아타고 말했다.

영국 여자는 쇼핑을 하고 8시에 파리 리옹 역에 내렸다. 그러고는 역 구내식당에 자리를 잡고 음식을 주문했다.

라울은 멀찍이 떨어져 앉았다.

그녀는 저녁 식사를 마치고 담배를 두 대 피웠다. 그리고 9시 30분경이 되자 쿡 사의 창구로 가서 열차표와 수화물 표를 받았다. 9시 46분이 되자 그녀는 급행열차에 올라탔다.

「저 여자의 이름을 알려 주면 50프랑을 드리겠소」

라울은 직원에게 돈을 내밀며 말했다.

「베이크필드 양입니다」

「어디로 간답니까?」

「몬테카를로요. 5번 객차에 타셨습니다」

라울은 생각에 잠겼다가 결정을 내렸다. 파란 눈의 아가씨라면 충분히 따라갈 가치가 있었다. 그리고 파란 눈의 아가씨를 쫓다가 초록 눈의 아가씨를 알게 되었으니 영국 여자를 통해 그 날라리를 다시 만나고 또 그 날라리를 통해 초록 눈의 아가씨를 다시 만나게 될지도 모르는 일이었다. 라울은 몬테카를로 행 열차표를 끊고 서둘러 승강장으로 달려갔다.

영국 여자는 열차의 계단을 올라가 자기 자리를 찾고 있었다. 잠시 후, 창문 안쪽에서 망토를 벗고 있는 모습이 보였다.

기차에는 사람이 많지 않았다. 이때는 전쟁이 일어나기 몇 해 전 4월 말경이었는데, 급행열차는 침대칸이나 식당칸이 없어 무척 불편했다. 그래서 승객이라고는 일등석으로 남 프랑스까지 여행하는 사람들 몇 명밖에 없었다. 라울은 5번 객차의 맨 앞쪽에 앉아 있는 승객 둘밖에 보지 못했다.

그는 5번 객차와 멀리 떨어진 곳까지 걸어가서 베개 두 개를 빌리고 이동 서점에서 신문과 작은 책을 한 권 샀다. 출발 신호가 들리자 그는 지금 막 도착한 사람처럼 3번 객차의 계단을 뛰어올라 열차에 탔다.

영국 여자는 창가 자리에 혼자 앉아 있었다. 그는 그녀 맞은편 복도 쪽 의자에 자리를 잡고 앉았다. 그녀는 고개를 들어 수화물 표도, 가방도 들고 있지 않은 불청객을 살펴보았다. 그리고는 별 관심 없다는 듯 무릎 위에 초콜릿 상자를 꺼내 놓고 초콜릿을 먹기 시작했다.

승무원 한 명이 지나가며 표를 검사했다. 열차는 교외 쪽으로 빠르게 달리고 있었다. 파리의 불빛이 멀어져 갔다. 라울은 건성으로 신문을 뒤적였지만 관심을 끄는 기사가 없어 도로 접어 놓았다.

〈아무 사건도 일어나지 않았군. 흥미진진한 범죄도 없고…….
저 아가씨가 훨씬 더 구미가 당기는걸!〉

한정된 작은 공간에서 모르는 여자, 그것도 아름다운 여자와 함께 밤을 보내고 바로 옆에서 잠들 수 있게 되다니……! 그에게는 이런 일 모두가 흥미진진한 모험이었다. 그러니 이 순간에 책을 읽고 사색에 잠겨 있다거나 여자를 몰래 훔쳐보거나 하는 일은 모두 시간 낭비가 아니겠는가!

그는 여자 쪽으로 한 칸 다가가 앉았다. 영국 여자도 옆 승객이 자기에게 말을 걸려고 한다는 사실을 알아차렸을 것이다. 하지만 그녀는 그에게 눈길조차 주지 않았다. 라울은 여자와 관계를 트기 위해 순전히 혼자서 모든 노력을 기울여야 했다. 하지만 그는 전혀 거북해하지 않고 최대한 예의 바르게 말을 걸었다.

「실례인 줄은 압니다만, 한 가지 사실을 알려 드릴까 합니다. 댁에게는 중요한 일일지도 모르니까요. 잠깐 몇 마디만 해도 괜찮을까요?」

그녀는 초콜릿 한 개를 집어들었다. 그러고는 고개도 돌리지 않고 짧게 대답했다.

「몇 마디라면 괜찮아요」

「저, 부인……」

그녀가 정색을 했다.

「전 미혼이에요.」

「아, 실례했습니다. 아가씨, 전 우연히 어떤 남자가 하루 종일 수상하게 아가씨를 미행하는 모습을 보았습니다. 그러고……」

그녀는 라울의 말을 가로막았다.

「프랑스 남자가 이렇게 예의 없이 접근하다니 정말 놀랍군요. 댁이 절 따라다니는 남자를 감시할 의무는 없잖아요」

「그 남자가 수상해 보여서……」

「저도 아는 사람이에요. 작년에 소개로 알게 된 사람이죠. 적어도 마레스칼 씨는 멀리서 조심스럽게 절 따라다녔고 제가 탄 객차에까지 들어오지는 않았다고요」

라울은 움찔했다.

「브라보, 정통으로 한 방 맞았군요. 할 말이 없습니다」

「그럼 다음 역까지 아무 말씀도 하지 말고 가세요. 그리고 거기서 내리시는 게 좋겠네요」

「유감입니다. 전 일 때문에 몬테카를로로 가는 중이거든요」

「제가 거기로 간다는 사실을 알고 만들어 낸 일이겠죠」

라울은 확실하게 말했다.

「아닙니다, 아가씨……. 당신을 오스만 대로에 있는 제과점에서 본 뒤부터 생각한 겁니다」

여자는 바로 반격에 들어갔다.

「아니에요. 제과점 앞에서 싸움이 벌어진 후에 초록 눈의 아가씨를 놓치지 않았다면 그 여자를 따라갔겠죠. 하지만 그 여자가 사라지고 나니까 당신이 수상하다고 말한 그 남자처럼 다시 제 뒤를 따라온 겁니다. 처음엔 콩코르디아 호텔로, 그리고 역 구내 식당으로……」

라울은 더욱 흥미가 생겼다.

「제 행동 하나하나까지 놓치지 않고 살펴보셨다니 정말 기쁘군요」

「전 세세한 부분도 놓치지 않아요」

「그렇군요. 그럼 제 이름도 알고 계십니까?」

「라울 드 리메지, 탐험가, 최근에 티베트와 중앙아시아를 다녀오셨죠」

라울은 놀라움을 감출 수가 없었다.

「점점 더 기분이 좋아지는군요. 어떻게 조사를 하셨는지 여쭤봐도 될까요?」

「조사한 적은 없어요. 하지만 열차가 출발하기 직전에 짐도 없이 헐레벌떡 뛰어든 남자를 보면 그 사람을 관찰하는 게 당연하겠죠. 그런데 댁이 작은 책에 명함을 대고 두세 쪽을 자르시더군요. 전 그 명함을 보았고요. 그래서 최근에 읽었던 라울 드 리메지에 대한 인터뷰 기사가 생각났어요. 마지막 탐험에 대한 인터

뷰였죠. 뭐, 간단한 일이죠」

「아주 간단하군요. 하지만 그러려면 날카로운 눈이 필요하죠」

「그럼요, 제 눈은 아주 날카로워요」

「하지만 계속 초콜릿 상자만 내려다보고 계시지 않았습니까? 초콜릿을 열여덟 개째 드시고 있고요」

「뭔가를 보기 위해 꼭 고개를 들어야 하는 건 아니에요. 어떤 사실을 알아내기 위해 반드시 생각이 필요한 것도 아니고요」

「뭘 알아낸다는 말씀이시죠?」

「댁의 본명이 라울 드 리메지가 아니란 사실이요」

「이럴 수가……!」

「그게 아니라면 모자 안쪽에 H와 V란 머리글자가 새겨져 있을 리가 없으니까요. 친구의 모자를 빌려 쓴 게 아닌 다음에야……」

라울은 초조해지기 시작했다. 그는 결투를 할 때 상대방이 계속해서 우위를 점하는 상황을 좋아하지 않았다.

「그럼 H와 V가 무슨 이름의 약자라고 생각하십니까?」

그녀는 열아홉 개째 초콜릿을 깨물며 무심한 말투로 대답했다.

「H와 V가 이름의 머리글자로 함께 쓰이는 경우는 아주 드물어요. 우연히 그런 머리글자를 보면 저도 모르게 전에 한번 보았던 이름이 생각나죠」

「어떤 이름이었는지 여쭤 봐도 될까요?」

「댁한테 말해 봐야 소용없을 걸요. 모르시는 이름일 테니까요」

「그래도 말씀해 보시죠……?」

「오라스 벨몽」

「오라스 벨몽이 누굽니까?」

「오라스 벨몽은 어떤 사람의 수많은 가명 중 하나예요」

「그게 누구죠……?」

「아르센 뤼팽」

라울은 웃음을 터뜨렸다.

「그럼 제가 아르센 뤼팽이겠군요?」

그녀는 정색을 하며 말했다.

「무슨 말씀이세요? 전 단지 당신 모자에 새겨진 이니셜을 보면서 생각난 얘기를 한 것뿐이에요. 그런데…… 이것도 어처구니없는 생각이겠지만요. 라울 드 리메지란 이름은 아르센 뤼팽의 또 다른 가명인 라울 당드레지와도 매우 비슷하군요」

「정말 놀라운 말이군요. 하지만 제가 영광스럽게도 아르센 뤼팽이라면 아가씨 앞에서 이렇게 바보처럼 행동하진 않겠죠. 정말 놀라운 솜씨로 순진한 리메지를 놀리시는군요!」

그녀는 그에게 상자를 내밀었다.

「댁의 패배를 위로하는 뜻에서 초콜릿을 하나 드리죠. 전 이제 잠 좀 자야겠어요」

「여기서 대화를 끝내자는 말씀이십니까?」

그는 애원하듯 말했다.

「전 순진하신 리메지 씨에게는 관심이 없어요. 하지만 다른 이름으로 자신을 감추려고 하는 사람들을 보면 의구심이 들어요. 그 이유가 뭘까요? 어째서 자신의 모습을 감추려고 하는 거죠? 뭐, 별 쓸데없는 호기심일 뿐이겠죠……」

「베이크필드라면 충분히 가질 수 있는 호기심이죠」

그는 진지한 목소리로 말한 뒤 덧붙였다.

「보시다시피 저도 아가씨의 이름을 알고 있습니다」

그녀는 웃으며 말했다.

「쿡, 창구의 직원도 알고 있고요」

「오, 제가 졌습니다. 하지만 곧 반격할 기회가 올 겁니다」

「기회는 기다리면 오지 않는 법이에요」

처음으로 그녀가 아름다운 파란 눈을 크게 뜨고 그를 똑바로 바라보았다. 그 순간, 라울은 온몸에 전율을 느꼈다.

라울이 중얼거렸다.

「신기할 정도로 아름답군……」

「조금도 신기할 것 없어요. 전 콘스탄스 베이크필드라고 해요. 아버지를 뵈러 몬테카를로로 가는 길이죠. 아버지께서는 저와 골프를 치려고 기다리고 계세요. 전 골프 말고도 운동을 즐기는 편이죠. 그리고 신문에 글을 기고해서 먹고 살아요. 말하자면 프리랜서죠. 리포터란 직업을 갖고 있어서 그런지 각계각층에 있는 유명인들의 최신 정보를 얻을 수가 있어요. 정부 부처 사람들, 장관, 재계 인사, 예술가, 그리고 유명한 도둑까지……. 그럼 만나서 반가웠어요」

그녀는 숄로 얼굴을 덮고 베개에 금발을 파묻었다. 그리고 담요를 어깨까지 덮은 다음 다리를 의자 위로 쭉 뻗었다.

라울은 도둑이라는 말에 소스라치게 놀랐다. 잠시 후, 몇 마디 말을 걸어 보았지만 여자는 아무 대답도 하지 않았다. 굳게 닫힌 문 앞에 서 있는 기분이었다. 가장 좋은 방법은 입을 다물고 반격할 기회를 노리는 일뿐이었다.

그는 뜻밖의 상황에 당황해서 조용히 구석에 앉아 있었다. 하지만 마음 깊은 곳에서는 희망이 부풀어 올랐다.

〈정말 독특하고 매력적이며 알쏭달쏭하면서도 거침없는 여자다. 어쩌면 이렇게 예리한 관찰력을 가질 수 있단 말인가! 나를

예리하게, 속속들이 파헤치지 않았는가! 그녀는 내가 저지른 작은 실수까지 놓치지 않았다. 머리글자라니……〉

그는 복도로 나가 모자를 잡고, 비단으로 된 안감을 뜯어 창밖으로 던져 버렸다. 그러고는 5번 객차로 돌아와 중간쯤에 자리를 잡은 다음, 베개를 양쪽에 대고 앉아 멍하니 공상에 잠겼다.

인생은 참 매력적이었다. 그는 젊었고 쉽게 벌어들인 돈으로 지갑을 두둑이 채우고 있었다. 또한 비상한 머릿속에는 돈을 벌어들일 아이디어와 구체적인 실행 계획이 수십 가지나 들어 있었다. 그리고 내일 아침이 되면…… 아름다운 아가씨가 잠에서 깨어나는 모습을 바라보게 될 것이다. 정말 가슴 설레는 일이 아닐 수 없었다.

그는 흐뭇한 마음으로 그녀를 생각했다. 그리고 반쯤 잠이 든 상태에서 아름다운 하늘빛 눈을 바라보고 있었다. 그런데 이상한 일이었다. 그 파란 눈이 조금씩 알 수 없는 색으로 바뀌더니 초록색 물빛으로 변해 버렸다. 그는 새벽 어스름에 자기를 바라보고 있는 저 눈이 영국 여자의 눈인지 파리 여자의 눈인지 도무지 알 수가 없었다. 파리 여자가 그를 향해 부드럽게 미소 짓고 있었다. 그러고 보니 그의 앞에서 잠자고 있는 여자는 파리 여자였다. 그는 입가에 미소를 띠고 조용히 잠이 들었다.

열차가 계속해서 덜커덩거리며 달리는 동안 그는 조금씩 깊은 잠으로 빠져들었다. 라울은 행복하게 파란 눈과 초록 눈 사이를 날아다니고 있었다. 평소에는 잠을 잘 때도 보초를 서듯이 부분적으로 신경이 깨 있었지만 그는 이번 여행이 너무나 즐거운 나머지 자신도 모르게 완전히 정신을 놓고 말았다.

그것이 실수였다. 열차에서, 특히 사람이 별로 없을 때에는 항상 조심해야 한다. 라울은 깊은 잠에 빠져 4번 객차와 연결된 통로의 문이 열리는 소리를 듣지 못했다. 복면을 쓰고 기다란 회색 작업복을 입은 사람 세 명이 5번 객차로 들어와 앞쪽에 멈춰 섰지만 라울은 기척도 느끼지 못했다.

또 다른 실수는 전등을 커튼으로 가려 놓지 않은 것이었다. 그렇게 했더라면 객차가 어두워서 범인들이 행동을 개시하기 위해 다른 전등을 켜야 했을 것이고 그렇다면 라울도 깜짝 놀라 잠에서 깼을 것이다.

결국 라울은 아무 소리도 듣지 못하고 아무것도 보지 못했다. 복면 강도 중 한 명은 손에 권총을 쥐고 보초병처럼 복도에 서 있었다. 다른 두 명은 신호를 주고받으면서 할 일을 나누고 주머니에서 곤봉을 꺼냈다. 한 명은 첫 번째 승객을 덮치고, 다른 한 명은 담요를 덮고 잠들어 있는 사람을 치기로 했다.

한 명이 낮은 소리로 공격 명령을 내렸다. 그의 목소리는 너무 작아 라울이 깨어났을 때는 이미 팔다리를 움직일 수 없는 상태였다. 저항해 봐야 소용없었다. 라울은 머리에 곤봉을 맞고 쓰러졌다. 그리고 누군가 자신의 목을 누르고 있다는 느낌을 받았고 언뜻 그림자 하나가 베이크필드를 향해 다가가는 모습을 보았다.

그때부터는 짙은 어둠 속에서 물에 빠진 사람처럼 허우적거려야 했다. 이 기괴하고 고통스러운 감각이 곧 의식의 표면으로 떠오르자 그는 비로소 현실 감각을 되찾았다.

누군가 그를 결박하고 거칠게 재갈을 물렸다. 그러고는 거친 천을 머리에 씌웠다. 복면을 한 자는 라울의 돈까지 모두 빼앗아 갔다.

목소리가 들렸다.

「좋아. 하지만 이건 전채 요리일 뿐이야. 다른 놈도 끈으로 묶었어?」

「곤봉으로 맞고 기절한 모양이야」

하지만 완전히 기절하지는 않은 모양이었다. 그 〈다른 놈〉은 욕을 하면서 마구 소란을 피워 댔다. 의자가 다 흔들릴 정도였다. 그러고는 비명소리가 들렸다……. 여자의 비명소리였다…….

다시 목소리가 들려왔다.

「젠장, 이런 빌어먹을 년! 날 손톱으로 할퀴었어. 물어뜯기까지……. 그런데 이 여자가 확실해?」

「제기랄! 그건 내가 물어볼 말이야」

「입부터 좀 다물게 해!」

그는 곤봉으로 여자의 입을 막았다. 여자의 목소리는 조금씩 사그라졌다. 비명소리가 작아지더니 딸꾹질 소리가 나고, 나중에는 신음소리가 들려왔다. 하지만 그녀는 계속해서 몸부림쳤다. 라울은 그녀가 악몽을 꾸며 가위에 눌린 사람처럼 저항하고 있다는 사실을 깨달았다.

하지만 곧 그런 움직임조차 멈추고 말았다. 복도 쪽에서 세 번째 목소리가 들려왔다. 거칠게 명령하는 남자의 목소리였다.

「멈춰……! 거기는 그만 놔 줘! 그런데 그 여자는 아직도 안 죽인 건가, 응?」

「이런, 정말 겁이 나는군……. 어쨌든 그 여자를 찾을 수 있을 거야.」

「멈춰! 쉿, D란 이름을 가진 여자는……」

라울과 베이크필드를 공격한 두 명이 밖으로 나갔다. 그들은 복도에서 말다툼을 했다. 라울은 다시 정신을 차리고 몸을 움직여 보았다.

그런데 또다시 목소리가 들려왔다.

「그래……. 더 멀리……. 객차 끝까지……. 더 빨리! 승무원이 올 거야……」

강도 중 한 명이 라울에게 몸을 기울였다.

「너! 움직이면 죽을 줄 알아. 얌전히 있어」

세 강도는 반대편 끝을 향해 멀어져 갔다. 라울은 그쪽에 승객 두 명이 있었다는 사실이 생각났다. 그는 끈을 풀고 턱을 움직여 재갈을 빼내려 애썼다.

옆에서는 영국 여자의 신음소리가 점점 더 작아지고 있어 마음이 아팠다. 그는 이 불행한 여자를 서둘러 구해야겠다는 생각에 있는 힘을 다해 끈을 풀려고 노력했다. 하지만 끈이 너무 꽉 조여 있어 매듭을 풀 수가 없었다.

라울의 눈을 가리고 있던 천이 잘 매여 있지 않았는지 곧 바닥으로 떨어졌다. 여자는 의자 위에 무릎과 팔꿈치를 대고 풀린 눈으로 그를 바라보고 있었다.

멀리서 총성이 들려왔다. 복면을 쓴 세 강도와 두 승객이 객차 끝 쪽에서 싸우고 있었다. 거의 동시에 강도 중 한 명이 손에 가방을 들고 뛰어갔다. 혼란스러워하는 몸짓이었다.

잠시 후, 열차가 속도를 늦췄다. 철로 보수 공사 때문인 듯했다. 강도들은 이때를 이용해 공격 시각을 정했음이 분명했다.

라울은 어찌할 바를 몰랐다. 그는 여전히 끈에 묶여 있고 입에는 재갈을 문 채로 여자에게 말했다.

「자, 제발……. 제가 돌봐 드리겠습니다……. 괜찮으십니까? 왜 그러십니까?」

강도들이 끈으로 여자의 목을 지나치게 조른 모양이었다. 여자의 얼굴에는 검은 반점이 피어올랐고 몸에는 경련이 일어나고 있었다. 질식 상태에서 나타나는 증상이었다. 라울은 그녀가 곧 죽으리라는 사실을 알 수 있었다. 그녀는 숨을 몰아쉬며 머리부터 발끝까지 심하게 떨고 있었다.

여자는 라울에게 몸을 기댔다. 거친 숨소리가 느껴졌다. 여자는 숨을 헐떡거리면서 영어로 몇 마디 말을 내뱉었다.

「저……. 저기……. 제 말 좀……. 이제 전 틀렸어요」

라울은 당황해서 말했다.

「아닙니다: 일어서려고 해 보세요. 경보기가 손에 닿을 겁니다」

그녀는 더 이상 힘이 없었다. 라울은 초인적인 힘을 발휘해 끈을 풀려고 했지만 행운의 여신은 그의 곁을 떠난 모양이었다. 늘 자신의 의지대로 일을 이끌어 가는 데에만 익숙했던 라울은 여자가 끔찍하게 죽어 가는 모습을 무기력하게 바라보고만 있자니 너무나 고통스러웠다. 사건은 그가 어떻게 할 수 없는 방향으로 흘러가고 있었고 그의 주위를 태풍의 소용돌이처럼 휘몰아치고 있었다.

복면을 쓴 두 번째 강도가 여행 가방과 권총을 들고 다시 지나갔다. 뒤에서는 세 번째 강도가 걸어오고 있었다. 저쪽에 있는 두 승객은 죽은 모양이었다. 열차는 보수 공사 지점을 지나느라 더욱더 속도를 늦췄다. 강도들은 조용히 사라질 준비를 하고 있었다.

이때 그들은 갑자기 끔찍한 문제라도 생겼는지 객차 앞쪽에 멈춰 섰다. 라울은 누군가 연결 통로에 모습을 드러낸 모양이라고 생각했다…….

〈승무원이 순찰을 돌고 있는 것일 테지.〉

곧이어 시끄러운 소리가 들려왔고 싸움이 벌어졌다. 첫 번째 강도는 총을 놓쳤다. 제복을 입은 승무원이 그를 공격하자 강도들은 달아나기 시작했다. 이들 중에 키가 작고 빼빼 마른 강도가 다가와 동료를 구하기 위해 애를 썼다. 그는 피 묻은 회색 작업복을 입고 있었고 머리를 전부 가리는 커다란 모자를 썼는데 복면은 그 위에 걸치고 있었다.

라울이 승무원을 향해 말했다.

「힘내십시오. 여기예요. 여기!」

하지만 승무원은 키 작은 공범의 손에 눌려 점점 힘을 잃어 갔다. 다른 강도가 되돌아와 승무원의 얼굴에 주먹질을 퍼부었다.

키 작은 강도가 몸을 일으켰다. 그자가 일어나면서 복면이 벗겨져 땅에 떨어졌고 커다란 모자도 덩달아 벗겨졌다. 그자는 모자와 복면을 재빨리 집어 썼다.

그 사이에 라울은 그자의 얼굴을 알아보았다. 놀라서 창백해진 얼굴과 금발…… 바로 오후에 오스만 대로에 있는 제과점에서 만났던 초록 눈의 아가씨였다.

비극은 거기서 끝이 났다. 강도 두 명은 달아나 버렸다. 라울은 어안이 벙벙해 아무 말도 하지 못하고 가만히 앉아 있었다. 승무원이 힘겹게 일어나 마침내 경보기를 눌렀다.

영국 여자는 죽기 직전이었다. 그녀는 마지막 숨을 내쉬며 알 수 없는 말들을 중얼거렸다.

「신의 은총을……. 제 말 좀……. 부탁이…… 있어요……」

「뭐죠? 어서 말씀하세요.」

「신의 은총을……. 끈으로 맨 가방 안에……. 서류를 없애 주

32

세요. 아버지가 모르시도록……」

　그녀는 고개를 떨어뜨리고 숨을 거뒀다.

　기차가 멈췄다.

수사

　베이크필드의 죽음과 복면을 쓴 세 강도의 야만적인 공격, 두 승객을 살해하고 돈을 빼앗아 간 일들……. 이 모든 일은 라울이 마지막 순간에 본 믿을 수 없는 장면에 비하면 아무것도 아니었다. 초록 눈의 아가씨! 여태까지 살아오면서 만났던 여자 중 가장 우아하고 매력적인 여자가 범죄의 그늘 속에서 모습을 드러내다니! 빛나는 그 모습이 도둑과 살인자의 역겨운 복면 속에서 나타나다니! 처음 본 순간부터 남자의 본능을 자극했던 비취색 눈의 아가씨가 피 묻은 작업복을 입고, 당황한 얼굴로 끔찍한 살인자 두 명과 함께 나타나 그들처럼 돈을 빼앗고, 살인을 하고 죽음과 공포의 씨앗을 뿌리고 가다니!
　라울은…… 아르센 뤼팽이 이 이름으로 겪은 사건이니 계속해서 라울이라고 부르겠다. 라울은 대모험가로서 끔찍하고 추잡한 일들을 수도 없이 많이 겪어 왔지만 이처럼 소름끼치는 일은 처음이었다. 라울 드 리메지는 도무지 이해할 수 없는 이 현실 앞에서 여전히 혼란스러워하며 앉아 있었다.

밖이 소란스러워졌다. 가까이 있는 보쿠르 역에 근무하는 역무원들과 도로 보수 공사를 하던 인부들이 달려왔다. 시끄러운 소리가 들렸다. 어디에서 경보기를 눌렀는지 찾고 있는 모양이었다.

승무원이 뭐라고 설명을 하면서 라울을 묶고 있는 끈을 잘라주었다. 그러고는 복도 창문을 열고 역무원들에게 신호를 했다.

「여기요! 여기」

그는 라울 쪽으로 돌아서며 말했다.

「저 여자는 죽었나 보군요?」

「네……. 질식해서……. 또 있습니다. 저 끝 쪽에 승객 두 명이……」

사람들이 서둘러 복도를 달려갔다.

마지막 칸에 시체 두 구가 있었다. 어질러진 흔적은 전혀 없었다. 선반 위에는 짐도, 꾸러미도 없었다.

역무원들이 다른 객차로 통하는 문을 열려고 했지만 문이 잠겨 있었다. 라울은 세 강도들이 왜 다시 복도 쪽으로 나가서 처음 들어온 문을 통해 도망쳤는지 이해할 수 있었다.

복도 쪽 문은 열려 있었다. 사람들이 열차로 올라왔고, 몇몇은 연결 통로를 통해 다른 칸으로 건너갔다. 이미 객차 두 칸은 사람들로 가득 차 있었다. 그때 명령조의 우렁찬 목소리가 들려왔다.

「아무것도 건드리지 마십시오! 안 됩니다, 그쪽 분! 권총을 있던 곳에 놓아두십시오. 그건 아주 중요한 증거품입니다. 모두들 이곳에서 나가는 편이 좋겠습니다. 이 객차는 분리하고 나머지 부분은 곧 출발할 겁니다. 안 그렇습니까, 역장님?」

이렇게 혼란스런 상황에서는 어떻게 해야 좋을지 알고 있는 누군가가 나서서 분명하게 말을 하는 일만으로도 사람들을 지휘할 수 있다. 우왕좌왕하던 사람들은 그렇게 나서는 사람에게 강한 힘을 느끼고 따르게 되기 때문이다. 그 남자는 사람들에게 명령을 내리는 일이 익숙한 사람처럼 분명하게 의사를 표현하고 있었다. 라울은 그를 바라보다가 깜짝 놀랐다. 베이크필드를 따라다니다가 초록 눈의 아가씨에게 말을 걸던 남자, 그가 불을 빌려 달라고 말했던 머릿기름을 바른 날라리, 영국 여자가 〈마레스칼〉이라고 하던 바로 그 남자였다. 그는 초록 눈의 아가씨가 서 있던 객차 입구에 서서 들어오려는 사람들을 가로막으며 반대편 열린 문 쪽으로 보내고 있었다.

「역장님, 열차 분리 작업을 감시해 주시겠습니까? 역무원들을 모두 데려와 주십시오. 그리고 가장 가까운 경찰서에 전화 좀 해 주십시오. 의사도 부르고, 로미오 검찰청에도 알려야 합니다. 이곳은 범죄 현장이니까요」

승무원이 말했다.

「살인자는 세 명입니다. 복면을 한 두 놈은 달아났습니다. 저를 공격한 두 놈이오」

「알고 있습니다. 철로 보수 공사 인부들이 어둠 속에서 그들을 발견하고 추적하는 중입니다. 관목림 위쪽에 작은 나무가 하나 있는데 그 주위에서부터 국도를 따라 수색을 할 겁니다. 한 놈이라도 잡으면 이쪽으로 연락을 할 거고요」

그는 딱딱하고 권위적인 태도로 한 단어 한 단어를 또박또박 발음했다.

라울은 놀라운 와중에서도 차츰 냉정함을 되찾았다.

〈저 날라리가 저기서 뭘 하고 있는 거지? 어쩜 저렇게 침착할 수가 있을까? 흔히 저런 사람이 침착한 태도를 보일 때는 화려한 모습 뒤로 뭔가를 감추고 있기 때문일 텐데…….

오후 내내 베이크필드를 따라다니다가 출발 전까지 그녀를 엿보고 있던 자가 이 곳에 나타나다니, 그는 분명 범행이 일어나던 시각에도 4번 객차에 있었던 게 분명하다. 이 객차에서 저 객차로, 연결 통로……, 강도 세 명이 나타났던 연결 통로……. 그곳을 통해 첫 번째 강도가 도망을 칠 수 있었다면……. 저기서 잘난 척하며 명령을 내리고 있는 저자가 그 강도는 아닐까?〉

객차에는 아무도 없었다. 승무원만 남아 있을 뿐이었다. 라울은 자기 자리로 되돌아가려고 했지만 저지당하고 말았다.

라울은 마레스칼이 자기를 알아보지 못한다고 확신하고 말했다.

「아니, 왜 그러시는 겁니까! 내 자리로 돌아가겠다는데……. 난 내가 있던 자리로 돌아갈 겁니다」

마레스칼이 말했다.

「안 됩니다. 범행 장소는 모두 경찰이 통제합니다. 아무도 허락 없이는 현장에 들어갈 수 없습니다」

승무원이 끼어들며 말했다.

「이 승객은 피해자 중 한 분이십니다. 강도들이 이분을 끈으로 묶고 돈을 빼앗아 갔습니다」

「안됐군요. 하지만 명령은 명령입니다」

라울은 화가 나서 소리쳤다.

「무슨 명령이란 말입니까?」

「내 명령이오」

라울은 팔짱을 끼고 말했다.

「하지만 무슨 권리로 그런 말씀을 하십니까? 여기 와서 그렇게 거만하게 법이 어쩌네 하고 말씀하시지만, 다른 사람들은 몰라도 저는 그 말에 따를 기분이 아닙니다」

날라리는 명함을 내밀며 쓸데없이 큰 목소리로 말했다.

「로돌프 마레스칼입니다. 내무부 소속, 국제 수사과 요원입니다」

이런 직함 앞에서는 물러설 수밖에 없었다. 그가 직함을 말하는 이유도 바로 그 때문이다. 그가 덧붙여 말했다.

「제가 이 사건을 지휘하는 데는 역장님도 동의하셨습니다. 전 충분히 그만한 능력이 있으니까요」

라울은 여전히 어리둥절했지만 더 이상 항의하지 않았다. 처음엔 마레스칼이란 이름에 대해 별 관심을 기울이지 않았지만 갑자기 머릿속에 몇 가지 사건에 대한 기억이 떠올랐다. 저 수사관은 여러 사건에서 뛰어난 능력과 통찰력을 보여 준 바 있었다. 지금 저자에게 대항하는 일은 라울에게 손해였다.

〈내 잘못이야. 영국 여자 곁을 지키면서 그녀의 마지막 소원을 들어줬어야 했는데…… 복면을 쓴 아가씨에 대한 감정에 사로잡혀 시간을 허비하다니……. 하지만 다시 돌아와서 네 코를 납작하게 해 줄 테다, 이 날라리야. 네가 그 직함을 내세워 이 열차 안에서 사건을 해결한답시고 어떻게 행동하는지 다 지켜볼 테니까. 사건의 주인공은 아름다운 두 여자가 되겠지. 그동안은 조용히 저자를 감시해 보자.〉

그는 고위 공무원의 권위에 눌린 사람처럼 공손한 투로 말했다.

「실례했습니다, 수사관님. 전 주로 외국에서 지내기 때문에 파리에는 거의 머무를 시간이 없습니다. 하지만 외국에서도 수사관님의 명성은 자자하더군요. 여러 사건 중에서도 특히 귀걸이 사건이……」

마레스칼은 거드름을 피우며 말했다.

「그렇죠. 로랑티니 공주의 귀걸이 사건. 뭐 별로 나쁘지 않았습니다. 하지만 오늘 사건을 더 잘 해결하도록 애써야겠죠. 솔직히 경찰이 오기 전에, 특히 예심판사가 오기 전에 어느 정도는 수사를 진행시키고 싶습니다만……」

「그 사람들은 와서 결론만 내리면 될 정도로 말이죠? 옳으신 말씀입니다. 수사에 도움이 된다면 여행은 내일 다시 시작하기로 하고 저도 이곳에 남겠습니다」

「아주 큰 도움이 될 겁니다. 감사합니다」

승무원은 알고 있는 내용을 전부 진술하고 다시 밖으로 나갔다. 범행이 일어났던 객차는 가장자리에 있는 대피 선로로 옮겨졌고 나머지 열차는 다시 출발했다.

마레스칼은 수사를 시작했다. 그는 라울에게 역까지 가서 시체를 덮을 천을 가져다 달라고 부탁했다. 라울을 떼어 놓으려는 의도가 분명했다.

라울은 서둘러 내려가 객차를 따라 걷다가 복도 세 번째 창문 앞에서 멈춰 섰다. 그러고는 발꿈치를 들고 안쪽을 살펴보았다.

〈내가 생각했던 대로군. 저 날라리는 혼자 있으려고 날 내보낸 거야. 뭔가 음모를 꾸미고 있는 것 같은데…….〉

마레스칼은 영국 여자의 몸을 약간 들어올리고 망토를 살짝 벗겼다. 여자는 허리 부분에 빨간 가죽으로 된 작은 가방을 지니고 있었다. 마레스칼은 가방 안에 들어 있던 서류를 꺼내서 읽기 시작했다.

라울은 그의 뒷모습밖에 보이지 않아 그가 서류를 읽으며 무슨 표정을 짓고 있는지, 무슨 생각을 하고 있는지 판단할 수가 없었다. 라울은 투덜거리며 발걸음을 옮겼다.

「그렇게 서둘러 봐야 소용없을 거다. 내가 결국 결승선 앞에서 널 따라잡을 테니까. 그녀가 내게 부탁했으니 서류에 대한 권리도 내게만 있다고」

라울은 마레스칼이 부탁한 일을 마치고 상 치르는 일을 돕겠다고 나선 역장의 아내와 어머니를 데리고 돌아왔다. 마레스칼이 관목림에 숨어 있던 강도 두 명을 숲 속에서 포위했다고 알려 주었다.

라울이 물었다.

「다른 소식은 없습니까?」

「없습니다. 그중 다리를 절던 놈이 있었는데 그놈이 도망간 길에서 나무뿌리에 걸려 있는 구두 굽을 발견했습니다. 그런데 여자 구두 굽이었답니다」

「그럼 아무 관련 없는 것이로군요」

「그렇습니다」

사람들이 영국 여자의 시신을 바로 눕혔다. 라울은 마지막으로 동행자의 아름답고도 불행한 얼굴을 바라보았다. 라울이 중얼거렸다.

「제가 복수를 하겠습니다, 베이크필드. 당신을 돌보고 구하지 못했으니, 당신의 살인범만큼은 꼭 붙잡아 처벌받게 만들겠습니다」

그는 초록 눈의 아가씨를 생각했다. 그러면서 그 신비로운 여자에게도 다시 한번 증오심을 느끼며 복수를 맹세했다.

라울은 영국 여자의 눈꺼풀을 감겨 주고, 창백한 얼굴에 천을 덮었다.

「정말 아름다운 여자였는데……. 저분의 이름은 모르십니까?」

마레스칼은 눈길을 피하며 대답했다.

「제가 어떻게 알겠습니까?」

「하지만 가방이 있으니……」

마레스칼은 어깨에 가방 끈을 걸치며 말했다.

「그 가방은 검찰이 도착한 다음에 열어야 합니다. 강도들이 그 가방을 가져가지 않았다니 이상하군요」

「서류가 들어 있을 텐데요……」

「검찰이 올 때까지는 기다려야 합니다. 하지만 강도들이 선생의 물건은 다 훔쳐 가고 저 여자 물건을 그대로 놔둔 건 이상하군요. 저 팔찌 시계와, 브로치, 목걸이도……」

라울은 범행 당시 상황을 진술하기 시작했다. 처음에는 진실을 밝히는 데 도움을 주고 싶어서 자세하게 이야기했다. 하지만 점점 이상한 기분이 들어 몇 가지 사실은 말하지 않았다. 세 번째 공범에 대해서는 전혀 언급하지 않았고 다른 두 명에 대해서도 대략적인 정보만 주었다. 그들 중에 여자가 있었다는 사실도 숨겼다.

마레스칼은 라울의 이야기를 듣고 몇 가지 질문을 던졌다. 그런 다음 감시자 한 사람을 남겨 두고 두 승객이 있던 칸으로 이동했다.

시체가 된 두 승객의 얼굴은 매우 비슷했다. 한 사람이 훨씬 더 나이 들기는 했지만, 두 사람 다 저속해 보이는 얼굴에 짙은 눈썹이 특징이었고, 재단 상태가 엉망인 회색 옷을 똑같이 입고 있었다. 젊은 남자는 이마 한가운데, 나이 든 남자는 목에 총알이 박혀 있었다.

마레스칼은 시체의 위치가 바뀌지 않도록 최대한 조심스럽게 천천히 조사했다. 그는 주머니를 뒤지고 나서 천으로 시체를 덮어 주었다.

라울은 마레스칼이 거만하고 잘난 척하기 좋아하는 인물이라는 사실을 알아차리고 말했다.

「수사관님, 벌써 어느 정도 진실을 알아내신 모양이군요. 정말 대단하십니다. 몇 가지만 말씀해 주실 수 있으십니까……?」

마레스칼은 라울을 다른 칸으로 데려가며 말했다.

「왜 안 되겠습니까? 이제 경찰이 도착할 겁니다. 의사도 올 테고……. 제 위치를 확고히하고, 여태까지 수사에 기울인 노력을 보상받기 위해서라도 지금까지의 수사 결과를 말씀드리겠습니다」

〈그래라, 이 날라리야. 나만큼 믿을 만한 사람도 드물지.〉

라울은 갑자기 횡재를 한 것처럼 기분이 좋았다.

수사관은 라울에게 앉으라고 말하고 설명을 시작했다.

「좀 모순되는 점이나 세세한 사항은 말씀드리지 않겠습니다. 시간 낭비일 뿐이니까요. 우선 제 생각 중 가장 중요해 보이는 두 가지 점에 대해 말씀드리겠습니다. 선생께서 말씀하신 대로, 영국 여자는 오해 때문에 희생된 겁니다. 그렇습니다, 오해 때문이죠. 이의를 제기하지 마십시오. 증거가 있으니까요. 제가 멀리서 본 기억이 납니다만, 강도는 세 명이었습니다. 그 세 강도는 기차가 속도를 늦출 시각에 옆 객차로 들어왔습니다. 그래서 선생을 공격하고 끈으로 묶은 다음 여자를 공격하고 역시 그 여자도 끈으로 묶으려 했습니다. 그런데…… 갑자기 행동을 멈추고 맨 끝 칸까지 달려갔습니다.

왜 갑자기 이런 행동을 한 걸까요? 어째서……? 실수를 했기 때문입니다. 강도들은 두 남자 승객을 덮치려고 계획했죠. 하지만 여자가 담요를 덮고 있어서 잘 보지 못했던 겁니다. 그들은 여자를 남자 승객으로 착각하고 덤벼들었습니다. 그런데 여자라는 사실을 알아차린 겁니다. 그때부터 당황하기 시작했죠. 〈젠장, 이런 빌어먹을 년!〉이라고 말하고는 서둘러 다른 곳으로 간 겁니다. 그러고는 복도 쪽에서 그들이 찾고 있던 두 남자 승객을 발견했습니다. 그들은 바로 거기에 있었던 거죠. 두 승객은 저항했습니다. 강도들은 총을 쏴서 그들을 죽이고 하나도 남김없이 훔쳐 가 버린 겁니다. 여행 가방, 보따리, 심지어는 모자까지……. 전부 싹 쓸어 가 버린 거죠……. 첫 번째 문제는 확실히 밝혀진 거죠, 안 그렇습니까?」

라울은 깜짝 놀랐다. 이런 내용이야 라울도 처음부터 짐작하고 있었으니 그리 놀랄 일은 아니었다. 하지만 마레스칼이 이렇게 날카롭고 논리적으로 사건을 파악할 수 있는 사람이라는 사실이 너무 놀라웠다.

「두 번째는……」

수사관은 상대방이 감탄하는 모습을 바라보자 더욱 흥분해서 말했다.

마레스칼은 정교하게 세공된 작은 은 상자 하나를 내밀었다.

「의자 뒤에서 주웠습니다」

「코담배 케이스입니까?」

「네, 오래된 코담배 케이스죠. 하지만 일반 담배 케이스로 쓰이던 겁니다. 여기, 담배 일곱 개비가 들어 있습니다. 여성용으로 나온 순한 담배입니다」

라울이 웃으며 물었다.

「남자가 쓰던 것일 수도 있지 않을까요……? 남자밖에 없었으니까요」

「여자가 쓰던 겁니다. 확실합니다」

「그럴 리가요!」

「케이스의 냄새를 맡아 보십시오」

그는 라울의 코에 담배 케이스를 들이댔다. 라울은 냄새를 맡아보고 고개를 끄덕이며 말했다.

「정말, 정말 그렇군요, 여자 향수 냄새가 나는데요. 핸드백에 손수건, 파우더, 향수와 함께 넣어 놨던 모양입니다. 향기가 독특하군요」

「그래서요?」

「그래서 이해가 안 갑니다. 두 남자는 여기서 죽었고……. 두 남자는 승객들을 공격하고, 살해한 뒤 도망쳤지 않았습니까?」

「남자 한 명과 여자 한 명일 수도 있지 않습니까?」

「뭐라고요? 여자라니, 강도 중 한 명이 여자란 말씀이십니까?」

「담배 케이스가 증명하지 않습니까?」

「그것으로는 증거가 부족합니다」

「하나 더 있습니다」

「뭐죠?」

「구두 굽……. 숲에서 나무뿌리 사이에 박혀 있던 이 구두 굽 말입니다. 공격을 했던 두 강도가 남자와 여자였다는 사실을 입증하기 위해, 증거가 더 필요합니까?」

라울은 마레스칼이 뛰어난 통찰력을 가진 인물이란 사실에 속이 거북해졌다. 그는 티를 내지 않으려고 애쓰면서 저절로 감탄사가 튀어나온 것처럼 중얼거렸다.

44

「정말…… 대단하시군요!」

그러고는 덧붙여 말했다.

「그게 전부입니까? 다른 건 발견하신 게 없나요?」

마레스칼은 웃으며 말했다.

「허, 참! 숨 좀 돌리게 해 주십시오!」

「그럼 밤새도록 수사를 하실 예정입니까?」

「두 도망자를 잡을 때까지는요. 제 명령대로만 한다면 그렇게 오래 걸리지는 않을 겁니다」

라울은 잘 모르겠다는 듯 순진한 표정을 지으며 마레스칼의 말을 듣고 있었다. 라울은 자기는 사건의 핵심조차 파악할 수가 없으니 해결은 다른 사람에게 맡겨야겠다는 듯이 하품을 하며 고개를 가로저었다.

「계속하십시오, 수사관님. 전 끔찍한 일을 겪고 나서 그런지 쓰러질 지경입니다. 한두 시간은 휴식을 취해야겠습니다……」

「그렇게 하십시오. 아무 칸에나 가서 누우십시오. 자, 여기……. 전 아무도 들어오지 못하게 감시해야겠습니다. 저도 일이 끝나면 와서 쉬어야겠군요」

라울은 문을 닫고 커튼을 친 다음, 전등을 밝혔다. 라울 자신도 무엇을 하려는 건지 도무지 알 수가 없었다. 사건이 너무 복잡해서 아무리 생각을 해도 해결책을 찾을 수가 없었다. 지금은 마레스칼의 의도를 파악하고 그의 행동에서 수상한 점을 찾아내는 것으로 만족해야 했다.

〈날라리, 너! 넌 내 손안에 있어. 우화 속의 까마귀 같은 놈. 칭찬을 해 주니까 좋아서 먹이를 물고 있던 주둥이를 벌리는 까마귀 같은 놈. 물론 능력도 있고 관찰력도 있지만 너무 말이 많

아. 물론 범인을 잡아 낸다면 나도 감탄하겠지. 하지만 그건 원래 내가 해결해야 할 몫이야.〉

역 쪽에서 목소리가 들려오더니 점점 더 밖이 소란스러워졌다. 라울은 귀를 기울여 보았다. 마레스칼이 복도 창 쪽으로 몸을 숙이고 사람들에게 소리치고 있었다.

「무슨 일입니까? 아! 좋아, 경찰이 오는군…… . 내 생각이 맞아, 그렇겠지……?」

「역장님이 마레스칼 수사관님께 가 보라고 했습니다」

누군가 말했다.

「아, 형사반장인가? 체포는 했나?」

「한 명만 잡았습니다. 한 명이 도망치다가 지쳐서 길가에 쓰러져 있었습니다. 이곳에서 한 1킬로미터 정도 떨어진 곳에서요. 다른 놈은 놓쳤습니다」

「의사는?」

「오는 길에 보니까 수레에 말을 매고 있더군요. 하지만 다른 곳에 들렀다가 온다고 했습니다. 거기에서 40분 정도는 있어야 한다고요」

「체포한 놈은 키가 작은 놈이던가?」

「키가 작고 혈색이 창백하고…… . 머리에 큰 모자를 썼습니다. 울고 있더군요. 그러면서 이렇게 말했습니다. 〈말하겠어요. 하지만 예심판사에게만 말하겠어요. 예심판사님은 어디 있죠?〉라고요」

「그놈을 역에 두고 왔나?」

「감시를 잘 붙여 놓았습니다」

「내가 가 보지」

「수사관님, 괜찮으시다면 우선 사건 현장을 둘러보고 싶습니다만……」

　형사반장은 경찰 한 명과 함께 열차에 올랐다. 마레스칼은 계단 위에서 기다리고 있다가 영국 여자의 시신이 있는 곳으로 이들을 안내했다.

　라울은 이들의 대화를 한마디도 놓치지 않고 듣고 있다가 생각했다.

　〈좋아. 이제 저 날라리가 설명을 시작할 테니 시간이 꽤 걸릴 테지.〉

　갑자기 어지럽던 머릿속에서 한 가지 계획이 떠올랐다. 이번에는 무슨 일을 하려는 것인지 확실히 알 수 있었다. 하지만 왜 그런 계획을 세우게 되었는지는 라울 자신도 알지 못했다.

　라울은 커다란 유리창을 내리고 철로 쪽으로 몸을 기울였다. 아무도 없었다. 빛도 보이지 않았다.

　그는 아래로 뛰어내렸다.

어둠 속의 입맞춤

　보쿠르 역은 주택가에서 멀리 떨어진 시골 한가운데 있었다. 철로와 수직으로 교차하는 길을 통해 가면 보쿠르 마을과 경찰서가 있는 로미오, 그리고 예심판사가 오기로 한 오제르가 나온다. 이 길에서 다시 90도 방향으로 500미터 길이의 국도가 뻗어 있다.

　승강장에는 램프, 초, 전구, 전조등 등 가능한 한 모든 종류의 불이 켜져 있었다. 라울은 최대한 조심스럽게 움직여야 했다. 역장, 역무원, 철로 보수 공사 인부들이 보초를 선 경찰과 이야기를 나누고 있었다. 키가 큰 경찰관은 문 두 짝이 양쪽으로 활짝 열려 있는 창고 앞에 떡하니 버티고 서 있었다.

　그 안은 희미한 불빛밖에 없어 어두웠으며, 바구니와 작은 상자가 쌓여 있고 각종 소포 꾸러미가 여기저기 널려 있었다. 가까이 다가가니 쌓여 있는 상자 더미 사이에 언뜻 사람의 형체가 보였다. 몸을 웅크리고 꼼짝도 하지 않은 채 앉아 있는 모습이었다.

〈그녀가 분명해. 초록 눈의 아가씨야. 독 안에 든 쥐나 다름없군. 유일한 출구를 경찰이 지키고 있으니.〉

라울에게 유리한 상황인 것 같았다. 하지만 어디까지나 문제가 생기지 않는다고 가정할 때의 이야기다. 마레스칼과 형사반장이 라울의 생각보다 훨씬 더 빨리 도착할 수도 있기 때문이다.

라울은 건물을 빙 돌아 달렸다. 다행히 건물 뒤편으로 가는 동안에는 아무도 만나지 않았다. 촉박했다. 더 이상 들어오는 열차도 없고 몇 사람이 승강장에 모여 수다를 떨고 있을 뿐, 사람들도 거의 보이지 않았다.

그는 수화물 보관실로 들어갔다. 왼쪽 문을 열어 보니 현관이 나타났고 거기에서부터 계단이 이어져 있었다. 현관 오른쪽으로 또 다른 문이 있었는데 건물 배치로 봐서는 그녀가 잡혀 있는 곳이 확실했다.

문은 자물쇠로 잠겨 있었지만 라울 같은 사람에게는 자물쇠도 큰 문제가 되지 않았다. 그는 항상 도구 네다섯 개가 달려 있는 스위스 칼을 가지고 다니며 잘 안 열리는 문을 열 때 사용했다. 역시 단번에 문이 열렸다. 문을 살짝 밀어 보니 안에는 빛이 전혀 없었다. 그는 몸을 최대한 낮추면서 문을 밀고 살며시 안으로 들어갔다. 바깥에 있는 사람들은 라울의 모습을 보거나 소리를 들을 수 없었다. 조용한 방 안에서 규칙적으로 포로의 흐느낌 소리가 들려오고 있었다.

한 인부가 숲에서 있었던 추격전에 대해 말하고 있었다. 그 인부가 램프를 들고 관목림 사이에서 〈사냥감〉을 잡은 사람인 모양이었다. 그 인부는 도망친 강도가 마르고 키가 컸으며 매우 빠르게 도망쳤다고 말했다. 게다가 주위도 너무 어두워 추적하기가 쉽지 않자, 되돌아와서 쓰러져 있던 작은 놈만 체포했다고 말했다.

인부가 말했다.

「그놈이 신음소리를 내더군. 목소리는 꼭 계집애 같아 가지고 울기까지 하는 거야. 그러면서 말하더군. 〈판사는 어디 있어요……. 판사에게 모두 말하겠어요……. 판사에게 데려다 주세요!〉하고 말이야」

사람들이 그의 이야기를 듣고 웃음을 터뜨렸다. 라울은 그때를 이용해 상자 더미 사이로 이동했다. 그녀는 바로 앞에 있는 우편물 꾸러미 위에 기력을 잃고 엎드려 있었다. 흐느낌 소리가 그친 것을 보니, 그녀가 소리를 들은 모양이었다.

라울이 속삭이며 말했다.

「겁내지 마세요」

그녀는 아무 대답이 없었다. 라울이 다시 말했다.

「겁내지 마십시오……. 전 당신 편이니까요」

「기욤……?」

그녀가 낮은 소리로 물었다.

라울은 기욤이 또 다른 강도의 이름이라는 사실을 알아차렸다.

「아닙니다. 당신을 경찰로부터 구하려고 온 사람입니다」

그녀는 아무 말도 하지 않았다. 혹시 함정은 아닐까 의심하는 모양이었다. 하지만 그는 다시 한번 강조해서 말했다.

「당신은 경찰에게 잡혀 있습니다. 절 따라오지 않으시면 감옥에 가게 될 거고, 그 다음엔 중죄 재판소에서 재판을 받아야 합니다」

「아니에요. 판사는 절 석방할 거예요」

「석방하지 않을 겁니다. 두 남자가 죽었습니다. 당신 작업복에는 피가 묻어 있고……. 어서 절 따라 오십시오. 조금만 망설여도 큰일 납니다. 어서……」

잠시 침묵이 흐른 뒤에 그녀가 작은 소리로 말했다.

「손이 묶여 있어요」

라울은 여전히 몸을 웅크린 채 칼로 끈을 잘랐다.

「저 사람들이 당신을 볼 수 있습니까?」

「경찰만요. 몸을 돌리면……. 하지만 여기가 어두우니까 잘 보이진 않을 거예요……. 다른 사람들은 왼쪽으로 치우쳐 있어서……」

「좋습니다. 아! 잠깐만요……」

승강장 쪽에서 누군가 다가오는 소리가 났다. 마레스칼의 목소리였다.

「조금도 움직이지 마세요. 그들이 옵니다. 제가 생각했던 것보다 훨씬 빨리 오는군요. 저 소리 들리십니까……?」

여자가 더듬거리며 대답했다.

「아! 무서워요……. 저 목소리는……? 세상에, 이럴 수가!」

「그렇습니다. 마레스칼의 목소리죠. 당신의 적 말입니다. 하지만 겁을 먹어서는 안 됩니다. 대로에서 있었던 일을 생각해 보십시오. 누군가가 당신과 마레스칼 사이에 끼어들었죠. 그게 바로 저였습니다. 제발 겁내지 마십시오」

「하지만…… 그가 이리로 오는데도요」

「아직 확실한 건 아닙니다」

「하지만 이리로 오면요?」

「자는 척하거나, 기절한 척하세요. 얼굴은 두 팔로 가리고 움직이지 마시고요……」

「그 사람이 제 얼굴을 보려고 하면 어떡하죠? 절 알아보면요?」

「아무 대답도 하지 마세요. 무슨 일이 일어나든 간에 한마디도! 마레스칼도 곧바로 행동에 옮기지는 않을 겁니다. 생각을 해 보겠죠. 그러고는……」

그렇게 말하기는 했지만 라울도 한편으로는 걱정이 되었다. 마레스칼은 분명 자신이 실수한 것은 아닐까 걱정이 되어 범인이 정말 여자인지 확인하려고 들 것이 뻔했다. 따라서 그는 즉시 심문을 한 후에 보안이 허술하다는 판단을 내리고 자기가 직접 이곳을 지키려 할 것이다.

라울의 생각대로 마레스칼 수사관은 즐겁다는 듯 큰 소리로 말하기 시작했다.

「좋아요. 역장님, 새로운 사건이군요! 이 역에 범인이 있다니! 그것도 세상을 떠들썩하게 한 강도 사건의 주인공이 말입니다! 보쿠르 역도 유명해지겠는데요. 형사반장, 장소를 잘 고른 것 같군. 이보다 더 좋은 곳도 없을 것 같은데. 하지만 신중에 신중을 기하기 위해 내가 직접……」

그는 라울의 생각대로 바로 목표를 향해 걸어왔다. 이제 그와 여자 사이에 끔찍한 일이 벌어질 것이다. 몇 가지 몸짓과 몇 마디 말이면 초록 눈의 아가씨는 끝장이 날지도 모른다.

라울은 뒤로 물러서려 했다. 하지만 그렇게 하면 적을 잡을 거라는 모든 희망을 포기하는 것이다. 다시는 이런 기회를 잡지 못할 것이다. 따라서 그는 움직이지 않기로 했다.

마레스칼이 밖에 있는 사람들에게 계속 말을 하면서 안으로 들어왔다. 그렇게 해서 범인을 자기 혼자만 보고 사람들의 시야를 가리려는 속셈이었다. 마레스칼은 상자 뒤에 숨어 있는 라울을 볼 수 없었다.

수사관은 걸음을 멈추고 큰 소리로 말했다.

「자고 있는 모양이군…… 어이! 이봐, 툭 터놓고 얘기나 좀 해 보지?」

그는 주머니에서 손전등을 꺼내어 버튼을 누르고, 빛을 비췄다. 하지만 모자와 팔밖에 보이지 않자 팔을 제치고 모자를 들어 올렸다.

그가 낮은 소리로 말했다.

「그래. 여자였어…… 금발 여자……! 자, 이봐, 네 아름다운 얼굴 좀 보여 달라고」

그는 강제로 머리를 잡고 자기 쪽으로 돌렸다. 하지만 그의 눈에 비친 모습이 너무 예상 밖의 얼굴이어서 그는 인정하고 싶지 않았다.

「아냐, 아니야. 이럴 수는 없어」

그는 다른 사람이 자신을 따라오지는 않을까 하고 입구 쪽을 살펴보았다. 그러고는 흥분해서 모자를 치워 버렸다. 손전등 불빛에 얼굴이 환히 드러났다.

「그녀야! 그녀라고! 아냐, 내가 미쳤나 보군……. 봐, 이걸 어떻게 믿으라는 거야. 그녀가, 여기에 있다니! 그녀가 살인자라니! 그녀가……! 그녀가 말이야!」

그는 몸을 더욱 구부려 보았다. 포로는 전혀 움직이지 않고 있었다. 창백한 얼굴에는 떨림조차 없었다. 마레스칼은 그녀에게 가까이 가서 가쁜 숨을 몰아쉬며 말했다.

「당신인가! 세상에 이런 일이! 그럼 당신이 죽인 거로군……? 경찰이 당신을 잡아갈 거야! 당신이 이곳에 있다니, 이곳에! 이럴 수가!」

　그녀는 정말로 자고 있는 것 같았다. 마레스칼은 입을 다물었다. 그녀는 정말로 자고 있는 것일까? 그가 다시 말했다.

　「그래, 움직이지 말라고……. 사람들을 다른 곳으로 보내고 다시 올 테니까……. 한 시간 후에 다시 오지……. 그때 다시 얘기하자고. 아! 얌전히 내 말만 따르면 되는 거야, 아가씨」

　무슨 말을 하고 있는 걸까? 끔찍한 거래라도 제안하려는 걸까? 라울의 추측대로라면 그는 아직 마음속으로 확실한 결심이 선 것은 아니었다. 워낙 갑자기 벌어진 일이라 벌써 계획을 세우기보다는 어떤 이득을 취할 수 있을지 머리를 굴리고 있을 게 뻔했다.

　그는 여자의 금발 머리 위에 다시 모자를 씌우고 밖으로 삐져나온 머리카락을 모두 안으로 집어넣었다. 그러고는 작업복을 반쯤 벌려, 셔츠 주머니를 뒤졌다. 하지만 아무것도 없는 것을 확인하고는 바로 몸을 일으켰다. 그는 아직도 충격이 가시지 않았는지 수화물 보관실로 통하는 문은 살펴볼 생각도 하지 않았다.

　마레스칼은 사람들이 있는 곳으로 돌아가며 말했다.

　「정말 희한한 놈이군. 스무 살도 안 된 것 같은데……. 도망친 공범이 어린애를 끌어들인 모양이야……」

　그는 계속해서 말을 했지만 어딘지 주의가 산만해 보였다. 머릿속이 혼란스러워서 생각할 시간이 필요한 것 같았다.

　「검찰청 사람들은 내 조사에 흥미를 가질 게 분명해. 기다리는 동안 이곳을 감시해야겠군. 형사반장도 같이할 텐가……? 아니, 나혼자 해도 상관없지. 난 혼자서도 얼마든지 할 수 있으니까. 휴식이 필요하다면 가서……」

　라울은 서둘렀다. 그는 꾸러미 중에서 끈으로 묶여 있는 가방

세 개를 집어 들었다. 가방은 초록 눈의 여인이 남자처럼 보이려고 입고 있는 작업복의 색깔과 거의 비슷했다. 그는 가방 하나를 들고 말했다.

「다리를 제 쪽으로 가까이 대세요. 대신에 이걸 놓아두어야 합니다. 하지만 아주 조금씩 움직여야 합니다, 아시겠죠? 그런 다음 상반신을 조금씩 제 쪽으로 움직이세요. 머리도……」

그는 얼음처럼 차가운 여자의 손을 잡았다. 하지만 여자가 전혀 움직이지 않자 다시 한번 반복해서 말해야 했다.

「제 말대로 하십시오. 마레스칼은 뭐든지 할 수 있는 사람입니다. 그자가 당신에게 모욕을 당했으니…… 그자는 어떤 식으로든 복수를 하려고 할 겁니다. 그자는 필요한 건 뭐든지 가질 수 있습니다. 다리를 제 쪽으로 움직이세요」

그녀는 거의 눈치 챌 수 없을 만큼 살짝 움직였다. 그녀의 몸 전체를 빼내는 데는 삼사 분가량이 걸렸다. 자리에서 완전히 빠져나오자 회색 가방이 그녀 대신 웅크린 사람의 형태를 만들고 있었다. 경찰이나 마레스칼 모두 언뜻 보면 그녀가 계속 이곳에 있는 줄로 착각할 것이 분명했다.

라울이 말했다.

「가시죠. 저들이 등을 돌리거나 큰 소리로 말할 때를 이용해서 빠져나가야 합니다」

라울은 그녀의 팔을 잡았다. 그러고 나서 허리를 숙이고 있는 그녀를 데리고 살짝 열린 문틈으로 빠져나갔다. 그녀는 현관에 이르자 몸을 일으켰다. 그는 다시 자물쇠를 잠그고 수화물 보관실을 가로질러 갔다.

그녀는 역 뒤편에 있는 평지에 발을 대자마자 기절한 것처럼 무릎을 꿇고 쓰러졌다.

그녀가 신음하며 말했다.

「못 가겠어요…… 못 가겠어요……」

라울은 전혀 힘도 들이지 않고 그녀를 어깨에 둘러멘 다음 나무가 우거져 있는 곳을 향해 달렸다. 그곳에는 로미오와 오제르로 향하는 길이 뻗어 있었다.

라울은 먹이를 붙잡았다고 생각하니 대단히 만족스러웠다. 이제 베이크필드의 살인자는 그를 빠져나가지 못할 것이다. 그는 사회를 대신해서 이와 같은 행동을 하고 있다. 이제 어떻게 해야 할 것인가? 그건 중요하지 않았다. 그는 현재 정의 구현을 위해 행동하고 있으며 상황에 따라 구체적인 형벌이 결정될 것이라고 확신했다. 아니, 적어도 그렇게 생각했다.

그는 200보 정도 걸어가서 멈춰 섰다. 숨이 차서가 아니었다. 나뭇잎이 바스락거리는 소리와 야생 동물이 지나다니는 소리에 불안해져 귀를 기울여 보고 주위를 살펴보기 위해서였다.

「무슨 일이에요?」

그녀가 걱정스럽게 물었다.

「아무것도 아닙니다. 걱정하실 건 없습니다. 오히려……. 말이 달리는 소리가 나는군요. 멀리서. 제가 바라던 바입니다. 아주 잘 됐군요. 당신에게도 잘된 일이죠」

그는 그녀를 어깨에서 내려놓고 그녀가 어린아이라도 되는 듯, 두 팔에 안았다.

그렇게 전속력으로 삼사백 미터를 달려가니 국도가 나타났고 어두운 나뭇잎 아래로 흰 빛이 보였다. 풀이 너무 축축해서 그는 경사지 뒤쪽으로 돌아가 앉았다.

「제 무릎 위에 그대로 누워 계십시오. 제 말대로 하세요. 저 소리는 분명 경찰이 부른 의사의 마차 소리일 겁니다. 제가 저자를 나무에 얌전히 묶어 놓겠습니다. 우린 마차를 타고 다른 선 열차 타는 곳이 나올 때까지 밤새도록 달리는 겁니다」

그녀는 대답이 없었다. 그는 그녀가 듣고 있는 것인지 의심이 갔다. 그녀의 손이 뜨거워졌다. 그녀는 정신이 가물가물한 상태에서 더듬거리며 말했다.

「전 죽이지 않았어요…… 죽이지…… 않았어요」

갑자기 라울이 끼어들며 말했다.

「아무 말도 하지 마십시오. 그 얘긴 나중에 합시다」

둘 다 입을 다물었다. 모두가 잠이 든 시골의 평화로운 기운이 이들 주위를 감싸 돌았다. 이들이 있는 곳은 매우 조용하고, 안전해 보였다. 어둠 속에서 가끔씩 말이 달리는 소리가 들려올 뿐이었다. 마차의 불빛이 깜빡거리는 두 눈처럼 멀리서 두세 번 움직였다. 웅성거리는 소리도 들리지 않았고 역 쪽에서 수색을 시작한 움직임도 보이지 않았다.

라울은 이 이상한 상황에 대해 생각했다. 생각만 해도 가슴이 뛰고 심장이 멎어 버릴 것 같은 끔찍한 살인자의 모습 뒤로 여덟아홉 시간 전에 보았던 파리 여자의 행복하고 아무 수심도 없어 보이는 모습이 떠올랐다. 너무나 다른 두 모습이 그의 머릿속에서 어지럽게 뒤엉켜 버렸다. 하지만 곧 환하게 웃던 그녀의 모습이 영국 여자를 죽였던 살인자를 향한 분노를 잠재우기 시작했다. 그가 정말 그녀를 증오했단 말인가? 그는 증오란 단어에 집착해서 힘겹게 생각했다.

〈난 그녀를 증오해. 그녀가 뭐라고 말하든 그녀는 사람을 죽였어. 영국 여자는 그녀와 공범의 잘못으로 살해당한 거야. 그녀를 증오해. 베이크필드의 복수를 해 줄 테다.〉

하지만 그는 이런 말은 한마디도 할 수가 없었다. 오히려 그의 입에서는 부드러운 말들만 나오고 있었다.

「불행은 생각하지 않고 있을 때 다가오는 법이죠, 안 그렇습니까? 사람들은 행복하고…… 즐겁게 살아갑니다. 하지만 그럴 때 범죄가 일어납니다. 그래도 결국엔 모두 제자리를 찾아가죠. 저를 믿으세요. 힘겨운 일도 이제 해결될 겁니다……」

그는 점점 더 주위가 조용해지는 느낌이 들었다. 열이 올라 머리부터 발끝까지 몸을 떨던 그녀도 이제 진정이 된 모양이었다. 악몽, 근심, 끔찍한 장면, 어둠과 죽음을 연상시키는 사람들의 끔찍한 모습도 이제 희미해져 가고 있었다.

라울은 자신이 마치 자기를 띤 물체처럼 혼란스러운 상황에 처한 사람들에게 균형을 되찾게 해 주고 끔찍한 현실을 잠시나마 잊게 해 주는 존재라고 생각했다.

게다가 라울 자신도 이 끔찍한 일을 피해 나가고 있지 않은가! 죽은 영국 여자는 그의 기억 속에서 점점 희미해져 갔다. 그리고 이제 그의 앞에 있는 사람은 피 묻은 작업복을 입은 자신의 적이 아니라 우아하고 빛나는 얼굴을 가진 파리 여자로 보였다.

〈난 그녀를 처벌할 거야. 그녀는 고통받을 거야.〉

이제는 이렇게 생각하려고 애써도 아무 소용이 없었다. 이렇게 가까이에 그녀의 입술이 있는데 어떻게 그곳에서 흘러나오는 싱그러운 입김을 느끼지 않을 수 있단 말인가?

마차의 램프 불빛이 점점 더 커졌다. 의사는 팔구 분 후면 도착할 것이다.

〈그렇다면 이 아가씨와 헤어져서 행동해야겠군. 그럼 금방 끝날 거야. 이제 이 아가씨와 나 사이에 이런 순간은 다시 오지 않을 텐데. 둘만의 시간은 다시…….〉

그는 몸을 좀더 숙였다. 초록 눈의 아가씨는 눈을 감고 라울의 보호 아래 완전히 자신을 맡기고 있었다. 이제 모든 것이 다 잘되었다고 생각하는 모양이었다. 위험은 멀어져 갔다고 생각하는 것이 틀림없었다.

그는 갑자기 몸을 숙이고 그녀에게 입을 맞췄다.

그녀는 조금 저항하려고 하다가 한숨을 내쉬고는 아무 말도 하지 않았다. 그녀는 라울의 부드러운 입술을 받아들이는 듯했다. 머리를 뒤로 조금 빼기는 했지만 달콤한 입맞춤에 몸을 맡기고 말았다. 그렇게 몇 초가 흘렀다. 그런데 그녀는 갑자기 저항해야겠다는 생각이 들었는지 팔을 뻗어 있는 힘을 다해 라울을 밀어냈다. 그러고는 씩씩거리며 말했다.

「아! 이런, 끔찍하기도 하지! 아! 정말 치욕스러워! 놔줘요! 날 놓으란 말이에요……! 당신의 행동은 정말 끔찍해요」

그는 웃으려고 애썼다. 그렇지 않았다면 그녀에게 너무 화가 나서 욕을 퍼부었을지도 모른다. 라울이 할 말을 잊고 멍하니 서 있는 동안 그녀는 라울을 밀어내고 어둠 속으로 도망쳐 버렸다.

「도대체 왜 저러는 거지? 요조숙녀가 따로 없군! 세상에! 누가 들으면 내가 신성모독이라도 한 줄 알겠네……」

라울은 다시 비탈길을 올라가서 그녀를 찾아보았다. 어디에 있는 걸까? 나무가 빽빽이 우거져 있어서 찾을 수가 없었다. 그녀를 따라잡을 희망은 조금도 보이지 않았다.

라울은 욕을 퍼붓고 저주의 말들을 쏟아 냈다. 이제 그의 마음속에는 조롱당한 남자로서 증오와 원한밖에 남아 있지 않았다. 그는 역으로 돌아가 포로가 도망친 사실을 알릴까 하는 끔찍한 계획까지 세워 보았다. 그 순간 멀리서 소리가 들렸다. 언덕 반대편에 가려진 길 쪽에서 나는 소리였다. 마차 소리인 것 같았다. 라울은 그쪽을 향해 달렸다. 마침내 불빛이 두 개 보였다. 그러나 불빛은 빙빙 도는 것 같더니 방향을 바꿔서 멀어져 갔다. 그런데 말은 채찍을 맞아 흥분한 듯이 무서운 속도로 달리고 있었다. 라울은 소리가 나는 쪽을 향해 다가갔다. 2분 정도 흐른 뒤에 그는 잡목과 가시덤불 속에서 움직이고 있는 한 남자를 발견했다.

「로미오에서 오신 의사신가요? 역에서 선생님을 모셔 오라고 보냈습니다만. 묶여 있으신가 보군요?」

「그렇습니다! 어떤 사람이 지나가다가 길을 묻기에……. 마차를 멈췄더니 목을 조르고 끈으로 묶어서 이 가시덤불 속에 버려두고 갔지 뭡니까?」

「그자가 마차를 훔쳐서 달아났습니까?」

「예」

「혼자서요?」

「아뇨. 한 명이 더 있었습니다. 제가 그놈한테 대고 소리를 질렀죠」

「남자였습니까? 여자였습니까?」

「못 봤습니다. 아주 낮은 소리로 얘기를 했으니까요. 그러다가 곧 출발했습니다. 제가 도와달라고 소리를 쳤고요」

라울은 의사를 안심시키고 다시 말했다.

「그자가 재갈은 안 물렸습니까?」

「물렸는데, 잘 안 됐나 봅니다」

「무엇으로 묶었죠?」

「제 스카프로 묶었습니다」

「이런…… 재갈을 물리는 방법은 따로 있습니다. 아는 사람은 아마 얼마 안 될 겁니다」

라울은 스카프를 잡고 의사를 거꾸러뜨렸다. 그러고는 재갈 물리는 시범을 보이기 시작했다.

하지만 재갈을 물리는 시범으로만 그친 것이 아니었다. 그는 기욤이 사용했던 말안장과 고삐로 의사의 몸을 묶었다. 의사를 공격한 자는 기욤이 분명했다. 그리고 그녀도 그를 따라갔을 것이다.

「아프지는 않으실 겁니다, 선생님. 죄송합니다. 가시와 쐐기풀은 걱정하실 것 없습니다」

라울은 의사를 다른 곳으로 옮기며 말했다.

「자, 여기에서라면 그렇게 힘든 밤을 보내지는 않으실 겁니다. 풀이 축축하지 않은 걸 보니 햇빛에 이끼가 다 사라진 모양입니다. 아니, 고마워하실 것까진 없습니다, 선생님. 제가 풀어 드릴 기회가 오면……」

라울은 어떤 일이 있더라도 두 강도를 잡아야겠다고 생각했다. 그는 사태가 이 지경에까지 이르게 된 데에 무척 화가 났다. 그렇게 어리석게 행동하다니……! 어떻게 이럴 수가 있단 말인가! 그녀의 목덜미를 움켜쥐고 목을 조르기는커녕 입맞춤이나 즐기고 있었다니! 그런 상황일수록 뚜렷한 생각을 가지고 있었어야 하지 않은가?

하지만 오늘 밤 라울의 의도는 계속해서 빗나가고 있었다. 그는 의사를 남겨 두고 길을 떠나자마자 또다시 새로운 계획이 떠올라 역을 향해 방향을 돌렸다. 경찰의 말을 훔쳐 강도들을 따라 잡으려는 계획이었다.

기마 경찰의 말 세 마리가 창고 앞에 매여 있었다. 경찰관 한 명이 보초를 선 채 희미한 초롱불 아래서 졸고 있었다. 라울은 창고를 향해 다가가 주머니에서 칼을 꺼냈다. 처음에는 한 마리를 묶어 놓은 끈을 자르려고 하다가 생각이 바뀌었다. 그는 최대한 조심스럽게 다가가 말 세 마리의 고삐와 안장을 묶어 놓은 끈을 전부 잘라 버렸다.

이렇게 하면 누군가 초록 눈의 아가씨가 없어진 사실을 알게 되더라도 추적은 불가능할 것이다.

라울은 5번 객차가 세워져 있는 장소로 되돌아오며 생각했다.

〈내가 뭘 하는지 모르겠군. 그 못된 여자를 얼마나 혐오하는 데……. 그녀를 잡아 정의를 구현하면 복수의 맹세를 지킬 수 있으니 이보다 더 기쁜 일이 어디 있단 말인가! 그런데 왜 난 그녀를 구하기 위한 노력만 하고 있는 거지? 왜일까?〉

라울은 이 질문에 대한 답을 알 수 없었다. 그 여자에게 관심이 가는 이유는 그녀의 눈이 비취색을 띠고 있기 때문이다. 하지만 이렇게 가까이서 그녀를 느낄 수가 있는데, 그의 입술 가까이에 그녀의 입술이 느껴지는데 어떻게 그녀를 보호해 주지 않을 수가 있단 말인가? 입을 맞춘 여자를 어떻게 재판에 회부할 수 있단 말인가? 살인자라면……. 하지만 그녀는 그의 입맞춤에 몸을 떨며 그가 세상 모든 이들로부터 자신을 지켜 주리라는 사실을 믿고 있지 않았던가! 한밤의 열정적인 입맞춤 때문에 끔찍했던 살인 사건은 물론 이성보다는 본능에 의해 했던 맹세까지도 사그라지고 말았다. 그리고 라울의 마음은 그녀를 붙잡으라고 명령하고 있었다.

라울은 수사 결과를 알아보고, 콘스탄스 베이크필드가 부탁했던 가방에 대해서도 알아보기 위해 다시 마레스칼을 만나러 가기로 했다.

그로부터 두 시간 후, 열차에 도착해 보니 마레스칼은 피로에 지쳐 의자에서 잠들어 있었다. 라울은 조용히 그가 깨어나기를 기다리다가 불을 켰다. 마레스칼은 놀라서 벌떡 일어났다. 가르마는 헝클어지고, 수염도 엉망이 된 모습이었다.

「왜, 무슨 일 있으십니까, 수사관님?」

마레스칼은 더듬거리며 대답했다.

「모르고…… 계셨습니까? 아무 얘기도 못 들으셨습니까?」

「전혀요. 수사관님께서 이 문을 닫으신 뒤로는 아무 소리도 못 들었습니다」

「도망쳤습니다!」

「누가요?」

「살인자!」

「누군가가 빼내 갔습니까?」

「예」

「두 명 중에 어떤 놈이었는데요?」

「여자였습니다」

「정말 여자였단 말씀입니까?」

「예」

「보초를 서지 않았습니까?」

「보초야 섰죠. 지키긴 했는데……」

「그런데요?」

「천 꾸러미만 남아 있더라고요」

라울은 강도를 쫓아가는 일은 포기하고 복수를 해야겠다고 결심했다. 모욕을 당했으니 이번에는 자신이 모욕을 주고 자신이 조롱을 당한 것처럼 다른 누군가를 조롱해 주고 싶었다. 마레스칼이 앞에 있으니 마땅히 그가 희생양이 되어야 했다. 그러나 우선은 마레스칼을 통해 다른 비밀도 캐고 싶어졌다. 마레스칼 같은 인물은 실패를 맛보면 곧바로 쓰라린 감정에 사로잡히는 법이다.

「이런, 끔찍한 일이군요」

「끔찍하죠」

「전혀 눈치 채지 못하셨습니까?」

「전혀요」

「공범이 뭔가 흔적이라도 남기지 않았습니까?」

「공범이라뇨?」

「그놈을 빼내 간 공범 말입니다」

「하지만 아무 흔적도 남아 있지 않았습니다. 숲에서 놈의 발자국을 보았죠. 그런데 역 근처 진흙에 찍힌 발자국을 보면 굽 없는 여자 신발 옆에 여러 종류의 발자국이 찍혀 있지 뭡니까? 작은 발자국. 앞이 뾰족한 가죽 구두 자국 등……」

라울은 진흙 묻은 자신의 신발을 가능한 한 의자 밑으로 깊이 집어넣었다. 그러고는 흥미롭다는 표정으로 질문을 던졌다.

「그럼 누군가가 밖에 있었던 거로군요……?」

「틀림없습니다. 제 생각에는 그놈이 의사의 마차를 훔쳐서 살인자를 데리고 도망친 것 같습니다」

「의사요?」

「그게 아니라면 의사가 벌써 도착했겠죠. 하지만 아직도 보이질 않으니 그놈이 마차 아래로 의사를 내동댕이치고 어디에 가둬두었을 겁니다」

「마차라면 따라잡을 수 있었을 텐데요」

「어떻게요?」

「경찰의 말이 있지 않습니까?」

「안 그래도 말을 묶어 둔 창고 앞으로 달려가 말 위에 뛰어 올랐습니다. 하지만 안장이 풀려 거꾸로 한 바퀴 돌면서 바닥에 떨어졌지 뭡니까?」

「세상에!」

「말을 감시하던 사람이 잠이 들었더군요. 그동안에 누군가가 고삐와 안장을 묶고 있던 끈을 잘라 놓은 겁니다. 그런 상황에서 추적을 한다는 건 불가능하죠」

라울은 웃음을 참을 수가 없었다.

「젠장! 수사관님께서 진짜 적수를 만나셨군요」

「대단한 놈이죠. 전에 아르센 뤼팽이 가니마르 형사와 대결했던 사건을 조사할 기회가 있었습니다. 어젯밤 일도 그때처럼 대가의 솜씨였습니다」

라울은 냉정을 되찾고 말했다.

「정말 큰일이로군요. 이번 강도를 체포하면 수사관님의 장래를 위해서도 큰 도움이 될 텐데요……」

마레스칼은 실패를 맛본 후라 그런지 점점 더 라울에게 마음을 터놓고 이야기했다.

「큰 도움이 되겠죠. 실은 내무부 상사 중에 저와 앙숙인 사람이 있습니다. 일시적이긴 하겠지만 그 여자 강도를 잡으면 많은 점수를 딸 수 있을 겁니다. 생각해 보십시오! 이 사건이 미칠 파장을요. 젊고 아름다운 여성이 연루된 살인 사건이라……! 저는 얼마 지나지 않아 유명해질 겁니다. 그러고 나면……」

「그러고 나면요?」

마레스칼은 잠시 망설였다. 그는 비록 나중에 후회할지 몰라도 지금은 마음에 있는 이야기를 전부 쏟아 내고 싶은 심정이었다. 라울은 마레스칼의 머릿속 깊은 곳에 있는 생각까지 짐작할 수 있었다. 마레스칼은 점점 더 자신을 드러내고 있었다.

「그러고 나면 제가 반대 진영에서 거둔 승리는 두 배, 세 배로 그 가치가 더해지는 거죠……」

라울은 감탄하며 말했다.

「두 배의 승리라!」

「그렇습니다. 그리고 결정타가 되겠죠」

「결정타요?」

「물론입니다. 어느 누구도 제게서 그 사건을 빼앗을 수는 없을 겁니다. 게다가 살인 사건이니까요」

「젊은 영국 여자의 살인 사건 말씀이시겠죠?」

라울은 약간 멍청한 표정으로 상대방의 뛰어난 능력에 감탄한 사람처럼 물었다.

「젊은 영국 여자의 살인 사건!」

「제게 설명해 주실 수 있겠습니까……?」

「그럼요. 선생께서 판사보다 두 시간이나 먼저 설명을 들으시는 겁니다. 자, 그럼 모두 얘기하죠」

마레스칼은 피로에 지치고 머릿속도 혼란스런 상태여서 평소와는 달리 신중하게 행동하지 못했다. 그는 풋내기 수사관처럼 이것저것 정보를 흘리고 있었다.

마레스칼은 라울에게 가까이 몸을 기울이며 말했다.

「그 영국 여자가 어떤 사람이었는지 아십니까?」

「그럼, 수사관님은 그 여자가 누군지 알고 계셨군요?」

「그럼요, 아다마다요! 우린 좋은 친구였습니다. 저는 여섯 달 전부터 뒤에 숨어 그녀를 감시하고 그녀에게 불리한 증거를 찾기 위해 노력해 왔습니다. 하지만 찾을 수가 없었죠……!」

「그녀에게 불리한 증거라고요?」

「그렇습니다. 젠장, 그녀에게 불리한 증거죠. 베이크필드에게 불리한 증거……. 영국의 대귀족이자 백만장자인 베이크필드 경의 딸인 동시에, 국제 범죄단 소속이며 호텔 도둑에다, 강도단 우두머리……. 모두 재미 삼아 하는 일입니다. 그녀는 별종이죠. 항상 빈정거리는 말투에 대단한 자신감에 차 있습니다. 그렇습니다. 그녀는 도둑이었어요. 제 상사에게도 보고한 적이 있습니다.

하지만 그녀를 어떻게 잡을까? 그래서 어제부터 그녀를 따라다녔습니다. 그녀가 머물고 있는 호텔에 저희 쪽 사람을 심어 두었는데, 그녀가 어제 니스에서 한 저택의 도면을 받았다는 정보가 들어왔습니다. 그 편지에 동봉된 서류를 보면 B 백작의 저택을 털려는 계획임을 알 수 있습니다. 그녀는 작은 가죽 가방에 그 도면과 수상한 서류들을 함께 넣었습니다. 그러고는 프랑스 남부를 향해 떠났던 거죠. 그래서 저도 열차를 탔던 겁니다.

저는 생각했습니다.

〈그리로 가서 그녀를 현행범으로 체포할 테다. 그게 안 되면 저 서류라도 손에 넣어야지.〉

「하지만 기다릴 필요가 없었습니다. 강도들이 그녀를 제게 넘긴 셈이니까요」

「그 가죽 가방은요?」

「옷 아래에 끈으로 묶어서 차고 있더군요. 여기 있습니다」

마레스칼은 자신의 외투 주머니를 툭 치며 말했다.

「잠깐 서류를 살펴볼 시간이 있었습니다. 정말로 B 백작의 저택 도면이었습니다. 그녀가 파란 펜으로 〈4월 28일〉이라고 적어 놓았더군요. 4월 28일이면 내일 모레, 수요일입니다」

라울은 무척 실망했다. 어제저녁에 동행했던 아름다운 아가씨가 도둑이라니……! 게다가 마레스칼의 세세한 설명에 조금도 반박할 수가 없게 되자 실망이 더욱 컸다. 자신을 꿰뚫어 보던 날카로운 눈이 도둑이기 때문에 가능했던 일이었다니! 국제 범죄단 소속이기 때문에 여러 사람의 정보를 얻고 그래서 라울 드 리메지의 안에서 아르센 뤼팽의 모습을 보았던 것이다.

또 죽음을 앞두고 그에게 했던 말은 같은 도둑인 뤼팽에게 했던 유언이자 간청이었던 것이다.

〈가방을 맡아 주세요……. 아버지가 모르시도록……. 서류를 없애 주세요…….〉

「수사관님, 그렇다면 베이크필드 가문에 먹칠을 하는 일이 아닙니까?」

「무슨 말씀을 하려는 겁니까……?」

「그런 생각을 하면 정말 끔찍하지 않습니까? 게다가 좀 전까지 함께 있던 여자를 법정에 세운다고 생각하면……. 그녀는 정말 젊지 않았습니까?」

「정말 젊고 아름다웠죠」

「그래도 처벌하시겠습니까?」

「선생님, 다른 어떤 문제가 있다 해도 저는 제 의무를 다할 겁니다」

그는 직업의식이 투철한 사람처럼 말했지만 실상은 자신의 능력에 대한 보상을 받아야겠다는 생각 때문이었다.

라울은 마레스칼이 자신의 의무를 원한이나 야망과 혼동하고 있다는 사실을 알아차리고 동의한다는 듯이 말했다.

「그래야죠, 수사관님」

마레스칼은 손목시계를 쳐다보고 나서 검사가 오기 전까지 휴식을 취해야겠다고 생각했는지 의자를 뒤로 반쯤 젖혔다. 그러고는 수첩에 몇 글자를 휘갈겨 적다가 손에서 수첩을 놓치며 잠에 빠져들었다.

라울은 몇 분간 그를 지켜보았다. 그의 머릿속에는 마레스칼이 어떤 인간인지 점차 뚜렷하게 윤곽이 잡혔다. 라울은 음모를 꾸미는 경찰의 얼굴, 돈도 많지만 취미 삼아 경찰 생활을 하는 남자의 모습을 그려보았다. 하지만 단순히 취미 때문만은 아니라 열정도 있고 그를 통해 챙기는 이득도 있을 것이다. 라울은 충분히 상상할 수 있었다. 돈 많은 남자, 바람둥이, 하지만 전혀 가책 없이 고속 승진을 위해 여자를 이용하는 남자. 저런 사람이라면 충분히 장관의 집에 비밀문을 만들어 놓고 장관 부인과 놀아날 수도 있지 않을까……?

라울은 계속해서 그를 감시하며 수첩을 집어들고 써내려 갔다.

　로돌프 마레스칼에 대한 관찰 보고서
　뛰어난 수사관. 솔선수범하며 명석한 두뇌를 자랑함. 하지만 말이 지나치게 많음. 처음 보는 사람을 의심하지도 않고 이름조차 물어보지 않음. 신발도 확인해 보지 않고 얼굴을 자세히 살펴보지도 않음.

교육을 잘못 받음. 오스만 대로에 있는 제과점 입구에서 안면이 있는 젊은 여자를 만났을 때 여자에게 무례하게 접근해 말을 건넴. 몇 시간 후, 피 묻은 옷을 입고 남자 행색을 한 그녀를 발견함. 여자는 경찰의 감시를 받고 있었음. 하지만 자물쇠 상태가 어떤지 확인도 해 보지 않고 열차에 남겨 두고 온 어떤 남자가 우편 꾸러미 뒤에 몸을 웅크리고 있는지 살펴보지도 않음.

따라서 그 남자가 계속해서 가명을 사용하고 증인이자 고발자인 척 행세하며 이 사건에 개입하고 가죽 가방에 들어 있던 서류를 빼내 불쌍한 콘스탄스와 베이크필드 가문의 명예를 지켜 주며 아무도 초록 눈을 가진 아가씨의 금발에 손을 대거나 그녀의 아름다운 손에 피가 묻어 있는 이유를 캐묻지 못하도록 함으로써 직접 그녀를 처벌하더라도 마레스칼 자신의 막중한 실수에서 빚어진 일이므로 놀라지 말 것.

라울은 제과점 앞에서 마레스칼과 만났던 기억을 떠올리고는 서명 대신 안경을 끼고 입에 담배를 물고 있는 남자의 얼굴을 그려 넣었다. 그러고는 〈불 있나, 로돌프?〉라고 적었다.

수사관은 코를 골며 자고 있었다. 라울은 마레스칼의 무릎 위에 다시 수첩을 올려놓고, 주머니에서 작은 약병을 꺼내 뚜껑을 열어 그의 코에 들이댔다. 지독한 클로로포름 냄새가 풍겨 나왔다. 마레스칼의 머리가 더 아래로 떨어졌다.

라울은 조심스럽게 그의 옷을 젖히고 가죽 가방을 꺼냈다. 그러고는 자기 허리에 끈을 두르고 가방을 단 다음 코트로 덮었다.

　그때 천천히 달리는 열차 소리가 들렸다. 화물 열차였다. 라울은 유리를 내리고 아무도 없는지 확인한 다음 창틀에 발을 올렸다가 아래로 뛰어내렸다. 그런 다음 열차에 올라 사과가 가득한 화물칸에 편안히 자리를 잡고 방수포로 몸을 덮었다.

　〈죽은 여자 도둑과 끔찍한 여자 살인범…… . 둘 다 내가 보호해야 할 여자들이란 말인가! 도대체 왜 내가 이런 끔찍한 사건에 뛰어들게 된 걸까?〉

B 백작의 저택을 털다

몇 해가 흐른 뒤에 아르센 뤼팽은 초록 눈의 아가씨에 대한 이야기를 들려주면서 이렇게 말했다.

「내가 항상 지키려고 하는 원칙이 한 가지 있네. 적당한 때가 오기 전에는 문제의 해답을 찾으려 하지 않는 것이지. 어떤 수수께끼는 우연히 해결될 수도 있고 또는 사람의 능력에 따라 어느 정도는 해답을 찾을 수가 있다네. 진실을 밝히기 위해서는 사건 전개를 살피면서 신중하게 한발한발 나아가는 게 중요하지」

특히 모순과 부조리한 면만 부각되고 모든 일들이 제각각 따로 일어나는 것처럼 보이는 사건의 경우에는 더욱더 이 원칙을 따라야 한다. 통일성도 없어 보이고 생각을 한 방향으로 끌고 나갈 수 없을 때, 각각의 작은 사건들이 다른 방향으로 나아가고 있을 때 말이다. 라울은 수많은 사건을 접해 봤지만 이번처럼 서두르지 않고 일을 해결한 적은 없었다. 이번에는 추론, 직관, 분석, 조사 등을 하더라도 함정에 빠지지 않도록 각별히 주의해야 했다.

화물 열차가 햇볕이 내리쬐는 시골을 가로질러 남쪽으로 달리는 동안, 그는 하루 종일 화물 보호용 방수포를 덮고 앉아 있었다. 그리고 허기를 달래기 위해 사과를 베어 먹으며 행복한 표정을 지었다. 그는 아름다운 아가씨에 대해 확실하지도 않은 가설을 세우고 그녀가 저지른 범죄와 그녀의 어두운 영혼을 생각하는 일은 시간 낭비일 뿐이라고 여겼다. 그 대신 그는 자신의 입술과 맞닿았던 부드럽고 황홀한 그녀의 입술을 음미하고 있었다. 그녀와 입맞춤, 그것만이 머릿속에 떠올리고 싶은 유일한 사건이었다. 영국 여자 대신 복수를 하고 범죄자를 처단하고 세 번째 공범을 따라잡고 도둑맞은 돈을 되찾는 일도 물론 흥미로울 것이다. 하지만 초록 눈의 아가씨와 놓쳐 버린 그 입술을 되찾는 일이야말로 얼마나 흥분되는 일이란 말인가!

영국 여자의 가방 안에는 그다지 흥미로운 볼거리는 없었다. 공범의 명단, 세계 각국의 범죄 조직 회원들과 주고받은 편지……. 세상에! 베이크필드는 정말로 도둑이었다. 서툴게도 없애 버리지 않은 많은 자료들이 그 사실을 증명하고 있었다. 그 옆에는 베이크필드 경이 보낸 편지들도 있었다. 그 편지에서 딸을 사랑하는 아버지의 마음도 읽을 수 있었다. 하지만 어느 서류에도 그녀가 이번 사건에서 담당할 역할이나 그녀와 세 강도 사건의 연관성에 대한 언급은 없었다. 다시 말해, 베이크필드와 살인자의 관계에 대한 이야기는 전혀 없었다.

그의 구미를 당기는 이야기라고는 마레스칼이 읽은 것으로 보이는 서류 하나뿐이었는데, B 백작의 저택을 터는 계획과 관련해서 영국 여자가 받은 편지였다.

니스에서 시미에로 가는 길을 따라가다가 고대 로마의 원형 경기장을 넘어가면 오른쪽에 B 백작의 저택이 있습니다. 매우 큰 건물로 넓은 정원에는 담이 둘러쳐져 있지요.

매달 마지막 수요일이 되면 나이 든 B 백작은 지붕이 달린 마차를 타고 니스로 갑니다. 항상 하인 한 명과 하녀 두 명을 데리고 도시락 바구니를 들고 가죠. 따라서 집은 오후 3시부터 5시까지 비어 있습니다.

파이옹 골짜기가 나올 때까지 담을 따라 정원을 한 바퀴 빙 돌아 보십시오. 그러면 작은 문 하나가 보일 겁니다. 벌레 먹고 썩은 문입니다. 그 문의 열쇠도 동봉하겠습니다.

B 백작은 부인과 별로 사이가 좋지 않았던 모양입니다. 백작은 부인이 유가 증권을 넣고 숨겨 놓은 상자를 찾지 못했습니다. 하지만 백작 부인이 생전에 친구에게 보낸 편지를 보면 베란다 안, 쌓여 있는 폐품 중 부서진 바이올린 케이스 속에 들어 있으리라 짐작됩니다. 하지만 확실한 건 아무것도 없습니다. 그 친구는 편지를 받은 날 사망했는데 그때 편지가 사라졌다가 2년이 지나서야 제 손에 들어왔기 때문입니다.

여기 정원과 저택의 도면을 동봉합니다. 베란다는 계단 위쪽에 있는데 거의 무너지기 직전입니다. 이 계획에는 두 명이 필요합니다. 세탁 일을 하는 이웃 여자가 정원에 나 있는 또 다른 철책 문의 열쇠를 가지고 있어 자주 들락거리기 때문입니다. 따라서 한 명은 망을 봐야 합니다.

날짜를 정하고(여백에는 파란 글씨로 4월 28일이라고 적혀 있었다), 제게도 미리 알려 주십시오. 호텔에서 만나야 하니까요.

— G

추신: 제가 전에 말씀드린 수수께끼 같은 정보는 여전히 미궁 속에 있습니다. 엄청난 보물일까요? 아니면 과학의 비밀에 관한 내용일까요? 아직도 모르겠습니다. 따라서 이번 여행이 결정적일 겁니다. 그래서 당신의 개입이 더욱 필요합니다……!

라울은 새로운 사건이 일어나기 전까지는 이 이상한 추신 내용을 그냥 무시해 버렸다. 하지만 그가 즐겨 쓰는 표현대로, 바로 그 내용이 위험한 추리와 해석을 통해서만 헤쳐 나갈 수 있는 늪지대 중 한 부분이었다. 반면에 B 백작의 저택 도난 사건은……!

그는 저택을 터는 일에 조금씩 특별한 관심을 가지게 되었다. 그는 오랫동안 그 계획에 대해 생각했다. 물론 이 계획은 전채 요리일 뿐이었다. 하지만 주 요리보다 비중이 더 큰 전채 요리도 있는 법이다. 그리고 어차피 지금 남 프랑스 쪽으로 가고 있으니, 이렇게 좋은 기회를 놓친다는 것은 말도 안 되는 일이었다.

그 다음날 밤, 화물 열차가 마르세유 역에 도착하자 라울은 열차에서 내렸다. 그리고 돈이 많아 보이는 남자의 지갑을 슬쩍했다. 지갑은 두둑했다. 라울은 여행 가방과 겉옷, 속옷을 사고 니스 행 급행열차에 올랐다. 4월 28일 아침, 그는 시미에 아래쪽에 있는 마제스틱 팰리스 호텔에 짐을 풀었다.

라울은 호텔에서 지역 신문을 읽으며 점심을 먹었다. 신문에는 급행열차 사건과 관련해 다소 과장된 기사들이 실려 있었다. 오후 2시가 되자 라울은 옷차림을 바꾸고 변장한 채 밖으로 나왔다. 마레스칼이 그의 모습을 알아보기는 불가능해 보였다. 아무리 마레스칼이라 하더라도, 자기를 속인 남자가 베이크필드를 대신해서 세간에 이미 알려진 저택 도난 계획을 과감하게 실행에 옮길 거라고 어떻게 예상할 수 있겠는가?

〈과일이 익으면 따 먹어야 하는 거야. 이 계획은 아주 잘 익었거든. 그러니 썩도록 놔두는 건 정말 어리석은 짓이지. 그 가엾은 베이크필드가 날 용서하지 않겠군.〉

파라도니 저택은 길가에 있었고 올리브 나무가 심어진 넓은 언덕을 굽어보고 있었다. 자갈이 깔려 있는 길이 저택의 삼면을 둘러싸고 있었는데 인적은 거의 드물었다. 라울은 주위를 살펴보았다. 벌레 먹어 썩어 가는 작은 나무문이 보였고, 좀더 떨어진 곳에 옆집 정원과 통하는 철책 문이 있었다. 세탁소 여자가 사는 집인 모양이었다. 그는 다시 큰길가로 나왔다. 그 순간 낡은 마차한 대가 니스 방향을 향해 달리기 시작했다. 백작과 하인들이 소풍을 떠나는 모양이었다. 3시였다.

〈이제 집이 비었겠군. 베이크필드의 살인 사건이 다시 떠올라서 찝찝하지만, 이제 슬슬 행동을 개시해 볼까? 부서진 바이올린 케이스는 내 차지다.〉

그는 다시 썩은 작은 문 쪽으로 다가갔다. 문 주위 담벼락에 우툴두툴한 부분이 있어서 쉽게 담을 오를 수 있었다. 그는 손쉽게 담을 뛰어 넘었고 작은 오솔길을 따라 집에 다가갔다. 1층에 있는 덧창은 모두 열려 있었다. 현관 창문을 넘어 들어가니 베란다로 통하는 계단이 있었다. 하지만 그가 첫 번째 계단을 밟으려는 찰나에 갑자기 초인종이 울렸다.

「젠장, 집이 비어 있는 게 아니었단 말인가? 백작이 뭔가 눈치를 채고 돌아온 걸까?」

초인종 소리는 짜증나게 계속해서 울려 댔다. 그러다가 라울이 몸을 움직이자 소리가 그쳤다. 그는 어찌된 영문인지 알아보려고 천장 가까이 달려 있는 기계를 살펴보았다. 전선이 문틀을 따라 아래로 내려와서 밖으로 연결되어 있었다. 따라서 초인종 소리는 잘못 울린 게 아니라 밖에 있는 누군가가 누른 것이었다.

그는 밖으로 나갔다. 전선은 라울이 들어온 방향을 따라 공중 높이에서 나뭇가지 사이사이에 매달려 있었다. 그의 확신이 맞아 떨어졌다.

「누군가 그 썩어빠진 작은 문을 열면 이 초인종이 저절로 울리는 거로군. 그러니까 누군가가 저 문으로 들어오려다가 멀리서 나는 초인종 소리를 듣고 포기한 게 분명해」

라울은 약간 왼쪽으로 몸을 기울였다. 그리고는 언덕 위쪽에 나무가 우거진 곳으로 올라갔다. 집과 올리브 나무가 심어진 언덕, 그리고 작은 쪽문 주위의 담벼락이 시야에 들어왔다.

그는 잠시 기다렸다. 또다시 들어오려는 시도가 있었다. 예상치 못했던 일이었다. 한 남자가 라울이 담을 넘었던 지점으로 올라왔다. 그는 담 위에 걸터앉아 초인종과 연결된 전선을 떼어 내어 땅에 던져 버렸다.

바깥쪽에서 문이 열렸고, 이제 초인종 소리는 들리지 않았다. 다른 사람이 안으로 들어왔다. 여자였다.

특히 대탐험가가 무슨 시도를 하려고 할 때, 〈우연〉은 매우 중요한 역할을 한다. 하지만 이번에는 정말 놀라지 않을 수 없었다. 초록 눈의 아가씨가 이곳에서 기음으로 보이는 남자와 함께 모습을 드러낸 일이 정말 우연이란 말인가? 그렇게 서둘러 도망치고 먼 길을 달려와 4월 28일 오후, 이 시간에 이 정원으로 침입했다면 저들도 이 계획을 알고 있었음이 분명하다. 그렇다면 저들도 라울처럼 바이올린 케이스가 있는 곳으로 바로 올라가지 않을까? 그리고 라울이 의심했던 대로 희생된 영국 여자와 살인자인 프랑스 여자 사이에 어떤 관계가 있는 것은 아닐까? 저들은 파리에서 표를 사고 짐을 부친 다음, 곧장 이리로 달려오지 않았는가 말이다.

두 사람은 올리브 나무를 따라 들어왔다. 남자는 무척 말랐으며 깨끗하게 면도를 했는데, 별로 호감 가지 않는 배우 같은 생김새였다. 그는 손에 도면을 들고 걸으면서 걱정스러운 표정으로 계속 주위를 살폈다.

그리고 젊은 여자는……. 정말로 한 치도 의심의 여지가 없었다. 라울은 어렵게 그녀의 모습을 알아볼 수 있었다. 그녀의 모습은 너무나 많이 변해 있었다. 그가 예전에 오스만 대로에 있는 제과점에서 감탄하며 바라보았던 행복하고 웃음 가득한 아름다운 표정은 보이지 않았다. 급행열차 복도에서 보았던 비극적인 얼굴도 아니었다. 그녀의 가엾은 얼굴은 두려움에 사로잡혀 끔찍할 정도로 일그러져 있었다. 그녀는 장식 없는 단순한 회색 원피스를 입고 금발 머리를 감추기 위해 챙 넓은 모자를 쓰고 있었다. 라울은 나뭇잎 사이로 그들의 모습을 지켜보고, 그들은 라울이 숨어 있는 언덕을 돌아가고 있을 무렵 갑자기 벽 위로 또 다른 얼굴이 나타났다. 역시 같은 지점이었다. 남자의 머리였는데 그는 모자도 쓰고 있지 않았고 검은 머리는 헝클어져 있었으며 얼굴에서는 저속한 분위기가 느껴졌다. 남자의 얼굴은 곧 사라졌다.

저자가 골목길에서 망을 보고 있는 세 번째 공범일까?

두 사람은 언덕에서 멀리 떨어진 곳에 멈춰 섰다. 작은 문에서 이어지는 길과 철책 문에서 통하는 길이 만나는 지점이었다. 기욤은 집 쪽으로 달려갔다. 이제 정원에는 여자만 남아 있었다.

라울은 그녀와 쉰 걸음 정도 떨어진 거리에 있었다. 그는 그녀를 열정적인 시선으로 바라보면서 담 뒤에 숨어 있는 남자에 대해 생각했다. 그는 썩은 문 틈으로 여자를 응시하고 있을 것이다. 어떻게 할까? 그녀에게 알려 줄까? 보쿠르에서처럼 위험을 피하기 위해 그녀를 데리고 달아나야 하지 않을까?

무엇보다도 호기심이 일었다. 라울은 알고 싶었다. 아무것도 확실하게 알 수 없는 상황에서 처음 의도는 계속해서 빗나가고 사방에서 공격이 오고 있었다. 그는 소용돌이 가운데 놓여 있는 기분이었다. 어서 빨리 확실한 무언가가 나타나 한 가지 길을 선택할 수 있게 되기를 바랄 뿐이었다. 그는 이젠 더 이상 동정심이나 복수심 때문에 우발적으로 행동하는 일은 없었으면 하고 바랐다.

그녀는 나무 한 그루에 기대 신중하게 호루라기를 붙잡고 있었다. 위급한 상황이 오면 불려는 모양이었다. 그녀는 스무 살이나 되었는데도 젊은, 아니 어린아이 같은 얼굴이었다. 정말 놀라웠다. 눌러 쓴 모자 아래로 살짝 드러난 금발이 금 귀걸이처럼 반짝거려, 마치 환한 빛이 얼굴 주위를 감싸고 있는 듯했다.

시간이 흘러갔다. 갑자기 철책 문이 삐거덕거리는 소리가 들렸다. 언덕 반대편에서 빨래 바구니를 든 여자가 콧노래를 흥얼거리며 집을 향해 다가가고 있었다. 초록 눈의 아가씨도 소리를 들은 모양이었다. 그녀는 잠시 망설이다가 나무 아래에, 거의 바닥에 붙듯이 엎드렸다. 세탁 일을 하는 여자는 갈림길에 서 있는 나무 뒤에 그녀가 숨어 있다는 사실을 알아채지 못하고 계속 걸어갔다.

끔찍한 순간이 지나갔다. 지금 한창 물건을 훔치고 있을 기욤이 이 불청객과 맞닥뜨린다면 어떻게 될까? 하지만 예상과는 달리 별일이 일어나지 않았다. 여자가 하인들이 드나드는 쪽문으로 들어가서 모습이 보이지 않게 된 순간, 기욤이 일을 마치고 밖으로 나왔다. 두 사람은 다행히 부딪히지 않았다. 기욤은 신문지로 싼 꾸러미를 들고 있었는데 바이올린 케이스와 같은 형태였다.

초록 눈의 아가씨는 웅크리고 있어서 기욤이 조심스럽게 잔디 위로 걸어오는 모습을 보지 못한 모양이었다. 그녀는 베이크필드와 두 남자를 살해한 뒤에 보쿠르에서 잡혀 있을 때처럼 끔찍한 표정을 짓고 있었다. 라울은 그녀가 혐오스럽게 느껴졌다.

기욤은 그녀에게서 짧게 상황 설명을 들었다. 이번에는 기욤이 당황하는 기색이었다. 언덕 옆을 지날 때는 두 사람 모두 창백하고 겁에 질린 표정으로 비틀거렸다.

라울은 마음속 깊이 이들을 경멸하며 생각했다.

「그래, 그래. 마레스칼이든 그의 부하든 간에, 담벼락 뒤에 숨어 있는 놈이 있어서 다행이군! 두 놈 다 잡아가라! 모두 교도소에 보내 버려!」

이날 모든 상황은 라울의 예상과 반대로 진행되었다. 때문에 라울도 어쩔 수 없이 그때그때 상황에 따라 행동해야 했다. 문에서 스무 걸음 정도 거리를 남겨 두고, 다시 말해 담벼락 뒤에 숨어 있는 남자와 스무 걸음 정도 거리가 되었을 때 담 위로 사람 얼굴이 나타났다. 그 남자는 오솔길 위에 있는 가시덤불로 뛰어내린 다음 기욤의 턱에 주먹을 날렸다. 그러고는 여자를 짐짝처럼 낚아채고 바이올린 케이스를 주워서 올리브 나무가 심어진 언덕을 향해 달려갔다. 집의 반대편 방향이었다.

곧 라울도 뛰어 내려갔다. 남자는 몸이 가벼우면서 건장한 체격이라 매우 빨리 달렸다. 그는 자신의 목표를 아무도 방해하지 못한다고 생각하는 사람처럼 뒤도 돌아보지 않고 달렸다.

그자는 레몬 나무가 심어져 있는 경사진 언덕을 가볍게 뛰어 올라갔다. 그 끝에는 1미터가 넘는 담이 있었다. 하지만 담 바깥 쪽에는 흙이 쌓여 있어서 쉽게 뛰어내릴 수 있었다.

그는 여자를 내려놓고 손목을 잡은 채 아래로 내려 보냈다. 그러고 나서 먼저 바이올린을 던지고 자기도 아래로 뛰어내렸다.

〈잘됐군. 정원 옆으로 난 외딴 길에 차를 감춰 두었을 거야. 숨어서 엿보다가 여자를 납치하고 이제 목표를 달성하기 직전이 겠군. 곧 힘도 없어 저항할 수도 없는 여자를 차에 던져 넣겠지.〉

라울은 그들을 향해 다가가면서 자신의 생각이 틀리지 않았음을 알았다. 그곳에는 커다란 자동차가 주차되어 있었다.

남자는 잠시도 지체하지 않았다. 곧 시동을 거는 소리가 들렸다. 남자는 자신의 먹이 옆에 올라탄 뒤, 서둘러 출발했다.

길은 돌로 덮여 있어서 차체의 요동이 심했다. 엔진에 부담이 가는지 요란한 소리가 들렸다. 라울은 자동차의 천 덮개를 가볍게 뛰어넘어 코트가 걸려 있는 뒷자리에 누웠다. 남자는 자동차에만 신경을 쓰느라 뒤는 전혀 돌아보지 않았다. 라울이 올라타는 소리를 듣지 못했음이 분명했다.

자동차는 담장 바깥쪽 길을 통해 큰길 쪽으로 나갔다. 큰길로 접어들기 전에 남자는 뻣뻣하고 묵직한 손을 여자의 목에 올려놓으며 말했다.

「조금이라도 실수하면 넌 끝장이야. 전에 누구처럼 네 목도 졸라 줄 테니까……. 누구 얘긴지 알지……?」

그러고는 웃으며 덧붙여 말했다.

「도와 달라고 소리라도 지르고 싶겠지. 안 그런가, 아가씨?」

농부들과 산책하는 사람들이 길가를 걷고 있었다. 자동차는 니스에서 멀어져 산 쪽으로 달리고 있었다. 여자는 아무 행동도 하지 않았다.

저들이 하는 말을 통해서나 정황을 보아서나, 두 사람이 같은 편이라고밖에 생각할 수 없지 않겠는가? 혼란스럽게 여러 상황이 얽혀 있고 아직까지는 이전 사건과 연관성을 찾을 순 없었지만 라울은 갑자기 저 남자가 열차 사건의 세 번째 공범이라고 확신하게 되었다. 전에 누군가의 목을 졸랐던…… 다시 말해 베이크필드의 목을 졸랐던 바로 그 강도였다.

〈그래. 생각이나 논리적인 추론 따위 필요 없어. 맞아. 그게 바로 베이크필드 사건과 세 강도 사건 사이에 관련이 있다는 증거야. 물론 마레스칼의 말대로 영국 여자가 오해 때문에 죽었다는 건 사실이야. 하지만 그래도 모두들 B 백작의 저택을 털겠다는 같은 목적을 가지고 니스로 달려왔어. 저택 도난 사건을 계획한 건 바로 기욤이야. 편지에서 본 G라는 서명은 기욤의 서명이었고……. 기욤은 세 강도 중 한 명이었고 동시에 영국 여자와 함께 저택을 털 계획을 꾸몄으며 추신에서 말했던 수수께끼를 찾으려고 노력 중이었지. 이렇게 되면 확실해진 게 아닌가? 하지만 영국 여자가 죽자 기욤은 자기가 계획한 일을 실행에 옮기려고 한 거지. 그런데 이 계획에는 두 사람이 필요했기 때문에 친구인 초록 눈의 아가씨를 데리고 온 거야. 자기의 공범들을 감시하고 있던 세 번째 강도가 그 물건을 빼앗지만 않았다면 그의 계획은 성공했겠지. 게다가 세 번째 강도는 그 기회를 틈타 초록 눈까지 납치했어. 도대체 무엇 때문에 그런 일을 저지른 걸까? 두 남자가

한 여자를 사랑하고 있는 걸까……? 지금은 너무 많은 생각을 하지 않는 게 좋을 것 같군.〉

자동차는 몇 킬로미터를 달려가서 오른쪽으로 꺾어졌다. 그리고는 갑자기 구불구불한 길로 내려가더니 르방 쪽으로 가는 길로 접어들었다. 이 길로 가면 바르 협곡 또는 산악 지대가 나온다. 그래서 어디로 가려는 걸까?

〈그래, 그래서 이 차가 강도들의 소굴로 향하게 된다면? 미치광이 네다섯 놈들과 초록 눈을 놓고 결투라도 벌일 때까지 기다려야 하는 걸까?〉

라울은 여자의 갑작스런 행동을 보고 마음을 결정했다. 여자는 절망에 빠진 나머지 자동차에서 뛰어내려 자살하려고 했다. 하지만 남자가 거칠게 여자를 붙잡았다.

「바보 같은 짓 하지 마! 죽더라도 내가 정한 때에 내 손으로 죽일거다. 급행열차에서 네 년이 기욤과 함께 두 남자를 죽이기 전에 내가 했던 말 잊지 않았겠지? 다시 한번 충고하는데……」

그는 말을 끝맺지 못했다. 그가 여자 쪽으로 고개를 돌리고 있을 때 갑자기 그 사이로 사람의 머리와 상반신이 불쑥 끼어들었다. 갑자기 끼어든 남자는 얼굴을 찡그리며 상반신으로 그를 구석까지 밀어붙였다. 곧 비웃음 섞인 목소리가 들려왔다.

「어떻게 지내셨나, 친구?」

그는 어안이 벙벙했다. 자동차가 급커브를 돌면서 골짜기 아래로 추락할 뻔했다.

「이런……! 이놈은…… 뭐야? 어디서 나온 거야?」

그가 더듬거리며 말했다.

「뭐야! 날 못 알아보겠단 말인가? 급행열차 안에서 나한테 말

84

을 걸지 않았나? 잘 기억해 봐, 응? 네가 제일 처음 때려눕힌 사람이잖아? 네 놈에게 지폐를 스물세 장이나 빼앗긴 그 불쌍한 사람이라고. 아가씨는 날 금방 알아보시겠죠? 안 그렇습니까? 그 날 밤, 당신을 팔로 안았던 남자입니다. 아가씨는 그다지 예의바르지 않은 방법으로 제 곁을 떠나가셨지만……」

여자는 모자 아래로 고개를 숙이고 입을 다물었다. 남자는 계속해서 더듬거리며 말했다.

「이…… 놈은 도대체 뭐야? 어디서 나온 거지?」

「파라도니 저택에서부터 자네를 지켜보고 있었지. 이제 아가씨가 내리도록 차를 멈춰야겠어」

남자는 대답하지 않고 자동차의 속력을 높였다.

「날 위협하겠다는 건가? 생각 잘못했네, 친구. 언론에서 내가 자네한테 얼마나 호의적으로 대했는지 봤을 텐데. 자네에 대해서는 조금도 부풀리지 않고 그대로 얘기하지 않았나? 그래서 사람들은 내가 강도 두목이라고까지 말하더군. 불쌍한 사람들을 구할 생각밖에 하지 않는 선량한 여행객보고 강도 두목이라니! 자, 친구, 어서 브레이크를 밟고 속도를 늦추게……」

길은 매우 좁고 구불구불했다. 길가에는 절벽이 병풍처럼 둘러져 있었고, 옆에 있는 난간에서는 급류가 흘러내리고 있었다. 안 그래도 좁은 길은 철로 때문에 반으로 갈라져 있었다. 라울은 상황이 자신에게 유리하다고 판단했다. 그래서 몸을 일으켜 양쪽 길을 유심히 살펴보았다.

라울은 갑자기 일어나서 두 팔을 운전석 양 옆으로 집어넣었다. 그러고는 몸을 내밀어 남자를 짓누르다시피 해서 운전대를 빼앗았다.

남자는 당황해서 알아들을 수 없을 정도로 작게 중얼거렸다.

「뭐야! 이 사람이 미쳤나! 아……! 이런, 골짜기에 처박히겠네! 이것 놔, 멍청이 같으니!」

남자는 빠져나가려고 애썼지만 라울의 두 팔이 워낙 꽉 조이고 있어서 꼼짝도 하지 못했다.

라울이 웃으며 말했다.

「선택을 하게, 친구. 골짜기에 처박힐 것인가 열차와 충돌할 것인가……. 자, 저기 열차가 자넬 향해 달려오고 있군. 이제 멈춰야 해, 친구. 그렇지 않으면……」

실제로 거대한 열차가 50미터 앞에서 다가오고 있었다. 열차가 다가오는 속도도 있으니 즉시 멈추지 않으면 안 되는 상황이었다. 남자는 상황을 파악하고 브레이크를 밟았다. 라울은 핸드 브레이크를 잡아 올려 열차 선로에 차를 세웠다. 자동차와 열차는 그야말로 얼굴을 맞대고 가까스로 멈춰 섰다.

남자를 무척 화를 내며 말했다.

「이런 세상에! 이놈은 도대체 뭐 하는 거야? 아! 네 목숨을 구해 준 대가는 반드시 받아 내겠다!」

「지금 지불하지! 펜 가진 거 있나? 없다고? 그럼 할 수 없지. 열차 밑에 깔리고 싶지 않으면 어서 차를 밖으로 빼」

라울이 여자에게 손을 내밀었지만 그녀는 거절하고 차에서 내렸다.

열차 승객들은 아우성을 치고, 운전사도 마구 소리를 질러 댔다. 자동차를 빼내자 열차가 다시 출발했다.

라울은 남자를 자동차에 태우고 나서 명령하듯 말했다.

「내가 어떻게 하는지 잘 봤겠지, 친구? 다시 한번 저 아가씨를 괴롭히면 널 법정에 세우겠어. 급행열차 사건을 계획하고 영국 여자의 목을 졸라 죽인 건 바로 네 놈이니까」

남자는 얼굴이 창백하게 질려 버렸다. 그의 얼굴에는 털이 많이 나 있었고 주름도 많았다. 그는 입술까지 덜덜 떨며 말했다.

「거짓말……. 난 건드리지 않았어……」

「네가 한 짓이야. 증거는 충분하다고. 입을 다물고 있어도 단두대에 서게 될걸. 그러니 어서 도망이나 치게. 저 고물차는 놔두고 말이야. 난 저 여자와 함께 니스로 가야 하거든. 자, 어서!」

라울은 순식간에 남자의 어깨를 눌러 저항하지 못하도록 한 뒤, 자동차로 뛰어 올랐다. 그러고는 신문에 싸여 있는 바이올린을 주워 들었다. 그런데 곧 그의 입에서 욕설이 튀어나왔다.

「젠장! 여자가 달아났잖아」

초록 눈의 아가씨는 정말로 보이지 않았다. 저 멀리 열차의 모습이 사라져 가고 있었다. 두 남자가 싸우는 틈을 이용해 달아난 모양이었다.

라울은 화가 나서 남자를 덮쳤다.

「넌 누구야? 응? 저 여자를 알고 있나? 여자의 이름은 뭐지? 그리고 네 이름은? 어떻게 이럴 수가……!」

남자도 화가 나서 라울로부터 바이올린을 빼앗으려 했다. 두 남자 사이에 싸움이 시작되었다. 그때 두 번째 열차가 지나가자 라울은 열차에 뛰어올랐다. 강도는 그를 따라잡으려고 했지만 헛수고였다.

라울은 화가 난 상태로 호텔에 돌아왔다. 어쨌든 파라도니 백작 부인의 유가 증권을 손에 넣었으니 그나마 다행이었다.

그는 신문지를 벗겨 냈다. 바이올린은 손잡이도 없고 부속품도

다 떨어져 나간 상태였지만 보통 바이올린보다 훨씬 무거웠다.

라울은 바이올린을 살펴보았다. 나무판 하나를 정교하게 톱으로 잘렸다가 다시 제자리에 붙인 흔적이 있었다.

그는 그 나무판을 떼어 냈다.

바이올린 안에는 오래된 신문지 뭉치밖에 들어 있지 않았다. 그렇다면 백작 부인이 재산을 다른 곳에 감췄거나 이곳에 감춰 둔 것을 백작이 찾아낸 뒤에 백작 부인의 물건을 훔치러 오는 자들을 보기 좋게 놀리기 위해 이런 짓을 했는지도 모른다.

라울이 투덜거리며 말했다.

「실패의 연속이군. 아! 그녀가 날 귀찮아하기 시작했어. 초록 눈의 아가씨! 잘난 척하기는! 어떻게 내 손을 거절한단 말이야! 뭐야? 자기 입술을 훔쳤다고 아직도 날 원망하는 건가? 새침데기 같으니! 그래, 가 버려라!」

인명 구조견

라울은 한 주 내내 어디에서 싸움을 해야 하는지 알지도 못한 채, 급행열차의 세 강도 사건에 관한 특집 기사들만 주의 깊게 읽었다. 대중들에게 너무나 많이 알려진 사건을 이야기하는 것은 별로 도움이 되지 않을 것이다. 누가 무슨 가설을 세우고 누가 실수를 저질렀고 어떤 수사 과정을 거쳤다는 등의 이야기를 해 봐야 아무 소용이 없다. 이 사건은 수수께끼로 남아 전 세계를 열광시켰다. 그런데 이 사건이 오늘날 다시 관심을 끄는 이유는 아르센 뤼팽이 관련되었기 때문이다. 사람들은 진실을 알게 된 순간부터 지겨울 정도로 세세한 일들을 들쑤시고 전에는 부차적인 일로 간주되었던 일까지도 부각시키려 한다. 하지만 뤼팽이 이미 진실을 밝혀 냈는데 그렇게까지 할 필요가 있을까………?

뤼팽, 아니 라울 드 리메지는 곧 조사 결과를 정리해 다음과 같이 적었다.

첫째, 세 번째 공범. 다시 말해, 초록 눈의 아가씨를 납치했던 짐승 같은 그놈은 여전히 어둠 속에서 모습을 드러내지 않고 있으며 아무도 그의 존재를 예측하지 못하고 있다. 따라서 경찰은 알려지지 않은 승객, 다시 말해 나를 이 사건의 배후로 지목하고 있다. 마레스칼은 내 끔찍한 계략에 농락을 당하자 내가 강도들을 조직하고 이번 사건을 지휘했다고 떠벌려 나를 악마나 또는 전지전능한 존재로 만들어 버렸을 것이다. 내가 포박당하고 재갈을 물었으니 겉으로 보기에는 동료 강도들의 희생자인 것 같지만, 실제로는 그 사이에 공범들이 안전하게 범행을 하도록 감시하고 신발자국 외에는 어떤 흔적도 남기지 않은 채 어둠 속으로 사라져 버렸다는 이야기다.

둘째, 다른 공범들. 그들이 마차를 빼앗아 도망쳤다는 의사의 진술은 사실로 밝혀졌다. 하지만 어디로 갔다는 말인가? 말은 새벽에 들을 가로질러 달려갔다. 어쨌든 마레스칼은 전혀 망설이지 않았다. 그는 가장 어린 강도의 가면을 벗겨 내고 그 강도가 젊고 아름다운 여자였다는 사실을 가차 없이 폭로했다. 하지만 나중에 자신이 체포해서 이득을 볼 생각으로 구체적인 신분은 밝히지 않았다.

셋째, 살해된 두 남자. 이들의 신원이 밝혀졌다. 형제인 이들의 이름은, 아서 루보와 가스통 루보다. 이들은 한 샴페인 회사의 투자자였으며 센 강가에 있는 뇌이이에 살고 있었다.

넷째, 중요한 점. 두 형제를 살해하는 데 이용했던 총은 열차 복도에서 발견되어 명백한 증거 자료가 되었다. 그 총은 2주 전에 마르고 키가 큰 젊은 남자가 구입했음이 밝혀졌다. 그 남자는 베일을 쓴 젊은 여자와 함께 있었는데, 여자는 그 남자를 〈기욤〉이라고 불렀다고 한다.

다섯째, 베이크필드. 그녀에 대한 비난은 어디에서도 찾아 볼 수 없다. 마레스칼은 증거가 없으니 어쩔 수 없이 신중하게 침묵을 지키고 있다. 따라서 그녀는 런던과 리비에라에서 잘 알려진 사교계 여성이며 몬테카를로에 있는 아버지를 만나러 가는 길이었다고 알려졌을 뿐이다. 그게 전부다. 그녀는 실수로 살해된 것일까? 그럴 가능성도 있다. 하지만 루보 형제는 왜 살해된 것일까? 그 점과 그 밖의 나머지 모든 점은 모순으로 가득하고 여전히 미궁 속에 남아 있다.

라울은 생각했다.

〈지금은 머리를 쥐어짤 기분이 아니니까 더 이상은 생각하지 말자. 헤매는 일은 경찰에게 맡기고 나는 행동으로 옮겨야지.〉

라울은 그때 이미 어떻게 행동해야 할지 알고 있었던 것이 분명하다.

지역 신문에 다음과 같은 기사가 실렸다.

〈고명한 베이크필드 경은 불행한 딸의 장례식에 참석한 후, 이곳으로 돌아왔다. 그는 여느 때처럼 봄의 마지막을 몬테카를로에 있는 벨뷔 호텔에서 보낼 예정이다.〉

라울 드 리메지는 그날 저녁 벨뷔 호텔로 가서 베이크필드 경이 머무는 방 옆방에 짐을 풀었다.

1층에 있는 방은 모두 커다란 정원을 향해 있었다. 그리고 각 방에서 밖으로 통하는 계단과 출구가 있었고 바깥에 있는 길은 호텔 건물 뒤편으로 이어져 있었다.

그 다음날 라울은 방에서 내려오는 베이크필드 경을 보았다.

그는 아직 젊어 보였고 인상이 과묵했으며 수심과 절망에 가득 찬 그의 걸음걸이에서 슬픔과 고통을 느낄 수 있었다.

이틀 후, 라울은 개인적인 면담을 요청하기 위해 그에게 명함을 건네려 했다. 그런데 마침 복도에서 옆방 문을 두드리고 있는 남자가 보였다. 마레스칼이었다.

라울은 전혀 놀라워하지 않았다. 마레스칼은 수사관이니까, 콘스탄스의 아버지에게서 정보를 얻으려는 행동이 당연하지 않은가!

라울은 옆방과 사이에 있는 덧문 중 문짝 하나를 열었다. 그러나 옆방의 대화 내용은 전혀 들리지 않았다.

마레스칼은 그 다음날에도 베이크필드 경을 찾아왔다. 라울은 이미 옆방에 들어가서 문에 걸려 있는 빗장을 벗겨 놓고 있었다. 그는 태피스트리에 가려 있는 두 번째 덧문도 살짝 열어 보았다. 하지만 이번에도 실패였다. 두 사람은 너무 낮은 소리로 말을 하고 있어서 한마디도 들리지 않았다.

베이크필드 경과 마레스칼이 밀담을 나누는 사흘 동안 라울은 아무 성과도 거두지 못해 궁금증만 더해 갔다.

〈마레스칼은 무슨 목적으로 계속 이곳에 찾아오는 것일까? 베이크필드 경에게 그의 딸이 도둑이었다는 사실을 말하려는 것이리라. 마레스칼은 그런 생각은 전혀 하고 있지 않았는데……. 그렇다면 베이크필드와 대화를 해서 뭔가 다른 정보를 얻으려는 것은 아닐까?〉

어느 날 아침, 라울은 마침내 베이크필드 경이 전화로 이야기하는 내용을 들을 수가 있었다. 대화의 마지막 부분만 겨우 들었지만 그래도 유용한 정보였다.

「좋소. 오늘 3시에 호텔 정원에서……. 그때까지 돈은 준비할 수 있을 거요. 내 비서가 당신이 말한 편지 네 통과 돈을 교환할 거요……」

〈편지 네 통, 돈……. 누군가 협박을 했나 보군. 그렇다면 협박을 한 장본인은 기욤이 아닐까? 콘스탄스 베이크필드의 공범으로 그녀의 주위를 맴돌다가 이제 그녀가 죽자 그녀와 주고받은 편지로 돈을 빼앗으려나 보군.〉

이렇게 생각하자 마레스칼의 행동도 이해가 갔다. 베이크필드가 기욤에게 협박을 받자 마레스칼을 불렀을 것이다. 마레스칼은 함정을 파 놓고 젊은 사기꾼을 벼랑으로 몰려 할 것이다. 그렇다고 치자. 하지만 라울이 기뻐하기만 할 일은 아니었다. 초록 눈의 아가씨가 개입된 일이라면…….

그날 베이크필드는 수사관과 함께 점심 식사를 했다. 식사가 끝나자 그들은 정원으로 나가 몇 바퀴씩 돌며 계속해서 이야기를 나눴다. 2시 45분, 수사관은 호텔 안으로 돌아갔다. 베이크필드 경은 정면에 보이는 벤치에 앉았다. 정원에서 외부로 통하는 철책 문이 있었는데 그곳에서 멀지 않은 곳이었다. 문은 열려 있었다.

라울은 창가에 서서 그를 지켜보고 있었다.

「그녀가 나타난다면 그녀에겐 안된 일이지만 할 수 없지! 할 수 없는 일이야! 난 그녀를 구하기 위해 손끝 하나도 움직이지 않을 테니까」

하지만 기욤이 혼자서 나타난 모습을 보고는 다소 안심이 되었다. 기욤은 조심스럽게 철책 문을 향해 다가왔다.

드디어 두 남자가 만났다. 거래 조건은 사전에 결정되었기 때문에 그렇게 시간이 많이 걸리지는 않았다. 이들은 서로 아무 말도 하지 않고 호텔 방을 향해 걸어갔다. 기욤은 불안하고 걱정스러워하는 기색이 엿보였으며 베이크필드 경은 온몸을 덜덜 떨고 있었다.

계단 위쪽에서 베이크필드 경이 말했다.

「들어가시오. 난 이런 더러운 일에 개입하고 싶지 않소. 내 비서도 이 일을 알고 있으니 편지에 정말로 당신이 말한 내용이 담겨 있다면 비서가 돈을 지불할 거요」

그러고는 다른 곳으로 가 버렸다.

라울은 덧문 뒤로 가서 귀를 쫑긋 세웠다. 그는 이제 깜짝 놀랄 만한 일이 벌어지기를 기대했다. 하지만 생각해 보니 기욤은 마레스칼을 알지 못했고, 마레스칼은 베이크필드 경의 비서로 얼굴을 내밀 것이 분명했다. 라울이 살며시 귀를 기울이니 수사관이 또박또박 말하는 소리가 들렸다.

「자, 여기 5만 프랑입니다. 영국에서도 사용할 수 있는 수표죠. 편지는 가져오셨습니까?」

기욤이 대답했다.

「아뇨」

「아니라뇨? 그렇다면 아무것도 드릴 수가 없습니다. 전 편지를 받는 조건으로 돈을 드린다고 분명히 말씀드렸으니까요」

「우편으로 보내겠습니다」

「미쳤군요. 그게 아니라면 우릴 가지고 놀려고 했거나……」

기욤은 마음을 다잡고 말했다.

「전 분명히 편지를 가지고 있습니다. 다만 지금 제 손에 없다고 말씀드리는 것뿐입니다」

「그러면요?」

「제 친구가 보관하고 있습니다」

「그 사람은 어디 있죠?」

「호텔에 있습니다. 제가 찾아보죠.」

「그럴 필요 없습니다」

마레스칼은 상황을 알아차리고 일을 서둘렀다.

그는 초인종을 눌렀다. 호텔 급사가 들어오자 마레스칼이 말했다.

「복도에서 기다리고 있는 아가씨를 데리고 와 주게. 기욤이 불렀다고 전하면 될걸세」

기욤은 소스라치게 놀랐다. 그러니까 저자가 자신의 이름을 알고 있었단 말인가?

「무슨 뜻입니까? 이건 베이크필드 씨와 협의한 사항에 어긋나는 겁니다. 기다리고 있는 여자는 이 일과 아무 관련도……」

기욤은 달아나려고 했다. 하지만 마레스칼이 재빨리 문을 가로막았다. 마레스칼이 문을 열자 문 밖에서 초록 눈의 아가씨가 망설이고 있다가 안으로 들어왔다. 뒤에서 문이 세게 닫히고 잠기는 소리가 들리자 그녀는 겁에 질려 소리쳤다.

동시에 누군가가 그녀의 어깨를 잡았다. 그녀는 신음소리를 내듯 중얼거렸다.

「마레스칼!」

그녀가 이 끔찍한 이름을 말하기도 전에 기욤은 이 때를 이용해 정원 쪽으로 달아났다. 마레스칼은 그를 붙잡지 못했다. 그 대신 불안해하며 정신이 멍해서 떨고 있는 여자만을 생각했다. 마레스칼은 여자를 방 가운데로 밀어붙이며 그녀의 손가방을 빼앗았다.

「아! 못된 년 같으니! 이번에는 여기서 빠져나가지 못할걸! 온통 쥐덫투성이거든!」

그는 가방을 뒤지면서 소리쳤다.

「편지는 어디 있어? 협박을 하겠다고? 이렇게까지 타락하다니! 정말 부끄럽지도 않나?」

여자는 의자에 털썩 주저앉았다. 가방에서 편지가 나오지 않자, 그는 다시 소리치기 시작했다.

「편지! 편지를 내놔! 어디 있나? 블라우스 안에 숨겨 두었나?」

그는 여자에게 계속해서 욕을 퍼부으며 한 손으로 옷을 찢었다. 그리고 옷 속을 뒤지려고 다른 손을 내밀다가 깜짝 놀라 눈을 크게 뜨고 행동을 멈췄다. 눈을 깜빡거리며 빈정거리듯이 입에 담배를 꼬나물고 있는 남자의 모습이 보였다.

「불 있나, 로돌프?」

마레스칼은 이 말을 듣고 아연실색했다. 이미 파리에서 들었던 말, 또 자신의 비밀 수첩에 씌어 있던 말이 아닌가! 도대체 무슨 의미일까? 갑자기 반말을 하다니? 그리고 저 깜빡이는 눈은……?

「누구시오? 누구시오? 급행열차에 타고 있던 남자? 세 번째 공범? 이럴 수가……」

마레스칼은 겁쟁이가 아니었다. 그는 이미 여러 차례 대담한 모습을 보였으며 두세 명을 한꺼번에 상대하는 일도 두려워하지 않는 사람이었다.

하지만 라울처럼 특이한 상대는 처음이었다. 그와 함께 있으면 항상 자신이 열등하다는 느낌이 들었다. 그래서 마레스칼은 방어 자세를 취하고 있었다.

라울이 여자에게 냉랭하면서도 조용히 말했다.

「편지 네 통을 벽난로 구석에 놓으십시오. 봉투 안에 편지 네 통이 들어 있는 게 맞습니까? 하나, 둘, 셋, 넷……. 좋습니다. 이제 어서 복도로 달려가십시오. 이젠 절대로 얼굴 마주칠 일이 없을 겁니다. 안녕히 가십시오. 행운을 빕니다」

여자는 아무 말 없이 밖으로 나갔다.

라울이 다시 말했다.

「잘 봤겠지, 로돌프. 난 초록 눈의 아가씨와 그다지 잘 아는 사이가 아니라고. 그녀의 공범도 아니고 자네가 두려워하는 살인자도 아니지. 아니고말고. 단지 처음 봤을 때부터 머릿기름을 바른 날라리의 얼굴이 마음에 안 들어서 자네의 사냥감을 빼앗으려 했던 거지. 난 그냥 선량한 승객일 뿐이야. 난 그녀에겐 더 이상 관심 없어. 그리고 더 이상은 그녀의 일에 끼어들지 않기로 했지.

하지만 자네도 그녀에게서 관심을 끊어야겠어. 각자 자기 갈 길을 가는 거지. 자네는 오른쪽으로, 그녀는 왼쪽으로, 나는 가운데로 말이야. 내 말 알아듣겠나, 로돌프?」

마레스칼은 주머니에서 권총을 꺼내려고 했지만 그렇게 하지 못했다. 라울이 먼저 총을 꺼냈기 때문이다. 라울은 입을 꼭 다물고 매서운 눈초리로 마레스칼을 쳐다보았다.

「옆방으로 가지, 로돌프? 거기서 더 설명해 줄 테니까」

라울은 권총을 겨누고 마레스칼을 자기 방으로 들여보낸 다음 문을 닫았다. 그러고는 갑자기 탁자보를 걸어 마레스칼의 얼굴에 뒤집어씌웠다. 마레스칼은 저항하지 못했다. 이 알 수 없는 희한한 남자의 위세에 눌려 꼼짝도 할 수가 없었다. 도움을 요청하거나 초인종을 누르거나 몸싸움을 벌일 생각 따위는 추호도 할 수 없었다. 그렇게 했다가는 이 남자가 미리 선수를 치고 무서운 공격을 가해 올 것이기 때문이다. 따라서 마레스칼은 남자가 이불과 침대 시트로 자신의 몸을 꽁꽁 묶고 반 질식 상태로 만드는 동안에도 잠자코 있을 수밖에 없었다.

라울이 말했다.

「자, 이제 끝났어. 정말 얌전히 구는군. 자, 자네는 내일 아침 9시쯤에 풀려날 거야. 그동안 우리는 시간을 버는 거지. 자네는 생각을 할 시간, 초록 눈의 아가씨와 기욤, 그리고 나는 멀리 도망칠 시간 말이야. 모두 각자의 길을 가는 거지」

라울은 서두르는 기색 없이 짐을 싼 다음 가방을 닫았다. 그러고는 성냥에 불을 붙여 영국 여자의 편지 네 통을 불태웠다.

「한마디만 더하지, 로돌프. 베이크필드 경을 괴롭히지 마. 자네는 그분의 딸이 도둑이었다는 증거를 가지고 있지도 않고 또 앞으로도 그 증거물을 손에 넣을 수 없을 테니까. 그 대신 그분에게 콘스탄스 베이크필드의 기사가 실린 신문을 전해 줘. 그 신문은 노란 가죽 가방에 넣어 놨지. 여기에 두고 갈 테니 봐. 그럼 그분은 자기 딸이 가장 정직하고 고상한 여자였다고 생각하겠지. 자넨 좋은 일을 하는 거야. 기욤과 그의 공범에 관해서는 말이지…… 자네가 실수한 것이라고 말해. 그놈들이 협박을 하긴 했지만 급행열차 사건과는 아무 관련도 없어서 그냥 풀어 주었다고 말이지. 게다가 이 사건은 자네에겐 너무 복잡하니까 그냥 모른 척 놔둬. 건드려 봐야 상처만 생기고 피곤할 뿐이라고. 그럼 잘 있어, 로돌프」

라울은 열쇠를 가지고 호텔 카운터로 가서 말했다.

「제 방은 내일까지 그대로 놔두십시오. 돈은 미리 지불하겠습니다. 어쩌면 내일 돌아오지 못할 수도 있으니까요」

라울은 상황이 만족스럽게 흘러가고 있다고 생각했다. 이제 그녀를 위해 할 수 있는 자신의 역할은 끝났다. 그녀에게 말한 대로 이제는 그녀가 혼자서 해결해 나가야 한다. 이젠 자신이 개입할 필요가 없도록…….

그는 3시 50분에 초록 눈의 아가씨가 파리 행 급행열차를 타는 모습을 보았다. 하지만 라울은 이제 다시는 그녀를 따라가지 않겠다고 결심을 한 터라 숨어서 지켜보기만 했다.

그녀는 마르세유에서 툴루즈 행 열차로 갈아탔다. 그녀의 주위에는 배우로 보이는 사람들이 있었다. 잘 알고 지내는 사람들인 모양이었다. 기욤이 갑자기 나타나 그 사람들 사이에 합류했다.

라울은 혼자 중얼거렸다.

「여행 잘하십시오……! 이제 저 두 남녀와 만날 일은 없겠지.

잘됐군. 다른 데 가서 혼 좀 나 보라지……」

하지만 열차가 떠나기 직전, 라울은 자신의 열차에서 내려 그녀가 탄 열차로 뛰어올랐다. 그리고 그 다음날 아침, 그는 그녀를 따라 툴루즈에 내렸다.

연속되는 급행열차 사건과 파라도니 저택 도난 사건, 그리고 벨뷔 팰리스 호텔에서의 협박 시도……. 이런 일련의 갑작스럽고 폭력적이며 광적이고 예측 불가한 사건들은 마치 잘못 구성된 연극의 두 막과 같았다. 관객들은 이해하기도 힘들었고 각 막 간의 연관성을 찾기도 어려웠다. 뤼팽은 나중에 이때 이야기를 하면서 〈인명 구조견의 이야기를 다룬 3막 극 시리즈〉라고 불렀다. 뒤이어 벌어질 제3막도 앞의 2막과 마찬가지로 무섭고 갑작스럽게 일어난 일이었다. 이번 사건 역시 몇 시간 만에 극에 달했고 겉으로 보기에는 논리적이지 않은 듯했으며 직감으로는 풀 수 없을 만큼 복잡하게 얽힌 사건이었다.

라울은 초록 눈의 아가씨와 그녀의 일행들이 짐을 푼 호텔로 들어가 직원에게 정보를 캐물었다. 직원은 그녀의 일행이 오페레타 순회 공연 중이며 오늘 저녁 시 극장에서「베로니크」를 공연하기로 했다고 말했다. 그중에는 오페레타 가수인 레오니드 발리도 있다고 했다.

라울은 망을 보기 시작했다. 3시가 되자 여자가 밖으로 나왔다. 그녀는 뒤를 돌아보며 누가 자신을 따라오지는 않을까 하고 불안해하는 모습이었다. 공범인 기욤을 견제하려는 것일까? 그녀는 그렇게 우체국으로 달려가 흥분된 듯 떨리는 손으로 전보를 세 번이나 다시 썼다.

라울은 그녀가 떠나고 난 뒤, 찢어 버린 전보지 하나를 집어
들고 읽었다.

　오트피레네 지방의 뤼즈, 미라마르 호텔 - 내일 아침 첫 열차로
도착 예정, 집에 알릴 것.

라울이 중얼거렸다.
「이런 계절에 산악 지대에는 뭣 때문에 간다는 거지? 집에 알
리라니……. 뤼즈에 그녀의 가족이 살고 있나?」
　그러고는 조심스럽게 그녀의 뒤를 따라갔다. 그녀는 시 극장으
로 들어갔다. 공연 연습에 참석하려는 것이리라.
　라울은 저녁이 되기 전까지 극장 주변을 감시했다. 하지만 그
녀는 극장 안에서 한 발짝도 나오지 않았다. 공범인 기욤의 모습
도 보이지 않았다.
　저녁이 되자 라울은 박스석 구석 자리로 갔다. 그런데 자리에
앉자마자 깜짝 놀랄 만한 일이 벌어졌다. 베로니크 역을 연기하
고 있는 배우는 다름 아닌 초록 눈의 아가씨였다.
　〈레오니드 발리……. 그러니까 그녀의 이름이 레오니드 발리였
단 말인가? 그녀가 지방 순회공연을 하는 오페라 가수였단 말인
가?〉
　라울은 너무 놀라 입을 다물 수가 없었다. 저 모습은 그가 초
록 눈의 아가씨에 대해 상상할 수 있었던 한계를 넘어서는 일이
었다.
　지방 출신인지 파리 출신인지는 알 수 없었지만 그녀는 배우들
중에서 가장 뛰어났다. 가장 사랑스럽고 꾸밈없으며 진지하고 감

동을 주는 배우, 부드럽고 밝고 매력적이며 청순해 보이는 배우, 천부적인 재능을 타고난 배우, 무대 경험이 많진 않지만 그래서 오히려 더 신선해 보이는 배우였다. 그는 오스만 대로에서 보았던 그녀의 첫인상을 떠올렸다. 그녀는 두 가지 운명을 겪고 있는 걸까? 비극적이면서도 동시에 아이처럼 밝은 두 가지 가면을 쓰고 있는 걸까?

라울은 세 시간 동안 황홀하게 도취되어 공연을 지켜보았다. 하지만 끔찍한 장면들이 순간순간 머릿속을 스쳐 지나가 눈앞에 있는 환상적인 모습만을 생각할 수는 없었다. 지금 그녀는 한없이 부드럽고 안정된 모습이었다. 이제까지 본 모습과는 완전히 다른 사람 같았다. 하지만 저 여자는 분명 사람을 죽이고 범행에 참여했던 사람이었다. 그녀는 어디까지나 기욤의 공범이었다.

이렇게 너무나 다른 두 모습을 사실로 받아들여야 하는 걸까? 라울은 중립적인 입장에 서려고 노력했지만 허사였다. 베로니크를 연기하는 그녀의 모습에 가려 살인자의 모습은 점점 희미해지고 현재 눈앞에 보이는 강렬하고 감동적인 하나의 삶 속에 녹아들었다. 그녀는 가끔씩 너무 민감해 보이는 몸짓과 부자연스런 표현을 하곤 했다. 여왕의 모습 뒤에 감추어진 그녀의 특이한 영혼을 드러내는 것이리라. 겉으로 드러날 정도는 아니었지만 그 때문인지 노래하는 중간중간 조금씩 어색한 표정이 나타났다.

〈다시 한번 정리를 해 봐야겠군. 12시와 3시 사이에 어떤 중요한 일이 발생했고 그녀는 우체국으로 달려갔다. 그런데 그 일 때문에 공연하는 그녀의 모습에서 조금씩 위화감이 느껴진다. 그녀는 그 일을 생각하고 걱정하고 있다. 분명 기욤과 관련된 일일 거야. 기욤이 갑자기 사라져 버렸으니…….〉

박수갈채가 터져 나왔다. 그녀는 관중들을 향해 인사했다. 막이 내렸고 호기심 많은 관객들이 배우 전용 출구로 몰려들었다.

문 앞에는 쌍두마차가 대기하고 있었다. 12시 50분에 출발하는 열차는 뤼즈에서 가장 가까운 역인 피에르피트 네스탈라에 내일 아침 도착하는 열차 하나뿐이었다. 따라서 그녀는 짐을 가지고 바로 기차역으로 갈 것이다. 라울도 서둘러 짐을 챙겼다.

12시 15분, 그녀가 마차에 오르자 마차는 서서히 출발했다. 기욤의 모습은 보이지 않았다. 그녀가 기차를 탈 때까지 기욤이 보이지 않는다면 모든 일이 잘 풀릴 것이다.

라울은 역을 향해 30초 정도 걸어가다가 갑자기 무슨 생각이 떠올랐는지 서둘러 뛰어갔다. 그는 대로를 달리는 마차를 따라잡은 다음, 손을 뻗어 매달렸다.

곧 그가 예상했던 일이 벌어지고 말았다. 마차가 역 쪽으로 가는 길로 접어든 순간, 마부가 갑자기 오른쪽으로 방향을 돌리고 말들에게 사납게 채찍질을 하기 시작했다. 마차는 그랑롱과 식물원으로 향하는 인적이 드문 어두운 오솔길을 달리고 있었다. 이런 속도라면 여자가 뛰어내리기는 불가능했다.

마차는 얼마 지나지 않아 그랑롱에 다다랐다. 마부는 갑자기 마차를 세웠다. 그러더니 자리에서 뛰어내려 문을 열고 마차 안으로 들어갔다.

라울은 여자의 비명소리를 들었지만 서두르지 않았다. 그는 그 마부가 기욤이었다고 판단하고 일단은 대화 내용을 들어 보고 나서 정말로 싸움을 하는 것인지 알아보려고 했다. 하지만 남자의 말투가 너무 험악해지자 그는 곧 끼어들어야겠다고 생각했다.

기욤이 소리쳤다.

「말해! 그러니까 날 버려두고 도망치려고 했단 말이야? 그래, 난 계속해서 네 곁에 있길 원했어. 이젠 너도 내가 널 놓지 않으리란 사실을 알고 있다고 생각했는데. 자, 말해 봐. 어서 얘기해 보라고. 그렇지 않으면……」

라울은 겁이 났다. 목이 졸리고 신음소리를 내던 베이크필드의 모습이 떠올랐다. 만약 남자가 그녀를 너무 세게 때리기라도 한다면 그녀가 단번에 죽을 수도 있다……. 라울은 문을 열고 남자의 다리를 붙잡아 바닥에 내동댕이쳤다. 그러고는 조금 떨어진 곳으로 질질 끌고 갔다.

기욤은 덤벼들려는 태세를 했다. 하지만 라울이 단번에 그의 팔을 부러뜨렸다.

「여섯 주는 정양해야 할걸세. 다시 한번 저 여자를 괴롭히면 그땐 척추가 부러질 줄 알아. 무슨 말인지 알겠지……?」

라울은 다시 마차가 있던 곳으로 돌아왔다. 여자는 이미 저 멀리 어둠 속으로 달아나고 있었다.

「달려요, 아가씨. 난 당신이 어디로 가는지 알고 있으니까. 당신은 날 벗어날 수 없을 겁니다. 제가 정말 인명 구조견의 몫을 톡톡히 해내는군요. 그에 대한 보상으로 설탕 조각 하나 받아먹지 않고도 말입니다. 뤼팽은 한번 길을 들어서면 중간에 멈추는 법이 없습니다. 그리고 무슨 일이 있어도 목표를 이루고 말죠. 뤼팽의 목표는 바로 당신입니다. 당신의 초록색 눈동자, 그리고 따뜻한 입술……」

라울은 기욤을 마차에 남겨 두고 서둘러 역으로 달려갔다. 열차가 도착해 있었다. 그는 여자가 알아채지 못하도록 조심스럽게 열차에 올라탔다. 그리고 초록 눈의 아가씨가 열차를 탄 곳에서 두 칸 떨어진 곳에 자리를 잡았다. 열차는 사람들로 북적거렸다.

열차가 루르드를 지났다. 그로부터 한 시간 뒤, 이들은 종착역인 피에르피트네르탈라 역에 도착했다.

열차에서 내린 그녀는 곧 한 무리의 아가씨들에게 둘러싸였다. 모두 똑같은 밤색 원피스를 입고 머리에는 커다란 파란색 리본을 두른 아가씨들이었다. 그녀들 뒤에는 커다란 흰색 수녀 모자를 쓴 여자가 서 있었다.

아가씨들이 다같이 외쳐 댔다.

「오렐리! 오렐리! 오렐리가 왔어!」

초록 눈의 아가씨는 한 명 한 명 손을 잡고 마지막에는 수녀에게 다가갔다. 수녀는 그녀를 반갑게 꼭 끌어안고 기쁜 목소리로 말했다.

「오렐리, 이렇게 오다니, 정말 기뻐요! 그럼 최소한 한 달은 여기서 머물 거죠?」

피에르피트와 뤼즈를 순환하는 사륜마차가 역 앞에서 기다리고 있었다. 초록 눈의 아가씨가 일행과 함께 올라타자 마차는 곧 출발했다.

라울은 멀찌감치 떨어져 있다가 마차를 빌려 뤼즈를 향해 달렸다.

나뭇잎 사이로

　　라울은 노새 세 마리가 방울 소리를 내며 끄는 사륜마차 안에서 곰곰이 생각에 잠겼다.

　　〈아! 초록 눈의 아가씨. 아름다운 아가씨, 당신은 이제 나의 포로요. 살인자의 공범, 협박을 한 사기꾼, 살인범, 사교계 여인, 오페레타 배우, 수녀원 기숙생……. 당신의 진짜 모습이 무엇이든 간에 이제 당신은 내 손아귀를 벗어날 수 없지. 당신 마음속에서는 이미 나에 대한 신뢰가 너무 커져 이제는 벗어날 수 없을 거요. 겉으로는 내가 당신 입술을 훔쳤다고 화를 내고 있지만 마음속 깊은 곳에서는 당신을 끊임없이 구해 주는 사람에 대한 믿음을 가지고 있을 거요. 절망의 구렁텅이에 빠지려고 할 때마다 항상 곁에 있어 준 사람에게는 믿음을 갖게 마련이지. 누구든 자기의 목숨을 구해 준 개에겐 한번쯤 자신을 물어도 계속해서 애착을 갖게 되는 법이니…….

초록 눈의 아가씨, 당신은 당신을 괴롭히는 모든 일들로부터 벗어나기 위해 수녀원으로 피신했겠지. 내게 당신은 범죄자도 끔찍한 살인자도 오페레타 배우도 아니야. 난 당신을 레오니드 발리라고 부르지 않겠어. 이제 당신을 오렐리라고 부를 거야. 구식 이름이지만 오히려 정직해 보이고 가엾은 동생 이름 같아서 맘에 들어.

초록 눈의 아가씨, 이제 나는 당신의 공범들이 당신에게서 어떤 비밀을 캐내려고 한다는 사실을 알고 있지. 당신은 그 비밀을 완강하게 지키려고 노력하고 있고. 언젠가는 내가 그 비밀을 알아낼 거야. 그건 바로 내 전공이니까. 나는 그 비밀을 밝혀 내고 당신이 숨어 있는 어둠을 모조리 쓸어 버릴 거야. 신비하고 정열적인 여자, 오렐리……〉

라울은 그녀를 이렇게 부른 것이 만족스러운 모양이었다. 그는 더 이상 골치 아픈 수수께끼에 대해 생각하지 않으려고 잠을 청했다.

작은 도시인 뤼즈와 이웃 도시 생소뵈르는 거대한 온천 지역이었다. 하지만 이런 계절에는 온천을 찾는 사람이 거의 없었기 때문에 라울은 비어 있다시피 한 호텔에 방을 잡고 자기가 식물학과 광물학에 관심 있는 사람이라고 소개했다. 그는 오후가 끝날 무렵부터 이 지방에 대해 조사하기 시작했다.

좁고 구불구불한 길을 따라 20분 남짓 올라가니 생마리 수녀원이 보였다. 수녀원 건물은 매우 낡았으며 기숙사에 맞게 개조되어 있었다. 높고 가파른 대지 한가운데 기숙사 건물과 언덕 꼭대기까지 펼쳐진 정원이 있었다. 꼭대기에는 계단형으로 꾸며진 노대가 있었고, 그 아래를 튼튼한 벽이 받치고 있었다. 예전에는 생마리 수녀원에서 흘러드는 급류가 노대 아래쪽 벽을 따라 떨어졌던 모양인데 지금은 물이 지하로 흘러들었다. 언덕 반대편에 우거진 소나무 숲을 십자형으로 교차된 두 길이 가로지르고 있었는데 나무꾼들이 다니는 길인 듯했다. 희한한 형태의 동굴과 바위도 보였다. 일요일이 되면 학생들이 그리로 소풍을 가곤 했다.

라울은 숲 쪽으로 몸을 숨겼다. 그곳은 사람이 별로 다니지 않았다. 저 멀리서 나무꾼의 반짝이는 도끼날이 보일 뿐이었다. 라울이 있는 자리에서는 가지런히 깎은 정원 잔디와 학생들이 산책하는 보리수나무 길이 한눈에 보였다. 그는 며칠 만에 학생들의 휴식 시간과 수녀원에서의 생활을 파악할 수 있었다. 점심 식사가 끝나면 고학년 학생들은 골짜기 위로 나 있는 오솔길을 따라 산책을 했다.

사흘째가 되어서야 초록 눈의 아가씨가 모습을 드러냈다. 그녀는 너무 피곤해서 수녀원 안에서만 휴식을 취한 모양이었다. 고학년 학생들은 모두 질투라도 하듯 서로 그녀에게 말을 걸려고 안달이었다.

그녀는 병에 걸렸다가 이제 막 회복된 어린아이처럼 변해 있었다. 그녀는 햇볕보다 환하고 산보다 더 강해 보였다. 그녀는 다른 학생들과 똑같은 옷을 입고 그들과 함께 있으면서 밝고 즐거운 웃음을 되찾았다. 그런 모습은 무척 사랑스러워 보였다. 그녀는 점차 학생들과 어울려 뛰어 놀았다. 그러는 동안 얼마나 밝아졌는지 저 멀리 지평선 끝까지 그녀의 웃음소리가 메아리칠 정도였다.

〈그녀가 웃고 있어! 정말 아름다운 웃음소리야! 꾸며낸 웃음도 아니고 극장에서 보았던 고통이 담긴 웃음도 아니야. 아무 걱정

없고 모든 끔찍한 일을 잊은 듯한…… 정말 꾸밈없고 자연스러운 웃음이라고. 그녀가 웃고 있어……. 이런 기적 같은 일이!〉

잠시 후 다른 학생들이 수업을 받으러 돌아가자 오렐리 혼자만 남았다. 그녀는 더 이상 우울한 표정을 짓지 않았으며 여전히 즐거워 보였다. 그녀는 솔방울과 같은 작은 물건을 주워 버드나무 줄기로 만든 바구니에 집어넣었다. 꽃을 따서 옆에 있는 예배당 건물 계단 위에 살며시 놓아두기도 했다.

그녀의 몸짓 하나하나가 너무나 아름다워 보였다. 그녀는 뒤를 졸졸 따라다니는 강아지와 발목을 핥고 있는 고양이에게 작은 목소리로 말을 건넸다. 그리고 한번은 장미꽃으로 화환을 만들어 머리에 쓰고 손거울을 꺼내 웃으며 바라보기도 했다. 또 얼굴에 파우더를 바르고 슬그머니 입술에 립스틱을 발랐다가 서둘러 지워 버리기도 했다. 수녀원에서는 화장이 금지된 모양이었다.

여드레째 되던 날, 그녀는 난간을 넘어 가장 높은 노대까지 올라왔다. 노대 안쪽은 나무가 울타리처럼 심겨 있어서 밖에서는 안이 들여다보이지 않았다.

아흐레째 되던 날, 그녀는 손에 책을 한 권 들고 다시 노대로 올라왔다. 그리고 열흘째 되는 날에는 휴식 시간이 되기 전에 노대를 찾았다.

라울은 결심을 굳혔다. 그는 우선 숲 쪽에 관목이 우거진 곳으로 들어간 다음, 커다란 연못을 건넜다. 연못은 커다란 저수지 같았는데 생마리 수녀원 쪽에서 나오는 급류가 그 연못으로 떨어져 지하로 흘러들고 있었다. 연못에는 낡은 배 한 척이 말뚝에 매여 있었다. 물살이 셌지만 그는 배를 타고 작은 만처럼 생긴 곳에 다다랐다. 노대 바로 아래쪽이었다. 노대는 마치 거대한 성벽처럼 세워져 있었다.

노대의 벽은 납작한 돌로 포개 만든 듯했다. 돌 사이에는 야생 식물이 자라고 있었다. 비 때문에 벽에 바른 모래가 이상한 모양으로 패여 있었다. 이웃 남자아이들이 그 구멍을 밟고 벽을 타 올라 다녔던 모양이었다. 라울은 아무 힘도 들이지 않고 벽을 올라갔다. 제일 꼭대기에 있는 노대는 휴게실처럼 만들어져 있었다. 식나무와 거의 허물어진 철조망으로 둘러싸여 있었고 군데군데 돌 의자가, 한가운데에는 아름다운 도자기 꽃병이 놓여 있었다.

휴식 시간이 되자 학생들이 노는 소리가 들려오다가 다시 조용해졌다. 몇 분 후, 라울이 있는 장소를 향해 걸어오는 가벼운 발소리가 들렸다. 그녀는 아름다운 목소리로 사랑의 아리아를 흥얼거리고 있었다. 그는 심장이 조여드는 것 같았다. 그녀를 보면 뭐라고 할까?

잔가지들이 서로 부딪치는 소리가 들렸다. 마침내 방문 앞에 쳐 놓은 커튼을 젖히듯, 나뭇잎 사이로 그녀가 들어왔다.

그녀는 입구에서 멈칫하며 멈춰 섰다. 그러고는 노래를 그치고 놀란 표정을 지었다. 그녀가 들고 있던 책과 꽃을 달아 놓은 밀짚 모자가 바닥으로 떨어졌다. 그녀는 꼼짝도 하지 않고 있었다. 밤색 모직 옷을 입은 그녀는 매우 날씬하고 우아했다.

잠시 후, 그녀는 라울의 모습을 알아보는 듯했다. 그러더니 곧 얼굴이 빨개지고 뒤로 물러서며 말했다.

「돌아가세요……. 돌아가세요……」

그는 단 한순간도 그녀의 말에 따를 생각은 하지 않았다. 그는 마치 그녀의 말을 듣지 못했다는 듯이 행동했다. 그는 말로 형용할 수 없을 정도로 기쁜 표정을 지으며 그녀의 얼굴을 바라보고 있었다. 여자 앞에서 이렇게 즐거워하기는 처음이었다.

그녀는 더욱 강압적인 어조로 말했다.

「돌아가세요」

「싫습니다」

「그럼 제가 가죠」

「당신이 가시면 저도 쫓아갈 겁니다. 당신과 함께 수녀원으로 들어갈 겁니다」

그녀는 달아날 것처럼 몸을 돌려세웠다. 라울은 서둘러 달려가 그녀의 팔을 잡았다.

그녀는 무척 화가 난 표정으로 그를 뿌리치며 말했다.

「만지지 마세요! 제 옆으로 오지도 마세요」

라울은 그녀가 너무 강한 어조로 말하자 깜짝 놀랐다.

「왜 그러시는 겁니까?」

그녀가 매우 낮은 목소리로 대답했다.

「당신이 혐오스러워요」

너무 의외의 대답이어서 그는 웃음을 터뜨릴 수밖에 없었다.

「제가 그렇게 싫습니까?」

「예」

「마레스칼보다 더 말입니까?」

「예」

「기욤보다도, 파라도니 저택에서 보았던 그 남자보다도 더 싫습니까?」

「그래요, 그래요, 그래요」

「하지만 그자들은 당신에게 저보다 더 나쁜 짓을 했고 전 반대로 그들로부터 당신을 보호해 주지 않았습니까……?」

그녀는 입을 다물었다. 그러고는 모자를 주워 들고 입술이 보이지 않을 정도로 깊숙이 눌러썼다. 라울은 그녀의 행동을 보며 한 가지 확신이 들었다. 그녀가 그를 싫어하는 이유는 자신이 그녀의 모든 범죄와 부끄러운 행동을 봤기 때문이 아니라 그녀를 팔로 안고 입에 키스를 퍼부었기 때문이다. 그녀처럼 솔직하고 본능에 따라 행동하는 여자가 그런 일로 자신을 멀리하려 들다니 이상한 일이었다. 라울은 자신도 모르게 중얼거렸다.

「그 일은 잊어버리십시오」

그는 그녀에게 도망치려면 도망쳐도 좋다는 뜻을 보여주기 위해 뒤로 몇 걸음 물러섰다. 그리고 예의를 갖춰 말했다.

「그날 밤은 당신이나 저나 정신이 없어서 거의 기억 나는 일이 없습니다. 제가 한 행동도 모두 잊어버리세요. 그리고 전 당신께 그 일을 상기시키려고 온 게 아니라 순전히 당신을 만나고 싶어서 온 겁니다. 저는 우연히 당신을 따라오게 되었고 운명은 제가 당신께 필요한 사람이라고 생각해서 당신께 보냈던 겁니다. 제발 저의 도움을 거절하지 마세요. 당신에 대한 위협은 줄어들기는커녕 점점 더 커질 것입니다. 당신의 적들은 지금 매우 분노한 상태니까요. 위험한 순간에 제가 곁에 없다면 어떻게 하시겠습니까?」

그녀는 고집스럽게 말했다.

「돌아가세요」

그녀는 노대 입구에 문이라도 있는 것처럼 꼼짝도 않고 서 있었다. 그녀는 라울의 눈길을 피하고 그의 시선 앞에서 입술을 보이지 않으려 애쓰고 있었다. 하지만 그녀는 그 자리를 떠나지는 않았다. 라울의 생각대로 한 사람에게서 끊임없이 도움을 받으면 누구나 그 사람의 포로가 되어 버리는 모양이었다.

그녀의 시선에서 두려움이 느껴졌다. 하지만 갑작스럽게 받은 입맞춤에 대한 기억이 이제는 더 끔찍한 사건을 떠올리게 하고 있었다.

「돌아가세요. 전 이곳에서 아주 편안해요. 당신은 제가 겪은 모든 사건과 관련되어 있어요. 지옥 같은 모든 사건과 말이에요」

「다행이군요. 여태까지 그랬던 것처럼 앞으로 당신이 겪게 되는 모든 일에도 관여할 겁니다. 그들이 당신을 찾지 못할 거라고 생각하십니까? 마레스칼이 당신을 포기할 거라고 생각하십니까? 그는 지금도 당신을 추적하고 있을 겁니다. 그는 곧 당신의 자취를 따라 생마리 수녀원에까지 올 겁니다. 당신은 이곳에서 행복한 어린 시절을 보내셨던 모양인데 그도 분명 그 사실을 알아내고 이곳으로 달려올 겁니다」

그는 확신을 가지고 부드럽게 말했다. 그녀는 그 말에 마음이 움직인 듯했다. 하지만 들릴락말락한 소리로 중얼거렸다.

「돌아가세요……」

「그렇게 하겠습니다. 하지만 내일 같은 시각에 다시 오겠습니다. 매일 이곳에서 당신을 기다리겠습니다. 할 얘기가 있으니까요. 아! 당신을 고통스럽게 만들거나 그날 밤의 끔찍한 악몽을 떠올리게 하는 얘기는 절대로 하지 않겠습니다. 그 일에 대해서는 입을 다물고 있을 겁니다. 전 그 일에 대해서 알 필요도 없고 또 진실은 조금씩 어둠 속에서 모습을 드러낼 테니까요. 하지만 제가 당신께 질문하고 대답을 듣고 싶어하는 일은 그 일과는 전혀 별개의 일입니다. 자, 오늘 제가 하고 싶은 얘기는 여기까지입니다. 이제 가셔도 좋습니다. 제 말에 대해 생각해 보시겠죠? 하지만 더이상은 염려하지 마세요. 제가 항상 이곳에 있을 거란 사실을 잊지 마시고요. 제가 항상 이곳에 있고 또 당신이 위험에 처할 때는 항상 그 자리에 있을 테니 결코 희망을 버리지 마십시오」

그녀는 아무 말 없이 목례도 하지 않고 가 버렸다. 라울은 노대를 내려가 보리수 길을 걸어가는 그녀의 모습을 지켜보았다. 그리고 그녀가 더 이상 보이지 않게 되자 그녀가 버려두고 간 꽃 몇 송이를 주워 들었다. 그러고는 자신이 무의식적으로 한 행동을 알아차리고 농담을 던지듯 말했다.

「젠장! 심각해지는걸. 그럼 정말…… 자, 자, 뤼팽 이 친구야, 정신 차리라고」

라울은 다시 좁은 길로 접어들었다. 그는 연못을 건넌 다음 아무 관심 없다는 듯 꽃을 한 송이씩 던지며 숲을 산책했다. 하지만 초록 눈의 아가씨가 그의 눈앞을 떠나지 않았다.

그는 다음날에도 다시 노대로 올라갔다. 하지만 오렐리는 오지 않았고 그후 이틀 동안도 마찬가지였다. 그리고 나흘째 되던 날, 그녀가 나뭇잎 사이로 모습을 드러냈다. 그는 그녀가 걸어오는 소리를 듣지 못했기 때문에 더욱 감격하며 말했다.

「아! 당신…… 당신이군요」

라울은 오렐리의 모습을 보며 그녀를 겁먹게 할 말은 단 한마디도 해서는 안 된다는 사실을 알 수 있었다. 그녀는 첫날처럼 아무 말 없이 가만히 있었다. 그녀는 마치 상대방에게 지배당한 데에 격분하면서도 상대에게 호의를 품은 자신의 모순된 감정 때문에 혼란스러운 듯했다.

그녀가 고개를 반쯤 돌리며 말을 시작할 때, 목소리는 좀더 부드러워져 있었다.

「오지 말았어야 했어요. 생마리 수녀원 학생들에게나 제 은인

이신 분들에게 잘못하는 것 같아요. 하지만 전 당신께 감사 표시를 해야 한다고 생각했어요. 그리고 당신을 돕고 싶어요. 또, 전 무서워요……. 그래요, 당신이 말했던 그 모든 게 두려워요. 궁금한 게 있으시면 질문하세요. 대답해 드릴게요」

그가 물었다.

「전부 말입니까?」

그녀는 걱정스럽게 대답했다.

「아뇨. 보쿠르에서의 그날 밤 이야기는 빼고요. 하지만 다른 일에 대해서는……. 간단하게 질문하세요. 저에 대해 뭘 알고 싶으시죠?」

라울은 생각했다. 질문을 꺼내기가 매우 어려웠다. 모든 일들이 그녀가 말하기 싫어하는 일을 상기시킬 수 있기 때문이다.

「우선, 이름이 뭡니까?」

「오렐리……. 오렐리 다스퇴예요」

「그럼 레오니드 발리라는 이름은 뭡니까? 가명입니까?」

「레오니드 발리라는 사람은 실제로 존재해요. 몸이 아파서 니스에 머무르고 있죠. 그녀는 아마추어 극단에서 작년 겨울에 「베로니크」 공연을 했어요. 전 우연히 그녀의 극단 배우들과 함께 니스에서 마르세유로 여행을 하게 되었죠. 그중에 제가 아는 사람이 한 명 있었는데 하룻밤만 레오니드 발리의 역할을 대신 해 달라고 부탁했어요. 그 사람들이 정말 난처한 상황이라면서 간곡하게 부탁했기 때문에 전 받아들일 수밖에 없었고요. 우린 툴루즈에 있는 극단 대표에게 그 사실을 알렸고 그분은 저더러 이 사실을 말하지 말고 레오니드 발리인 것처럼 행세하라고 하셨어요」

라울이 말했다.

「배우가 아니셨군요. 다행입니다. 당신이 단지 생마리 수녀원의 기숙생이라는 사실이 정말 맘에 드는군요」

그녀는 눈살을 찌푸렸다.

「계속하세요」

그가 다시 질문을 시작했다.

「오스만 대로에 있는 제과점 앞에서 마레스칼에게 지팡이를 휘두른 사람은 당신 아버지였습니까?」

「제 의붓아버지예요」

「이름은요?」

「브레작」

「브레작?」

「네. 내무부 소속 법무부장이세요」

「그럼 마레스칼의 직속상관이군요?」

「네. 두 사람은 상극이에요. 마레스칼은 내무부에 든든한 백이 있죠. 그래서 제 아버지를 제치고 승진하려고 애를 쓰고 있어요. 제 아버지는 그런 마레스칼을 없애려 하시고요」

「마레스칼이 당신을 사랑합니까?」

「그 사람이 제게 청혼을 했죠. 하지만 전 거절했어요. 아버지는 마레스칼에게 우리 집에 절대로 드나들지 말라고 하셨고요. 마레스칼은 우리를 증오하면서 복수를 하겠다고 맹세했죠」

「그건 됐고……. 이제 다른 것으로 넘어갑시다. 파라도니 저택에서 봤던 남자는 이름이 뭡니까?」

「조도요」

「직업은?」

「몰라요. 그 사람은 가끔씩 아버지를 만나러 집으로 오곤 했어요」

116

「그리고 세 번째 남자는요?」

「기욤 앙시벨, 그 사람도 집에 들락거렸죠. 그는 주식 중개 일을 하고 있어요」

「부정한 거래겠죠?」

「전 잘 몰라요. 아마도……」

「자, 그러니까 그 사람들이 당신의 세 적이로군요……. 다른 적은 이제 없으니까, 그렇죠?」

「있어요. 제 아버지요」

「뭐라고요! 어머니의 남편이 적이라고요?」

「불쌍한 제 어머니는 돌아가셨어요」

「그러니까 그 사람들이 모두 같은 이유로 당신을 괴롭히고 있는 겁니까? 당신이 간직하려고 하는 비밀 때문이겠죠?」

「그래요. 마레스칼만 빼고요. 그 사람은 아무것도 몰라요. 단지 복수를 하려는 것뿐이죠」

「제게 설명을 좀 해 주실 수는 없겠습니까? 비밀 자체에 대해서가 아니라 그 주변 상황에 대해서 말입니다」

그녀는 잠시 생각하다가 말했다.

「좋아요. 말씀드리죠. 다른 사람이 알고 있는 내용, 그리고 그 사람들이 그렇게 그 비밀에 집착하는 이유는 말씀드릴 수 있어요」

오렐리는 여태까지는 딱딱한 목소리로 짧게 대답했을 뿐이었다. 하지만 이제 자신이 하려는 이야기에는 좀더 흥미가 있는 모양이었다.

「자, 간략하게 설명할게요. 제 아버지는 어머니의 사촌이셨어요. 하지만 제가 태어나기 전에 돌아가셨죠. 어머니는 아버지의 연금과 다스퇴 할아버지의 연금을 가지고 생활을 꾸려 가셨어요.

다스퇴 할아버지는 제 외할아버지세요. 그분은 정말 훌륭하신 분이었죠. 예술가이자 발명가셨는데 항상 뭔가를 발견하고 큰 비밀을 밝히는 데 열중하셨어요. 그래서 할아버지의 말씀대로 신비로운 일들을 찾아 쉬지 않고 여행을 하셨죠. 그곳에서 보물을 찾을 수 있다고요. 할아버지는 항상 절 무릎에 앉히시고 말씀하셨어요. 〈내 아가 오렐리, 너는 부자가 될 거야. 내가 지금 이런 일을 하는 것도 다 널 위해서란다.〉라고 말이에요.

그런데 제가 여섯 살이 되던 해 어느 날, 할아버지께서 어머니와 제게 편지를 보내셨어요. 아무도 모르게 할아버지께서 계신 곳으로 오라고요. 어느 날 저녁, 어머니와 저는 기차를 타고 가서 할아버지와 함께 이틀을 보냈어요. 그곳에서 돌아오던 날, 어머니께서 제게 말씀하셨어요.

〈오렐리, 이틀 동안 우리가 이곳에서 한 일, 본 것을 아무에게도 얘기해서는 안 돼. 이건 너와 우리의 비밀이야. 스무 살이 되면 넌 엄청난 부자가 될 거란다.〉

할아버지께서도 말씀하셨어요.

〈엄청난 부자가 될 거야. 어떤 일이 있더라도 이 얘길 하지 않겠다고 맹세해라.〉

다시 어머니께서 말씀하셨죠.

〈아무에게도……. 네가 사랑하게 될 사람, 정말 네 자신처럼 믿을 수 있는 사람을 만나거든 그 사람한테는 말해도 된단다.〉

전 두 분이 강요하시니 맹세를 했어요. 하지만 너무 겁이 나서 울어 버리고 말았죠.

그로부터 몇 달 후에 어머니는 브레작과 재혼하셨어요. 별로 행복한 결혼 생활도 아니었고 오래 가지도 못했죠. 그 다음해에 불쌍한 제 어머니는 늑막염으로 돌아가셨거든요. 어머니께서는 돌아가시기 전에 제게 몰래 종이 한 장을 건네주셨는데, 그 안에 우리가 방문했던 곳에 관한 정보와 제가 스무 살이 되면 어떻게 해야 하는지 적혀 있었어요. 그리고 얼마 지나지 않아 다스퇴 할 아버지까지 돌아가셨어요. 그래서 전 의붓아버지와 둘만 남게 된 거죠. 그는 저를 생마리 수녀원으로 보내 버렸어요. 전 무척 슬프고 절망에 빠져서 이곳에 도착했죠. 그리고 비밀을 지켜야 한다는 사명감으로 제 삶을 지탱할 수 있었어요. 그런데 어느 일요일이었죠. 전 어린 생각으로 골똘히 짜낸 계획을 실행에 옮기기 위해 수녀원에서 따로 떨어진 저만의 공간을 발견했어요. 바로 이 노대였죠. 그때 저는 어머니께서 주신 글의 내용을 전부 외우고 있었어요. 그래서 그 종이를 보관해 봤자 다른 사람들에게 비밀이 누설될 위험만 커질 거라고 생각했죠. 때문에 꽃병 안에 종이를 넣고 불태워 버렸죠」

라울은 고개를 끄덕이며 말했다.

「그리고 그 내용을 잊어버리셨군요?」

「네. 하루하루가 지날수록, 이곳에서 새로운 감정을 느끼고 새로운 것을 배우고 새로운 즐거움을 알게 될수록 그 기억들은 조금씩 지워져 갔어요. 전 그 지역의 이름이며 위치, 우리가 타고 갔던 기차, 제가 해야 할 일까지…… 모두 잊어버렸어요」

「전부 다 말입니까?」

「전부 다요. 다만 어렸던 제 눈과 귀에 강한 인상으로 남았던 그 주변 경치와 몇 가지 사물만 기억이 나요. 그 이후로 머릿속에 계속해서 떠오르던 장면……. 계속해서 머릿속을 울리던 종소리도요」

「그러니까 그들은 당신이 받았던 인상과 머릿속에 남아 있는 장면들을 알고 싶어하는 거군요. 그것을 통해서 진실에 접근할 수 있다는 희망을 가지고 말이죠?」

「예」

「그런데 그 사람들이 그 사실을 어떻게 알게 된 겁니까?」

「어머니는 실수로 다스퇴 할아버지께서 보내신 편지들을 없애지 않으셨어요. 그런데 편지에는 할아버지께서 제게 비밀 얘기를 했다고 추측할 만한 내용이 들어 있거든요. 브레작이 나중에 그 편지를 손에 넣었어요. 그는 제가 생마리 수녀원에 있는 10년 동안 아무 말도 하지 않고 기다렸죠. 수녀원에서 지낸 10년이 제 인생에서 가장 행복했던 시간이었어요. 하지만 2년 전, 파리로 돌아가자 그가 비밀을 캐묻기 시작했어요. 전 그에게 지금 제가 당신에게 말한 내용에 대해서만 이야기했어요. 하지만 그곳에 대한 희미한 기억조차도 입 밖에 내고 싶진 않았어요. 그렇게 되면 그 비밀을 알아 버릴지도 모르니까요. 그때부터 그는 절 괴롭히고 비난하기 시작했고 말싸움이 끊이질 않았죠. 정말 끔찍하고 무서웠어요……. 그래서 전 도망치기로 작정했어요」

「혼자서 말입니까?」

그녀는 얼굴이 붉게 상기됐다.

「아니오. 하지만 기욤과 전 당신이 생각하는 그런 관계는 아니었어요. 기욤 앙시벨은 조심스럽게 제 환심을 사려고 애쓰고 있었죠. 아무 희망도 없고 어떤 대가도 바라지 않으면서 도움을 주려고 하는 그런 사람처럼요. 전 동정심 때문이랄까, 아무튼 그를 믿게 되었어요. 그래서 저의 도주 계획을 발설하는 실수를 저지르고 말았죠」

「그가 당신의 계획에 찬성하던가요?」

「대찬성이었지요. 준비도 도와주었고요. 전 보석과 어머니께 물려받은 증권들을 처분했어요. 떠나기 전날에도 저는 어디로 가야 할지 모르는 상태였어요. 그때, 기욤이 말했어요.

〈난 니스에서 오는 길인데 내일 다시 그리로 돌아가야 해. 거기까지 같이 가면 어떨까? 리비에라보다 더 조용한 곳은 없을 테니까.〉

제가 거절할 이유가 어디 있었겠어요? 그를 그다지 좋아하지는 않았지만 그는 진지해 보였고 또 제게 매우 헌신적이었어요. 그래서 전 그의 제안을 받아들였죠」

「정말 신중하지 못한 행동이었군요」

「그래요. 게다가 그렇게 함께 떠날 만큼 친밀한 사이도 아니었거든요. 하지만 어쩌겠어요! 전 혼자였고 불행한 데다 협박까지 당하고 있었어요. 그래서 그때는 제가 믿고 기댈 만한 사람이 다가온 거라 생각했지요…… 적어도 잠깐 동안은 그런 것 같았어요. 그래서 함께 떠났던 거죠」

오렐리는 잠시 망설이느라 설명을 멈췄다. 그러고는 갑자기 말을 이었다.

「여행은 정말 끔찍했어요. 당신이 알고 있는 바로 그 이유 때문에요. 기욤이 의사에게서 훔친 마차에 저를 던져 넣었을 때, 전 기진맥진한 상태였어요. 그는 자기 맘대로 절 데리고 다른 역으로 갔어요. 니스 행 열차표를 사 두었더군요. 니스에 내려서 짐을 찾았죠. 저는 열이 심하게 나서 거의 제정신이 아니었어요. 제가 하는 행동이 무엇인지 알지도 못하고 움직였지요. 그는 그 다음날 제가 아픈 틈을 이용해 뭔가 훔칠 것이 있는 집으로 찾아갔어요.

사람들이 나간 틈을 타서 말이에요. 전 그가 데리고 가는 곳으로 끌려갔고 아무 생각도 할 수가 없었어요. 그저 수동적으로 그의 말에 복종할 뿐이었죠. 그 저택에서 조도가 절 공격하고 납치했어요……」

「그리고 저한테서 두 번째로 구출되었죠. 당신은 두 번째로 도망치는 것으로 제게 보답했고요. 다음으로 넘어갑시다. 조도 역시 비밀을 말하라고 요구하던가요?」

「예」

「그러고요?」

「그러고는 호텔로 돌아갔어요. 거기서부터 기욤을 따라 몬테카를로로까지 갔고요」

「하지만 그때쯤엔 기욤이 어떤 사람인지 알고 있지 않았습니까?」

「어떻게 안다는 거죠? 보이는 것만 알 수 있는 거예요. 하지만……. 이틀 전부터 전 거의 제정신이 아니었고 조도의 공격으로 더욱 기운을 차릴 수가 없었어요. 그래서 기욤을 따라갔고 그 여행의 목적이 무엇인지 묻지도 못했어요. 전 정말 어찌할 바를 몰랐어요. 제 비겁한 행동도 치욕스러웠고 점점 더 이상하게 변해 가는 그 남자도 거북했어요. 몬테카를로에서 제가 했던 역할은 뭐였죠? 전 확실히 모르겠어요. 기욤이 제게 편지를 주면서 호텔 복도에서 자기한테 건네달라고 했거든요. 어떤 남자에게 다시 줘야 한다면서요. 그게 무슨 편지였죠? 그 남자는 누구죠? 마레스칼은 왜 그곳에 있었던 거예요? 당신은 어떻게 절 빼내신 거죠? 모든 게 확실치가 않아요. 하지만 어느 순간 전 정신이 들었어요. 기욤을 향한 증오심은 점점 더 커 가고 있었죠. 그가 혐오스러웠

122

어요. 그래서 전 몬테카를로를 떠나면서 우리의 계약을 깨기로 결심했고 이곳으로 숨어 들어온 거예요. 그 사람은 툴루즈까지 절 따라왔는데, 오후에 제가 그에게 떠날 결심을 이야기했더니 찌푸린 얼굴로 화를 내며 이제 다시는 제게 돌아오지 않을 거라고 냉정하게 말했어요.

〈그렇다면 헤어져. 나도 마음속으로는 마찬가지 생각이었어. 하지만 조건이 있어.〉

〈조건이요?〉

〈그래. 어느 날 당신 의붓아버지 브레작이 당신의 비밀에 대해 이야기하는 것을 들었어. 나한테 그 비밀을 말해 줘. 그럼 당신은 자유야.〉

그 순간 모든 게 이해되더군요. 그의 모든 맹세와 헌신, 거짓말까지도요. 그의 유일한 목적은 저의 애정을 빌미로 또는 위협을 통해서 언젠가는 제 비밀을 밝혀 내는 것이었어요. 의붓아버지는 물론이고 조도가 힘으로 빼앗으려고 해도 꿋꿋이 지켜 왔던 그 비밀을요」

그녀는 입을 다물었다. 라울은 그녀의 표정을 살폈다. 그녀는 모든 진실을 말했고 그는 깊은 인상을 받았다. 그가 심각하게 말했다.

「그 사람에 대해 정확히 알고 계십니까?」

그녀는 고개를 저었다.

「그게 필요한 일인가요?」

「알면 좀더 낫죠. 제 말을 잘 들으십시오. 그자가 니스에 있는 파라도니 저택에서 찾던 유가 증권은 지금 그자의 손에 없습니다. 그 사람은 단지 그것을 훔치기 위해서 갔던 것뿐입니다. 몬테카를로에서 그자는 문제의 편지를 전해 주는 대가로 10만 프랑을 요구했습니다. 그러니까 사기꾼에 도둑, 정말 최악이죠. 그게 바로 그자의 진짜 모습입니다」

오렐리는 이의를 제기하지 않았다. 이제 현실을 제대로 보기 시작한 것 같았다. 그리고 갑작스런 이야기에도 더 이상은 놀라지 않는 모양이었다.

「당신은 절 그 사람에게서 구해 주셨어요. 정말 감사합니다」

「이런! 당신은 절 떠나려고 해서는 안 됩니다. 절 믿으셔야 해요. 그동안 얼마나 많은 시간을 낭비했습니까!」

그녀는 다시 떠나려고 하다가 그의 말에 강하게 반박했다.

「어째서 제가 당신을 믿어야 하죠? 당신은 누구신가요? 전 당신을 몰라요. 마레스칼은 당신을 비난하고 있지만 그 사람도 당신의 이름을 몰라요. 당신은 모든 위험으로부터 절 구해 주셨어요……. 왜 그러셨죠? 무슨 계획을 꾸미고 그렇게 하신 거예요?」

라울은 웃으며 말했다.

「저 역시 당신의 비밀을 캐내기 위해서 그랬습니다……. 이런 대답을 원하십니까?」

그녀가 힘이 드는 듯 중얼거리며 말했다.

「전 아무것도 말하고 싶지 않아요. 전 아무것도 몰라요. 아무것도 이해할 수가 없어요. 이삼 주 전부터 어둠 속에서 사방이 벽으로 막혀 있는 공간에 갇혀 있는 것 같아요. 제가 당신께 드릴 수 있는 것 이상의 신뢰를 요구하지 마세요. 전 아무것도, 그 누구도 믿지 않아요」

라울은 그녀가 가엾어져서 그냥 가도록 내버려두었다.

그리고 라울도 길을 나섰다. 그런데 나가는 길에 밑으로 두 번째 칸에 있는 노대 옆쪽에 또 다른 문이 있다는 사실을 발견했다. 그는 닫혀 있는 문을 열며 생각했다.

「그녀는 그 끔찍했던 밤에 대해서는 한마디도 하지 않았어. 그런데 베이크필드가 죽은 건 그날 밤이지. 또 두 남자가 살해되었고. 그리고 난 그 모습을 지켜봤어. 남자 행색을 하고 복면을 쓴 그 모습을……」

하지만 그에게도 모든 게 신기하고 설명하기 힘든 건 마찬가지였다. 그녀와 마찬가지로 그의 주위에도 똑같은 어둠의 벽이 쌓아올려지고 있었다. 그 벽 사이로 군데군데 희미한 빛이 스며들어 올 뿐이었다. 비록 베이크필드의 주검을 보며 복수와 증오의 맹세를 하긴 했지만, 그는 사건이 발생한 후 지금까지 단 한순간도 정말로 오렐리를 증오한 적은 없었다. 또 우아한 초록 눈의 아가씨를 추하게 만드는 일은 단 한번도 생각해 본 적이 없었다.

라울은 이틀 동안 그녀를 보지 못했다. 그 뒤 사흘 동안은 연속해서 그녀가 찾아왔다. 그녀는 마치 보호자 없이는 아무것도 할 수 없어 찾아온 사람처럼 아무 설명 없이 그의 곁으로 왔다.

처음에는 10분 동안 머물던 그녀가 다음날은 15분, 그 다음날은 30분 동안 머물렀다. 그들은 거의 말을 하지 않았다. 그녀가 원하든 원치 않든, 그녀의 마음속에서는 그에 대한 신뢰가 싹트고 있음이 분명했다. 그녀는 천천히 오솔길까지 가서 연못물이 찰랑거리는 모습을 바라보았다. 라울은 여러 번 그녀에게 질문을 하려고 했다. 하지만 그럴 때마다 그녀는 불안해하며 대답을 회피했다. 보쿠르에서 있었던 끔찍한 시간들을 떠올리는 말만 들어도 겁이 나는 모양이었다. 하지만 그녀는 다른 이야기를 많이 해 주었다. 먼 과거의 이야기, 생마리 수녀원에서 지냈던 이야기, 다시 편안한 분위기에서 다른 사람들의 사랑을 받으며 안정을 되찾은 이야기…….

한번은 그가 그녀의 손바닥을 펴서 받침돌 위에 올려놓았다. 그는 손을 만지지는 않고 보기만 하면서 손금을 관찰했다.

「제가 처음 말했던 대로입니다. 두 가지 운명이 보이는군요. 하나는 어둡고 비극적인 운명, 다른 하나는 행복하고 평화로운 운명……. 두 운명이 한데 합쳐져 희미해지고 서로 분간할 수가 없게 되었군요. 아직은 어느 쪽이 이길지 말씀드릴 수가 없습니다. 어떤 운명이 진짜입니까? 어떤 것이 당신의 진짜 성격과 닮았죠?」

「행복한 운명이오. 제 안에는 순식간에 표면으로 솟아오르는 무언가가 있어요. 그것 때문에 아무리 큰 위험이 닥쳐와도 모두 잊고 즐거워할 수 있어요」

그는 계속해서 손금을 살펴보더니 웃으면서 말했다.

「물을 조심하십시오. 물은 당신에게 치명적일 수도 있습니다. 난파나 홍수……. 정말 많은 위험이 도사리고 있군요! 하지만 점점 멀어져 갑니다. 그래요, 모두 잘 정리되고 있습니다. 이미 선의 운명이 악을 물리쳤습니다」

라울은 그녀를 안심시키기 위해 거짓말을 했다. 이제 막 보기 시작한 그녀의 아름다운 입과 가끔씩 떠오르는 미소를 계속해서 보고 싶었기 때문이다. 그리고 그 자신도 어두운 모습을 잊고 다른 환상을 품고 싶었다.

라울은 그렇게 희열을 맛보며 2주를 보냈다. 하지만 그녀에게는 티를 내지 않으려고 애썼다. 그는 그 시간 동안 사랑에 흠뻑 취해 그녀를 바라보고 그녀의 목소리를 듣는 것만이 기쁨인 사람처럼 지냈다. 그는 마레스칼이나 기욤, 조도의 위협적인 모습을 떠올리지 않으려고 노력했다. 이 세 적들 중 아무도 나타나지 않았으니 그들이 이 여자의 행적을 찾아내지 못했다는 말이 된다. 그런데 왜 벌써부터 지레 겁을 먹고 이 여자 옆에서 흠뻑 취해 있는 달콤한 마취 상태에서 벗어나야 한단 말인가?

하지만 그는 마취 상태에서 금방 깨어나고 말았다. 어느 날 오후, 라울은 골짜기 위에서 나뭇잎 사이로 연못 물을 바라보고 있었다. 연못 가운데 부분은 거의 움직임 없이 잔잔했지만 가장자리에는 급류가 밀려들어 작은 파도가 일고 있었다. 그때 멀리 정원에서 목소리가 들려왔다.

「오렐리……! 오렐리……! 어디 있어요, 오렐리?」

그녀는 매우 불안해하며 말했다.

「세상에! 왜 날 부르는 거지?」

오렐리는 노대 꼭대기로 올라가더니 보리수 길에 서 있는 수녀를 보고 말했다.

「저 여기 있어요……! 여기예요! 무슨 일이세요, 수녀님?」

「전보가 왔어요, 오렐리」

「전보요! 오실 필요 없어요, 수녀님. 제가 갈게요」

잠시 후, 그녀는 다시 서둘러 노대 위의 휴게실로 돌아왔다. 매우 상기된 표정이었다.

「제 의붓아버지예요」

「브레작?」

「예」

「집으로 오라고 합니까?」
「조만간 이곳으로 올 거래요」
「왜죠?」
「절 데리러요」
「세상에!」
「이것 좀 보세요……」
그는 보르도 발 전보 두 줄을 읽었다.

　4시 도착 예정. 곧 함께 떠날 것. 브레작.

라울은 생각에 잠겼다가 물었다.
「당신이 여기 있다고 편지를 보냈습니까?」
「아니오. 하지만 그는 전에도 휴가 때 이곳에 오곤 했어요」
「어떻게 하실 생각입니까?」
「제가 어떻게 할 수 있죠?」
「따라가지 않겠다고 하십시오」
「수녀님께서 찬성하지 않을 거예요」
「그럼 지금 떠나십시오」
「어떻게요?」
라울은 노대 구석에 있는 숲을 가리키며 말했다.
오렐리가 반대했다.
「떠난다고요? 죄인처럼 이 수녀원에서 도망을 치라고요? 아니, 안 돼요. 그렇게 하면 절 가장 사랑하고 아끼는 친구들에게 너무 슬픈 일이 될 거예요. 아니, 절대로 그렇게는 할 수 없어요」
　그녀는 계속 고집을 부렸다. 그녀는 난간 반대편에 있는 돌 의

128

자에 앉았다. 라울은 그녀에게 다가가 심각하게 말했다.

「제가 당신에게 어떤 감정을 가지고 있는지는 말씀드리지 않겠습니다. 그리고 제가 이렇게 행동하는 이유에 대해서도요. 하지만 우선은 여자에게 헌신적인 다른 남자들과 마찬가지로 저도 당신께 헌신적이라는 사실을 알아 두셔야 합니다. 그 모두가 온전히 당신을 위해서란 사실을요. 그리고 그 헌신을 바탕으로 당신은 저를 절대적으로 믿고 제 말에 무조건 복종하셔야 합니다. 그래야 당신이 안전할 수 있습니다. 제 말 이해하시겠습니까?」

「예」

그녀는 완전히 그에게 압도되어 대답했다.

「그럼 제 지시 사항…… 아니 그보다는 제 명령, 제 명령을 말씀드리겠습니다. 우선 당신 아버지를 만나십시오. 싸우지도 말고, 아무 말도 하지 마십시오. 한마디도 말입니다. 그게 실수를 하지 않는 가장 좋은 방법이니까요. 그를 따라서 파리로 돌아가십시오. 그리고 도착한 날 저녁, 아무 핑계나 대고 밖으로 나오십시오. 머리가 희끗희끗하고 나이 든 부인 한 명이 대문 바로 옆에 차를 세워 두고 기다리고 있을 겁니다. 제가 당신과 그 부인을 시골로 데려다드리겠습니다. 아무도 찾을 수 없는 외진 곳으로요. 그리고 저는 즉시 떠나겠습니다. 맹세컨대 당신이 허락하지 않는 한 당신 곁에 머물지 않을 겁니다. 제 말에 동의하시겠습니까?」

그녀는 고개를 끄덕이며 대답했다.

「예」

「그렇다면 내일 저녁에 봅시다. 제 말을 잘 기억해 두십시오. 무슨 일이 일어나더라도 제가 당신을 보호하려는 의지를 꺾지 못할 것이며 제 계획은 항상 성공한다는 사실을 잊지 마세요. 아무리 상황이 당신께 불리하게 돌아가더라도 절대로 낙담하지 마시고요. 불안해하지도 마세요. 그리고 아무리 큰 위험이 닥친다 해도 당신을 위협할 수 없다는 사실을 믿으세요. 당신이 저를 필요로 할 때가 오면 그곳이 어디든 제가 있을 겁니다. 전 항상 그곳에 있을 겁니다. 그럼 안녕히 가세요」

라울은 고개를 숙이고 오렐리의 모자에 달린 리본에 가볍게 입을 맞췄다. 그러고는 낡은 철조망을 떼어 내고 잡목림 사이로 뛰어들었다. 그는 낡은 문으로 향하는 좁은 오솔길로 걸어갔다.

오렐리는 돌 의자에서 움직이지 않고 있었다.

30초가량 흘렀을까, 그 순간 갑자기 골짜기 쪽에서 나뭇잎이 바스락거리는 소리가 들려왔다. 그녀는 고개를 들었다. 작은 나무들이 흔들리고 있었다. 누군가가 있었던 모양이었다. 의심할 여지가 없었다. 누군가 나무 뒤에 숨어 있었다.

　그녀는 도와달라고 소리치고 싶었다. 하지만 목이 막혀 소리칠 수가 없었다.

　나뭇잎이 더 세게 흔들렸다. 누가 나타날까? 그녀는 기욤이나 조도이기를 바랐다. 그래도 두 강도가 마레스칼보다는 덜 두려웠기 때문이다.

　나뭇잎 사이로 누군가의 머리가 보였다. 마레스칼이었다.

　오른쪽 아래에서 육중한 문이 닫히는 소리가 들려 왔다.

지옥의 문

커다란 정원 꼭대기에 있는 노대 쪽으로는 아무도 산책하는 사람이 없었고 나무가 빽빽하게 우거져 있었기 때문에, 오렐리와 라울은 몇 주 동안 이곳을 안전한 휴식처로 이용할 수 있었다. 그런데 마레스칼이 몇 분 만에 그 장소를 찾을 것이라고 누가 상상이나 했겠는가? 오렐리가 그곳에서 아무런 도움도 구하지 못하고 꼼짝없이 당하게 될 것이라고 누가 상상이나 했겠는가? 운명은 적에게 유리한 방향으로 흘러가고 있었고 이제 끔찍한 적의 의지대로 결말이 날 것이다.

마레스칼도 그런 느낌을 받았는지 전혀 서두르지 않았다. 그는 천천히 다가와 오렐리 앞에 멈춰 섰다. 승리의 확신 때문에 그의 반듯한 얼굴에 평소답지 않게 동요하는 빛이 나타나고 태도에도 변화가 보였다. 그가 입을 좌우로 삐죽거릴 때마다 네모난 수염 반쪽이 따라서 움직였다. 그는 번쩍이는 치아를 드러내며 잔인하고 매서운 눈을 부라렸다.

「그래, 상황이 나한테 유리한 방향으로 흘러가는 것 같군. 이제 보쿠르 역에서처럼 나한테 빠져나갈 방법은 없어! 파리에서처럼 내 감시망을 빠져나갈 방법은 없다고! 그러니 이제 너도 세상에서 가장 강한 법을 따르는 수밖에 없을 거야!」

마레스칼이 웃으며 말했다.

오렐리는 상반신을 오른쪽으로 기울인 채 팔에 힘을 주고, 꼭 쥔 주먹을 돌 의자 위에 대고 있었다. 그녀는 미칠 듯한 불안감에 사로잡혀 그를 바라보며 신음소리조차 내지 않았다.

「이렇게 당신을 보니 좋군, 아름다운 아가씨! 내가 당신을 사랑하는 것처럼 사람이 누군가를 지나치게 사랑할 땐 말이야, 두려움과 분노에 사로잡혀 있는 상대방을 코앞에서 보는 것도 그렇게 나쁘진 않아. 더욱더 먹이를 정복하고 싶은 욕구가 생기거든. 훌륭한 먹이지…… 당신은 너무나 예쁘니까 말이야!」

그는 찢어진 전보를 발견하고 욕을 퍼부었다.

「그 대단하신 브레작이 보낸 건가? 즉시 도착할 테니 같이 떠나자고……? 그래, 알겠군. 알겠어. 난 2주전부터 브레작을 감시하고 있었어. 그의 비밀 계획까지 전부 알고 있었지. 내가 그자 곁에 심복을 심어 뒀거든. 그래서 당신이 숨어 있는 곳도 알게 되었고 브레작보다 몇 시간이나 앞서서 이곳에 올 수 있었던 거야. 이곳, 이 숲, 이 골짜기를 살펴보고 당신을 멀리서 염탐할 수 있는 시간도 벌었지. 그런데 당신이 이 노대로 서둘러 올라가더군. 그래서 나도 따라왔지. 그런데 말이야, 저 멀리로 사라지는 사람을 보곤 깜짝 놀랐어. 당신 애인인가?」

그는 몇 걸음 앞으로 다가왔다. 오렐리는 몸을 움찔하며 의자

뒤의 철조망으로 바짝 물러났다.

마레스칼은 화를 내며 말했다.

「아! 미인 아가씨, 당신 애인이 당신을 어루만질 때는 그렇게 피하지 않았던 것 같은데. 그 행운아는 누구지? 약혼자? 그보다는…… 정부겠군. 자, 그래서 내 것을 지키기 위해 난 서둘러 이곳으로 올라왔다. 생마리 수녀원의 학생이 저지르는 어리석은 행동을 막으려고 말이야! 아! 그놈이 누군지 알기만 하면 그냥……!」

그는 오렐리를 향해 몸을 숙이고 계속해서 화를 내며 말했다.

「어쨌든 다행이야! 일이 아주 간단해졌거든. 난 이미 이긴 것이나 다름없어. 내가 유리한 패를 들고 있으니까. 금상첨화로 난 운도 좋다고! 오렐리, 얌전하고 정숙한 여자인 척하지 마! 당신은 도둑질에 살인까지 저지르고 달아나지 않았나! 오렐리는 모든 장애를 헤쳐 나갈 준비가 되어 있는 여자가 아닌가! 그럼 나랑 한편이 되지 못할 이유도 없지 않나? 응? 오렐리, 다른 사람은 되고 나는 안 된다는 말인가? 그자에게 어떤 장점이 있는지는 모르겠지만, 날 무시할 수 없는 이유도 꽤 많을 텐데……. 어떻게 생각해, 오렐리?」

그녀는 고집스럽게 아무 말도 하지 않았다. 마레스칼은 그녀가 계속 침묵을 지키고 있자 더욱더 화가 나는 모양이었다. 그는 한마디한마디 끊어서 또박또박 말했다.

「우린 이렇게 말장난이나 하고 핵심을 피해 가면서 여유 부릴 시간이 없어, 오렐리. 말하기를 두려워하지 말고 정확하게 이야기해야 해. 오해를 없애려면 말이야. 그럼 바로 본론으로 들어가지. 과거의 일에 대해서나 내가 받은 모욕에 대해서는 얘기하지

134

않겠어. 이제 더 이상 중요하지 않으니까. 중요한 건 바로 현재라고. 중요한 건 오직 그것뿐이야. 그런데 그 현재 문제란 게 말이야……. 급행열차에서 살인을 저지른 일, 숲 속에서 도주한 일, 경찰에게 붙잡힌 일, 그 밖에도 당신에게 불리한 수십 가지의 증언들이지. 또 그 현재 문제란 건 내가 발톱으로 당신을 짓누르며 움켜쥐려고 한다는 사실이야. 그리고 당신을 당신 의붓아버지에게 끌고 가서 면전에 대고 소리치는 거야. 〈살인을 저지르고 경찰이 여기저기서 쫓고 있는 여자가 바로 여기 있소. 여기 내 주머니 안에는 체포 영장도 있소. 어서 경찰을 부르시오!〉라고 말이야」

그는 팔을 들어 자신이 말한 대로 그녀를 움켜쥐려고 했다.

그러다가 위협적인 행동을 멈추고 조용히 말했다.

「우선 첫 번째 방법은 당신을 체포하는 거야. 그럼 중죄 재판소로 넘겨져 끔찍한 처벌을 받게 되지. 난 당신에게 선택의 기회를 주겠어. 두 번째 방법은 합의를 하는 거야. 즉각적인 합의. 내가 요구하는 건 약속이라기보다는 맹세지. 무릎을 꿇고 맹세를 하는 거야. 파리로 돌아가면 내 집으로 혼자 오겠다고 말이야. 그리고 한 가지 더……. 우리의 합의 사항을 충실히 지키겠다는 증거를 보여 줘야 해. 당신 입술로 서명을 하는 거지. 물론 내 입에 말이야. 증오나 혐오가 담겨 있는 키스는 절대 안 돼. 어디까지나 자발적으로 사랑의 키스를……. 그러니 어서 대답해!」

그는 분노가 폭발한 듯 갑자기 소리를 지르며 말했다.

「내 제안을 받아들인다고 어서 대답해! 그런 지옥에 떨어진 듯한 표정은 이제 지긋지긋해! 대답해, 그렇지 않으면 당신을 움켜쥐고 강제로 키스를 한 뒤, 교도소에 보내 줄 테니까」

마레스칼은 저항하지 못할 정도로 세게 오렐리의 어깨를 잡고 다른 한 손으로는 목을 붙잡았다. 그는 그녀를 철조망으로 밀어 붙이고 입술을 가까이 가져갔다. 하지만 그는 입을 맞출 수 없었다. 마레스칼은 그녀의 몸에서 힘이 빠지는 것을 느꼈다. 그녀는 기절하고 말았다.

마레스칼은 너무나 당황했다. 그는 특별한 계획 없이 그저 잠시 그녀와 이야기를 나누기 위해 이곳에 왔을 뿐이었다. 다만 브레작이 오기 전까지 엄숙한 약속을 받아 내고 자신의 대단한 권력을 인정하게 만들려고 했을 뿐이다. 그런데 어쩌다 보니 그녀가 힘없이 쓰러져 버렸다.

마레스칼은 상체를 숙이고 그녀를 탐욕스런 눈으로 바라보며 잠시 동안 그대로 멈춰 있었다. 그는 주위를 둘러보았다. 그곳은 나뭇잎으로 만든 방처럼 사방이 막혀 있었다. 아무도 이들을 볼 수 없었다. 누가 끼어드는 것도 불가능했다.

그는 문득 다른 생각이 떠올라 난간 가까이 다가가 보았다. 그리고 나뭇잎 사이로 눈을 들이대고 인적 없는 계곡을 내려다보았다. 숲은 나무가 빽빽하게 들어차 검게 보였고 다른 곳도 모두 어둡고 이상해 보였다. 그는 숲 쪽을 향해 다가가다가 동굴 입구를 발견했다. 오렐리를 그곳에 던져 넣고 가둔 다음, 경찰의 감시를 붙여 놓으려는 수작이었다. 이틀, 사흘…… 필요하다면 일주일이라도 오렐리를 그곳에 가두어 둔다. 그렇다면 예상 밖의 승리를 거두게 되지 않을까? 지금까지의 모험은 끝나고 또 다른 모험이 시작되지 않을까?

마레스칼은 가볍게 휘파람을 불었다. 연못 건너편 숲 가장자리에서 두 덤불 위로 팔 두 개가 흔들렸다. 신호였다. 음모를 실행에 옮기기 위해 그는 두 남자를 그곳에 잠복시켜 놓았다. 연못 쪽에서는 배 한 척이 흔들리고 있었다.

마레스칼은 더 이상 망설이지 않았다. 그는 이런 기회가 다시는 오지 않으리라는 사실을 알고 있었고 이 기회에 잡지 않으면 그녀가 그림자처럼 사라져 버릴 것이라고 생각했다. 그는 다시 한번 노대를 가로질러 여자의 상태를 확인하러 갔다. 여자는 깨어나려고 하고 있었다.

「행동으로 옮기자. 그렇지 않으면……」

그는 그녀의 머리에 스카프를 두르고 양쪽 끝을 묶어 입에 재갈을 물렸다. 그러고는 여자를 팔로 안았다.

여자는 전혀 무겁지 않았다. 마레스칼은 원래 힘이 세기 때문에 오렐리 정도는 매우 가볍게 느껴졌다. 그런데 다시 나뭇잎 사이로 들여다보니 골짜기가 거의 수직으로 가파를 뿐 아니라 폭풍우 때문에 벽 중간에 구멍이 파여 있었다. 그는 생각에 잠겼다가 신중하게 행동해야겠다고 판단했다. 그래서 노대 절벽 쪽에 오렐리를 내려놓았다.

그녀는 그가 실수를 저지르기를 기다리고 있었던 걸까? 아니면 갑자기 떠오른 생각이었을까? 어쨌든 마레스칼이 했던 신중하지 못한 행동의 결과는 곧바로 자신에게 되돌아왔다. 너무나 갑작스럽게 일어난 일이라 그는 무척 당황할 수밖에 없었다. 그녀는 스카프를 풀고 무작정 아래로 뛰어내렸다. 돌 하나가 조약돌과 모래 사이로 굴러 내려가는 것처럼 먼지 구름이 피어올랐다.

마레스칼은 충격이 가시자마자 넘어질 위험을 무릅쓰고 아래로 따라 내려갔다. 내려가면서 보니 그녀는 절벽에서 아래쪽으로 아무렇게나 지그재그로 달리고 있었다. 사냥꾼에게 쫓기는 짐승이 어디로 도망칠지 몰라 무작정 달리는 모습 같았다.

「이제 넌 끝장이야. 이제 내 앞에서 무릎을 꿇어야 할걸……」

그는 순식간에 그녀를 따라잡았다. 오렐리는 두려움에 몸을 떨며 비틀거리고 있었다. 그런데 그 순간 노대 위쪽에서 무언가가 뛰어내리는 느낌이 들었다. 그러더니 마레스칼 곁으로 와서 부러진 나뭇가지로 그를 쓰러뜨렸다. 마레스칼은 뒤를 돌아보았다. 얼굴 아랫부분을 손수건으로 가린 남자가 보였다. 마레스칼이 오렐리의 애인이라고 불렀던 그 남자인 것 같았다. 마레스칼은 권총을 잡았다. 하지만 미처 총을 쏠 시간이 없었다. 남자는 발로 마레스칼의 가슴을 정통으로 걷어찼다. 그러고는 마레스칼을 연못의 미끌미끌한 진흙 바닥으로 밀쳐 냈다. 마레스칼은 진창 속에서 어쩔 줄 몰라하며 화난 표정으로 적을 향해 권총을 겨누었다. 마레스칼로부터 스물다섯 걸음 정도 떨어진 거리에 있던 남자는 여자를 배에 태우고 있었다.

마레스칼이 소리쳤다.

「멈춰! 움직이면 쏜다」

남자는 아무런 대답도 하지 않았다. 그 대신 일어서서 의자 뒤로 기대섰다. 오렐리와 남자는 반쯤 썩은 널빤지를 방패 삼아 붙들고 있었다. 남자가 배를 힘껏 밀자 물결에 배가 넘실거렸다.

마레스칼은 방아쇠를 당겼다. 그는 분노에 가득 차서 있는 힘을 다해 다섯 발을 연속 발사했다. 하지만 물에 젖어서 그런지 한 발도 제대로 나가지 않았다. 마레스칼은 조금 전과 마찬가지로 휘파람을 불었다. 아까보다 더 날카로운 소리였다. 두 남자가 덤불 속에서 모습을 드러냈다. 마치 장난감 상자에서 튀어나온 악마 같았다.

남자와 오렐리가 탄 배는 연못 가운데, 그러니까 반대편 땅에서부터 30미터 정도 떨어진 거리에 있었다.

마레스칼이 소리쳤다.

「쏘지 마!」

총을 쏠 필요도 없었다. 도망자들이 급류가 떨어지고 있는 심연 속으로 빨려들어 가지 않기 위해서는 오른쪽으로 방향을 틀어 총을 겨누고 있는 두 부하가 있는 곳으로 배를 모는 수밖에 없었다. 남자도 그 사실을 깨달았는지 갑자기 방향을 틀었다. 하지만 그는 다시 두 부하보다는 무기도 없이 혼자 서 있는 마레스칼과 싸우는 편이 낫다고 생각했는지 마레스칼을 향해 다가왔다.

마레스칼은 그의 의도를 알아차리고 소리쳤다.

「발사! 발사! 지금 쏴야 해, 이쪽으로 오고 있잖아! 어서 쏴, 젠장!」

두 부하 중 한 명이 총을 발사했다.

배에서 비명 소리가 들렸다. 남자가 노를 놓치고 거꾸러졌다. 오렐리는 필사적으로 그의 몸을 감쌌다. 노는 물결을 따라 흘러가고 있었다. 배는 한순간 멈춰 서 있더니 약간 방향을 틀어 물이 흘러가는 쪽으로 뱃머리를 돌렸다. 배는 뒤쪽으로 천천히 움직이다가 빠른 속도로 앞으로 나아가기 시작했다.

마레스칼이 더듬거리며 말했다.

「젠장, 미쳤군」

어떻게 하려는 걸까? 그리로 가면 어떻게 될지는 불을 보듯 뻔했다. 연못 중앙에서부터 밀려들면서 빠르게 떨어지는 두 급류에 배가 부딪혔다. 배는 제자리에서 한 바퀴 돌더니 뱃머리가 구멍을 향하자 멈춰 섰다. 두 사람이 배 바닥에 몸을 눕히자, 배는 과녁에 꽂히는 화살처럼 커다란 구멍 속으로 빨려들어 갔다.

두 사람이 배를 타고 나아간 뒤로 채 2분도 지나지 않아 일어
난 일이었다.

마레스칼은 꼼짝도 하지 않고 있었다. 그는 발이 물에 빠진 상
태로 잔뜩 겁먹은 표정을 짓고 있었다. 그는 저주받은 그 장소를
멍하니 응시하고 있었다. 그곳은 지옥의 문 같았다. 그의 모자는
연못 위를 떠다니고 있었고 수염과 머리는 온통 헝클어졌다.

「이럴 수가! 이럴 수가! 오렐리. 오렐리……」

마레스칼은 멍하니 있다가 부하들이 부르는 소리에 정신을 차
렸다. 그들은 연못을 빙 둘러 마레스칼 쪽으로 다가왔다. 마레스
칼은 옷에서 물기를 털어 내다가 그들에게 말했다.

「내가 본 게 사실인가?」

「뭐 말입니까?」

「배…… 그 구멍……」

마레스칼은 이해할 수가 없었다. 악몽을 꾸었을 때처럼 끔찍한
느낌만 남아 있었다.

세 사람은 급류가 빨려 들어가는 구멍 위에 포석이 깔린 곳까
지 올라가 보았다. 구멍 주위의 돌 사이사이로 갈대와 식물들이
자라고 있었다. 그 구멍으로 물이 한꺼번에 몰려들면서 둥글게
소용돌이가 일었고, 안쪽에는 커다란 바위가 반짝거리고 있었다.
그들은 몸을 숙이고 귀를 기울여 보았다. 아무 소리도 들리지 않
았다. 빠르게 흐르는 물소리만 들려올 뿐이었다. 물거품과 함께
올라오는 차가운 기운이 느껴질 뿐 아무것도 없었다.

마레스칼이 더듬거리며 말했다.

「여긴 지옥이야. 지옥의 문……」

그러고는 다시 반복해서 말했다.

「그녀는 죽었어. 물에 빠져 죽었어. 이런 바보 같은……! 이렇게 끔찍하게 죽다니……. 그 바보 같은 놈이 그녀를 데려가지 않았다면……. 내가…… 내가……」

그들은 숲길을 따라갔다. 마레스칼은 장례 행렬을 따라가는 사람처럼 천천히 걸었다. 부하들이 여러 번 질문을 던졌지만 마레스칼은 아무런 대답도 하지 않았다. 이들은 마레스칼이 이번 계획을 실행하기 위해 특별히 불러 모은 사람들이었기 때문에 별로 믿음직하지 못했다. 그래서 마레스칼은 이번 일에 대해 간략한 정보밖에 주지 않았다.

마레스칼은 오렐리를 생각했다. 그녀는 너무나 우아하고 활기찬 여자였고 그가 열정적으로 사랑한 사람이었다. 그는 가책과 두려움뿐만 아니라 그녀에 대한 기억 때문에 너무나 괴로웠다. 마레스칼은 머릿속이 복잡했다. 이제 조사가 진행될 것이고 그렇게 되면 이 비극적인 사건의 책임은 그에게 돌아올 것이다. 어쨌든 이번 일은 자신에게 치명적인 사건이다. 브레작은 끈질긴 사람이라 지구 끝까지라도 찾아와 자신에게 복수를 하려 할 것이다.

가능한 한 빨리, 조용히 고장을 떠나는 수밖에 없다. 마레스칼은 부하들에게 겁을 줬다. 그는 부하들에게 함께 위험에 처하게 되었으니 각자 흩어져서 아무도 모르게 조용히 지내야만 안전할 수 있다고 말했다. 그리고 그들에게 약속했던 돈을 두 배로 쳐 주었다.

마레스칼은 뤼즈 마을을 피해 피에르피트네스탈라 쪽 길로 접어들었다. 지나가는 마차를 얻어 타고 서둘러 가서 저녁 7시 열차를 타려는 생각이었다.

뤼즈에서 3킬로미터 남짓 떨어진 지점을 지나고 있을 때, 방수포 덮개가 달린 작은 이륜마차 한 대가 지나갔다. 마차를 모는 농부는 목동처럼 넓은 외투를 입고 머리에는 베레모를 쓰고 있었다.

마레스칼은 거들먹거리며 마차에 올라 명령하듯 말했다.

「열차 시간에 맞춰 가면 5프랑을 주겠네」

농부는 아무 반응도 없었다. 심지어는 두 막대기 사이에서 흔들리고 있는 빈약한 말에게 채찍질을 하지도 않고 있었다.

길이 무척 멀게 느껴졌다. 가도가도 끝이 없었다. 오히려 농부가 말을 붙들고 달리지 못하게 하고 있는 것 같았다.

마레스칼은 화가 났다. 그래서 이성을 잃고 흥분해서 말했다.

「이렇게 가다가 어느 세월에 도착하겠나. 정말 늙어빠진 말이로군. 10프랑을 주겠네, 이제 됐나?」

마레스칼은 이제 이 고장이 지긋지긋하게 느껴졌다. 온통 유령으로 가득 찬 세상 같았다. 하지만 자기 때문에 죽은 여자의 주검이 있는 이곳에서 밤을 보내야 할지도 모른다고 생각하니 갑자기 정신이 번쩍 들었다.

「20프랑!」

그는 제정신이 아닌 사람 같았다.

「50프랑……! 자! 50프랑! 이제 2킬로미터밖에 안 남았으니. 2킬로미터면 7분……. 젠장, 그래 열차를 탈 수 있을 거야. 자, 젠장, 어서 채찍을 후려치라고. 저 늙은 말한테 말이야! 50프랑 주겠다니까!」

농부는 그의 제안을 예상하고 있었다는 듯, 갑자기 있는 힘을 다해 채찍을 후려쳤다. 늙은 말은 전속력으로 질주했다.

「이봐! 조심하라고. 도랑에 빠지지 않도록 조심해야지」

농부는 그의 충고 따윈 아랑곳하지 않고 계속 달렸다. 50프랑이라니! 농부는 끝에 구리가 달린 채찍을 있는 힘껏 내려쳤다. 말은 실성한 듯, 속도를 두 배로 높였다. 마차는 거의 날아가는 것 같았다. 마레스칼은 점점 더 불안해졌다.

「이런 바보 같은! 뒤집어지겠네……. 멈춰, 젠장! 자, 자, 정말 미쳤군! 자, 됐네! 여기서 내리겠네!」

정말로 이제 그만 마차에서 내리고 싶었다. 그런데 한순간 고삐를 잘못 조작하는 바람에 마차가 길을 벗어나면서 마차에 타고 있던 두 사람 모두 참담하게 도랑으로 빠지고 말았다. 그 위를 마차가 덮쳤다. 늙은 말은 마구에 얽히고 의자 널빤지 밑에 깔려서 말굽을 하늘로 향한 채로 버둥거렸다.

마레스칼은 곧 자신이 무시무시한 사고를 피했다는 사실을 깨달았다. 그런데 농부가 있는 힘을 다해 자신을 누르고 있었다. 그는 농부를 밀쳐 내려고 했지만 그렇게 할 수가 없었다. 곧이어 마레스칼은 낯익은 목소리를 듣고 소스라치게 놀랐다.

「불 있나, 로돌프?」

마레스칼은 머리부터 발끝까지 몸이 딱딱하게 굳어지는 느낌이 들었다.

그가 더듬거리며 말했다.

「급행열차에서 본 그 남자……」

「급행열차에서 본 그 남자, 그래 맞아」

마레스칼은 신음소리를 내듯 말했다.

「노대에 있던 남자……」

「바로 그 사람이지. 급행열차에서 본 남자, 노대에 있던 남자. 그리고 몬테카를로에서 본 남자, 오스만 대로에서 본 남자, 또 루보 형제의 살인자이자 오렐리의 공범, 배를 몰던 뱃사공, 마차를 몰던 농부……. 그리고 마레스칼, 자네가 물리쳐야 할 적이지」

늙은 말은 발길질을 멈추고 다시 일어섰다. 라울은 천천히 외투를 벗어 마레스칼이 팔다리를 움직이지 못하도록 덮어씌웠다. 그런 뒤 마차를 밀어내고 마구의 가죽띠와 고삐를 잡아당겨 마레스칼을 꽁꽁 묶었다. 또 남은 끈 두 개로 마레스칼의 상반신과 목을 묶고 자작나무 줄기에 매어 놓았다. 그러고 나서 도랑 위로 올라가 잡목이 우거진 곳 중에서도 가장 위쪽 경사면에 걸터앉았다.

「자넨 나랑 만날 때마다 운이 없는 모양이군, 로돌프. 벌써 나한테 두 번씩이나 당하지 않았나! 그것도 미라처럼 몇 번이나 천으로 둘둘 감아 주었으니 말이야. 아! 이 일을 어떻게 잊을 수 있겠나! 자네가 오렐리에게 스카프로 재갈을 물린 것과 마찬가지로 절대 잊지 못할 일이지! 그래, 이처럼 소리 지르지 않고 아무에게도 눈에 띄지 않게 얌전히 있는 것이 진정한 포로의 자세라네. 하지만 자넨 얼마든지 보고 들을 수 있지 않나! 자, 저기 열차가 출발하는 소리가 들리지? 칙칙 폭폭, 칙칙 폭폭, 칙칙 폭폭……. 열차가 멀어져 가고 있네. 오렐리와 그녀의 아버지를 태우고 말이야. 어디까지나 자넬 안심시키려고 한 말일세. 오렐리는 아직 자네나 나처럼 버젓이 살아 있지. 이렇게 흥분되는 사건의 결말로는 약간 식상한 감이 있기는 하지만 말이야. 하지만 정말 좋은 밤 아닌가! 이런 날은 다신 오지 않을걸세」

라울은 늙은 말을 매어 두고 부서진 마차 부속을 정돈했다. 그러고는 마레스칼의 곁으로 와서 앉았다.

「정말 이상한 모험이었어, 안 그런가? 하지만 자네가 생각하는 것처럼 기적 따윈 없어. 우연도 아니었고……. 참고로 말하는데 자네도 이제 곧 알게 될걸세. 내가 기적이나 우연 따위를 중요시하는 사람이 아니란 사실을 말이야. 난 내 자신만 믿는다네. 그래서 말인데……. 내 이야기를 좀 해도 괜찮겠지? 거기서 잠을 자는 것보다야 내 이야기를 듣는 게 낫지 않겠나? 아닌가? 아무튼 이야기를 다시 시작하지. 난 노대에서 오렐리의 곁을 떠나자마자 왠지 불안한 느낌이 들었어. 그녀를 저렇게 혼자 두고 가는 것이 신중한 행동일까? 어떤 나쁜 놈이 주위를 맴돌고 있을지 어떻게 알아? 머릿기름을 바른 날라리 자식이 집적거리지는 않을까? 이런 직감도 모두 내 능력에 속하는 것이니까……. 난 항상 내 직감을 존중한다네. 그래서 다시 돌아갔던 거지. 그래서 뭘 봤는지 아나? 비열한 납치범이자 부정한 수사관인 로돌프가 먹이를 잡으러 골짜기 아래로 뛰어 내려가고 있더군. 그래서 난 하늘에서 자네한테 뚝 떨어졌던 걸세. 그런 다음 자네 다리를 연못에 빠뜨리고 오렐리를 데려갔지. 될 대로 되라지 하면서 말이야. 연못, 숲, 동굴……. 이젠 자유다! 하는 순간, 쨍그랑! 꿈은 깨지고 말았지. 자네가 휘파람을 불자 건장한 두 남자가 나타났던 거야. 어떻게 할까? 넘을 수 없는 장벽인가! 아냐, 그때 기발한 아이디어가 떠올랐어……. 저 급류가 쏟아지는 구멍 속으로 빨려 들어간다면? 바로 그때 브라우닝 권총에서 나온 탄환이 날 향해 날아들었지. 난 노를 놓고 배 바닥에 엎드려 죽은 척하고 있었어. 오렐리에게는 상황 설명을 해 주었지. 그리고 우린 머리를 배수구에 집어넣었던 걸세」

라울은 마레스칼의 엉덩이를 툭 쳤다.

「아니, 이보게 친구, 그렇게 감동할 건 없네. 우린 전혀 위험을 무릅쓰지 않았거든. 이 고장 사람이라면 누구나 알고 있는 사실이야. 그 좁은 터널을 지나가면 200미터 아래에 작고 고운 모래

사장이 나온다는 사실을 말이야. 그곳에서는 편하게 계단을 통해 올라올 수 있지. 일요일이 되면 사내아이들 열댓 명이 수영을 하다가 그렇게 배를 타고 돌아오지. 다칠 염려는 조금도 없다네. 그래서 그리로 나온 다음에 우린 멀리서 자네가 낙담하는 모습을 지켜보았다네. 가책 때문에 머리를 숙이고 자리를 떠나는 자네의 모습을 말이야. 난 오렐리를 다시 수녀원 정원에 데려다 주었지. 브레작이 자가용을 타고 그녀를 데리러 왔고 두 사람은 열차를 타러 떠났네. 나는 짐을 찾은 다음 농부의 옷가지와 물건들을 샀지. 처음엔 오렐리를 엄호하려는 목적밖에 없었다네」

라울은 마레스칼의 어깨에 머리를 기대고 눈을 감았다.

「자네한테 시시콜콜한 이야기를 모두 할 필요는 없겠군. 난 피곤해서 잠을 좀 자야 할 것 같네. 내가 잘 동안 잘 감시하고 있게, 로돌프. 아무 걱정 말게나. 모든 일이 잘 풀릴 테니까. 각자 자신에게 어울리는 자리를 지키고 멍청한 놈들은 나 같은 사람의 베개로 쓰이기나 하면 된다고」

라울은 잠이 들었다.

저녁이 되었다. 이들 주위로 어둠이 밀려오고 있었다. 라울은 가끔씩 깨어서 반짝거리는 별을 보며, 또는 푸르스름한 달빛을 보며 뭐라고 중얼거리다가 다시 잠이 들었다.

자정 무렵이 되자 배가 고팠다. 라울의 가방 안에 먹을 것이 들어 있었다. 그는 마레스칼에게 먹을 것을 건네며 재갈을 벗겨 주었다.

「먹게, 친구」

그는 마레스칼의 입에 치즈를 넣어 주며 말했다.

하지만 마레스칼은 곧 화를 내며 치즈를 뱉어 버리고 말했다.

「바보 같은 놈! 멍청이! 멍청한 놈은 바로 너야! 네가 무슨 짓을 한 줄 알고나 있나?」

「젠장! 난 네게서 오렐리를 구했어. 그녀는 의붓아버지와 함께 파리로 갔다고. 나도 이제 그녀가 있는 곳으로 갈 테고 말이야」

마레스칼이 소리쳤다.

「의붓아버지라고! 의붓아버지! 그럼 모르고 있단 말이냐?」

「뭘?」

「그자는 오렐리를 사랑하고 있어. 의붓아버지 말이야」

라울은 자기도 모르게 마레스칼의 목을 비틀며 말했다.

「멍청이! 바보 같은 놈! 그럼 내 얘기를 듣고만 있지 말고 얼른 이야기했어야지! 브레작이 그녀를 사랑한다니? 아! 이런 끔찍한 일이……. 모두들 그녀를 사랑하고 있군! 전부 짐승 같은 놈들 뿐이야! 거울도 안 보고 사는 모양이지? 특히 너, 머릿기름을 바른 네 우스운 몰골을 한번 보란 말이야!」

라울은 몸을 숙이고 말했다.

「내 말 잘 들어, 마레스칼. 난 그녀를 의붓아버지에게서 빼내올 거야. 하지만 넌 그녀를 조용히 내버려둬. 더 이상 우리 일에 관여하지 말라고」

마레스칼이 조용히 대답했다.

「그건 안 돼」

「어째서?」

「그녀는 사람을 죽였어」

「그러니까 네 체포 계획 때문에 안 된다는 거냐?」

「난 그녀를 체포해서 꼭 법정에 세울 거다. 난 그녀를 증오하니까!」

그는 끔찍한 원한에 사로잡힌 사람처럼 말했다. 라울은 이해할 수 있었다. 마레스칼의 마음속에서 지금 당장은 사랑보다 증오가 훨씬 커져 있었다.

「자네한텐 안됐군, 로돌프. 난 자네에게 승진을 제안하려고 했는데. 치안국장 자리나 뭐……. 하지만 자넨 그보단 나와 싸우는 게 더 좋은 모양이군. 자네 편한 대로 하게. 우선 별이 빛나는 아름다운 밤부터 시작하지. 자네 건강에 하나도 이로울 게 없을걸세. 난 말이야, 말을 타고 루르드까지 가서 간선 열차를 탈걸세. 20킬로미터 정도 되니까 내 말이 느린 걸 감안하면 네 시간 정도는 달려야겠지. 오늘 밤이면 파리에 도착할 테고. 난 우선 오렐리를 안전하게 보호할걸세. 그럼 잘 있게, 로돌프」

라울은 짐을 끈으로 묶고 발받침과 안장도 없이 말에 올랐다. 그러고는 사냥할 때나 부르는 노랫가락을 휘파람으로 흥얼거리며 어둠 속으로 사라졌다.

그날 저녁, 브레작이 거주하는 파리 시 쿠르셀가의 작은 저택 앞에 자동차 한 대가 멈춰 서 있었다. 차 안에는 빅투아르라는 이름의 나이 든 부인이 타고 있었는데 그는 라울의 어릴 적 유모였다. 라울은 운전석에 앉아 있었다.

오렐리는 나오지 않았다.

그는 새벽부터 다시 보초를 섰다. 길에 한 넝마주이가 나타나 집게로 쓰레기통을 뒤적거리다가 가 버렸다. 그런데 이상한 느낌이 들었다. 무엇보다도 넝마주이의 걸음걸이가 어딘지 낯설지 않았다. 라울은 누더기 옷과 지저분한 모자 사이로 다시 한번 넝마주이를 살펴보았다. 그 사람은 파라도니 저택에서, 그리고 니스의 길을 달리며 보았던 살인자 조도였다.

라울은 생각했다.

「젠장, 저놈이 벌써 작업을 시작한 건가?」

8시쯤에, 한 하녀가 저택에서 나와 약국으로 달려갔다. 라울은 수표를 건네주며 오렐리에 대해 물었다. 하녀는 오렐리가 전날 브레작과 함께 돌아왔는데 지금은 고열과 정신 착란 증세를 보여 자리에서 일어나지 못한다는 말을 전해 주었다.

12시가 되자 마레스칼이 집 주위를 맴돌기 시작했다.

전투의 전략과 준비

마레스칼은 예상치 못했던 기회를 잡았다. 오렐리가 방에 갇혀 있는 셈이니 라울의 계획은 실패한 것이나 다름없었다. 그녀를 빼내 오는 일이 불가능하게 되었으니, 이제 그녀는 자신을 체포하러 오지 않을까 두려워 벌벌 떨며 기다리고 있을 것이다. 마레스칼은 여러 가지 조치를 취했다. 우선은 부하를 시켜 오렐리 주위를 감시하라고 일러두었고, 그 부하를 통해 매일같이 병자의 상태를 보고 받았다. 병이 좀 호전되면 즉각 행동에 들어가려는 계획이었다.

라울은 생각했다.

〈그래, 하지만 아직 그가 행동을 개시하지 않고 있는 것을 보면 오렐리를 공개적으로 체포하는 데 뭔가 문제가 있는 게 분명해. 그녀가 회복되기를 기다리는지도 모르지. 준비를 하고 있을 거야. 그럼 나도 준비를 시작하자.〉

아무리 논리적인 추측도 실제 사건에서는 어긋나는 희한한 상황이었지만 라울은 그래도 몇 가지 결론을 뽑아 냈다. 이번 사건에서는 아무도 예상치 않았던 이상한 일들이 일어나고, 아주 간단한 일도 매우 혼란스럽게 전개되었다. 사람들의 생각을 통해서가 아니라 사건 자체의 힘에 이끌려 상황이 진행되고 있었다. 라울은 이제 공격을 개시할 때가 왔다고 생각했다.

그는 자주 이렇게 말하곤 했다.

「모험을 할 때 가장 어려운 점은 첫 발을 내딛는 것이지」

몇 가지 사건이 확연히 드러나긴 했지만 그 사건이 일어난 이유는 알 수가 없었다. 그리고 사건을 겪고 있는 사람들도 모두 폭풍과 풍랑 속에서 자기 의지와는 상관없이 움직이고 있는 것 같았다. 승리를 거머쥐기 위해서는 그날그날 오렐리를 지키기만 해서는 안 되었다. 이제는 과거를 추적해 이 사건에 연관되어 있는 사람들이 무슨 이유로 서로 얽히게 된 것인지, 그 비극적인 사건이 각자에게 어떤 영향을 끼치게 되었는지 알아내야만 했다.

「그러니까 나를 제외하고 오렐리의 곁에서 그녀를 괴롭히는 자들은 네 명이 있어. 기욤, 조도, 마레스칼, 브레작……. 이 네 명 중에는 그녀를 사랑해서 접근하는 자들도 있고 단지 비밀을 캐내려고 접근하는 자들도 있지. 사랑과 탐욕, 이 두 가지가 모든 사건을 결정 짓는 요소야. 그런데 기욤은 현재 별 문제가 안 되고…… 브레작과 조도는 지금 오렐리가 아프니까 별로 걱정하지 않아도 되고…… 그렇다면 마레스칼만 남았군. 내가 감시해야 할 적은 마레스칼뿐이야」

브레작의 저택 앞에 비어 있는 집이 한 채 있었다. 라울은 그곳으로 이사했다. 또 마레스칼이 감시를 붙여 둔 것처럼 그도 하녀 한 명을 감시하다가 매수했다. 하녀는 마레스칼의 부하가 없는 사이에 라울을 세 번이나 집 안으로 들여보냈다.

오렐리는 그를 알아보지 못하는 것 같았다. 그녀는 아직도 열 때문에 많이 쇠약한 상태였다. 그녀는 띄엄띄엄 몇 단어를 내뱉고는 다시 눈을 감아 버렸다. 하지만 라울은 그녀가 자신이 하는 말을 듣고 있다고 확신했다. 그녀는 최면술에 빠지듯 자신의 부드러운 목소리를 들으며 긴장을 가라앉히고 마음의 안정을 찾을 것이다.

라울이 말했다.

「접니다, 오렐리. 보시다시피 약속을 지키러 왔습니다. 그러니 저를 믿으십시오. 당신의 적들은 제게 대항해서 싸울 능력이 없습니다. 제가 당신을 구해 내겠습니다. 어떻게 다른 생각을 할 수 있겠습니까? 제 머릿속은 오로지 당신 생각으로 가득 차 있습니다. 제가 당신의 인생을 다시 설계할 것입니다. 당신의 삶은 제게 있는 그대로 꾸밈없이 다가올 겁니다. 저는 당신이 결백하다는 사실을 잘 알고 있습니다. 당신을 비난하던 순간에도 그 사실을 알고 있었습니다. 부인할 수 없는 증거들도 제겐 거짓으로 보일 뿐입니다. 초록 눈의 아가씨가 범죄자일 수는 없습니다」

라울은 좀더 노골적으로 자신의 마음을 드러내는 데 주저하지 않았다. 그녀는 라울의 입에서 쏟아져 나오는 한없이 부드러운 말들을 듣고 있을 수밖에 없기 때문이다. 라울은 충고의 말도 아끼지 않았다.

「당신은 제 삶 그 자체입니다. 전 당신만큼 우아하고 매력적인 여자를 본 적이 없습니다. 오렐리, 절 믿으십시오. 한 가지만 부탁하겠습니다. 듣고 계시겠죠? 무조건 저를 믿으십시오. 누군가

질문을 하면 아무 대답도 하지 마십시오. 누가 편지를 보내도 답장을 쓰지 마십시오. 누가 당신을 이곳에서 **빼내** 가려고 하면 거절하십시오. 가장 끔찍한 최후의 순간까지도 저를 믿으셔야 합니다. 제가 그곳에 있을 것입니다. 전 항상 그곳에 있을 겁니다. 전 당신을 위해서 살고 당신에 의해서 존재하기 때문입니다……」

오렐리의 얼굴에 편안한 빛이 감돌았다. 그녀는 행복한 꿈을 꾸듯 얌전히 잠이 들었다.

라울은 브레작의 방으로 건너가 여러 가지 서류나 정보가 될 만한 것들을 찾아보았지만 아무것도 발견하지 못했다.

그는 리볼리가에 있는 마레스칼의 집으로 가서 최대한 조심스럽게 수색했다. 그리고 두 남자가 일하고 있는 내무부 사무실에까지 가서 조사를 계속했다. 직원들 모두 두 사람의 경쟁과 증오심에 대해 알고 있었다. 한 사람은 내무부에, 또 한 사람은 경찰청에 든든한 백을 가지고 있다 보니 부서 안에서도 그런 사실을 묵인하고 있었다. 두 남자는 공개적으로 서로 비난을 퍼부었으며 심지어는 사임 문제까지 언급했다. 과연 둘 중에 누가 희생될 것인가?

어느 날, 라울이 태피스트리 뒤에 숨어 있을 때, 브레작이 오렐리의 머리맡으로 다가왔다. 그는 침울한 표정이었으며 누렇고 커다란 얼굴은 야위어 보였다. 하지만 어느 정도는 기품이 있어 보이는 얼굴이었다. 어쨌든 그 저속한 마레스칼보다는 훨씬 교양 있고 품위 있는 사람 같았다. 오렐리는 잠에서 깨어나다가 자기 쪽으로 몸을 기울이고 있는 남자를 보며 냉정하게 말했다.

「절…… 놔두세요. 절 그냥 놔두세요」

「그렇게까지 내가 싫은 게냐! 차라리 욕을 하든가 날 때리기라도 하지 그러느냐!」

「그렇게는 하지 않을 거예요. 당신은 제 어머니와 결혼한 사람이니까요」

그는 고통스럽게 그녀의 얼굴을 바라보았다.

「넌 정말 아름답구나, 가엾은 아가……. 하지만 왜 내 애정을 계속해서 거부하는 게냐? 그래, 알아. 내 잘못이지. 예전에는 네가 감추고 있는 비밀에만 관심이 있었단다. 하지만 네가 그렇게 고집스럽게 침묵을 지키지만 않으면 이제 그 괴로운 일에 대해서는 생각하지 않으마. 앞으로도 네가 날 사랑하게 되는 일은 절대로 없을 테니까. 네가 날 사랑한다는 건 불가능한 일이니까」

그녀는 더 이상 그의 말을 듣고 싶지 않아 고개를 돌렸다. 하지만 그는 계속 말했다.

「혼수 상태에 있는 동안 넌 내게 하고 싶었던 얘길 하는 것 같더구나. 그런 거였나? 아니면 철없이 기욤과 도망쳤던 일에 관한 얘기였느냐? 그 망할 놈이 널 어디로 데려갔던 게냐? 수녀원으로 숨어들기 전에는 무슨 일이 있었던 거니?」

그녀는 지치기도 했고 또 그를 믿을 수 없었기 때문에 아무 대답도 하지 않았다.

그도 입을 다물었다. 그가 밖으로 나가자 라울도 울고 있는 그녀의 모습을 보며 방을 빠져나갔다.

2주 동안 벌인 조사는 결론적으로 말해 모두 실망스러운 것들뿐이었다. 라울이 자기 나름대로 해석할 수 있는 몇 가지를 제외하고는 거의 대부분 해결할 수 없는 문제이거나 적어도 해결책이 보이지 않는 문제들뿐이었다.

〈하지만 난 시간을 낭비하지 않아. 그게 중요한 거지. 때론 행동하지 않는 것이 가장 좋은 행동 방침인 경우도 있어. 그렇게 나쁜 상황은 아니라고. 사람이나 사건에 대한 내 시각은 매우 정확하고 탄탄하니까. 새로운 사건이 발생하면 그 한가운데 내가 서 있을 거야. 이번 싸움은 매우 난폭한 양상을 띠게 될 거야. 모두들 죽기 살기로 달려들 테지. 싸움이 일어나는 것은 기정사실이고 모두들 효율적인 무기를 찾으려고 하겠지. 불꽃이 튈 만큼 불시에 강한 충격을 받게 될 거야.〉

불꽃은 라울이 생각했던 것보다 더 빨리 튀었고 그가 중요하지 않다고 생각했던 어두운 한구석을 밝게 비췄다. 어느 날 아침 라울이 유리창에 이마를 바짝 대고 브레작의 방 창 쪽에 시선을 고정시키고 있는데 누더기를 걸친 조도가 다시 나타났다. 조도는 이번에는 어깨에 포대 자루를 걸치고 그곳에 주운 물건들을 집어넣고 있었다. 그러더니 자루를 집 벽 쪽에 기대어 놓고 인도에 앉아서 무언가를 먹기 시작했다. 그러면서도 가장 가까이 있는 쓰레기통에서 뭔가를 뒤적거리고 있었다. 기계적으로 하는 행동 같았지만 잠시 후에 보니 구겨진 봉투나 찢어진 편지만 주위 모으고 있었다. 그는 종이를 자세히 살펴보다가 다시 분류 작업을 시작했다. 브레작이 주고받은 편지에 관심이 있는 모양이었다.

15분쯤 지나자 조도는 다시 포대 자루를 메고 가 버렸다.

라울은 몽마르트르까지 그를 따라갔다. 그곳에서 조도는 한 고물상 앞에 자리를 잡고 앉았다.

그는 사흘 연속으로 나타났는데 그때마다 똑같은 행동을 반복했다. 하지만 사흘째 되는 날, 그러니까 일요일에 라울은 브레작이 창문 뒤에서 숨어서 조도를 보고 있다는 걸 알아채고 깜짝 놀랐다. 조도가 떠나자 브레작도 조심스럽게 그의 뒤를 따라갔다.

라울은 멀리서 두 사람을 쫓아갔다. 드디어 브레작과 조도의 관계를 밝힐 수 있게 될까?

그들은 그렇게 나란히 몽소 구역과 무너진 성벽을 건넌 다음 센 강가에 있는 비노 대로 끝으로 걸어갔다. 낡은 집들이 공터 사이에 띄엄띄엄 서 있었다. 조도는 한 집 앞에 포대 자루를 내려놓고 앉아서 음식을 먹었다.

그는 그곳에서 네댓 시간이나 앉아 있었다. 브레작은 그곳에서 30미터 떨어진 작은 레스토랑의 벤치에 앉아 점심을 먹으며 그를 감시하고 있었고 라울은 둑 위에 다리를 뻗고 앉아 담배를 피우고 있었다.

조도가 자리를 뜨자 브레작은 이제 관심 없다는 듯 반대편으로 멀어져 갔다. 라울은 레스토랑으로 들어가 주인에게 이것저것 물어보았다. 그는 조도가 앉아 있던 그 집이 몇 주 전만 해도 마르세유 급행열차에서 세 강도에게 살해된 루보 형제의 소유였다는 사실을 알게 되었다. 법원에서 그 집을 폐쇄했고 이웃집 사람에게 일요일마다 집을 감시하는 일을 맡겼다는 이야기였다.

라울은 루보 형제의 이름을 듣고 소스라치게 놀랐다. 이제야 조도의 수상한 행동이 이해가 가기 시작했다.

라울은 더 자세히 질문을 던져 여러 가지 사실을 알아냈다. 사고 당시, 루보 형제는 이 집에서는 거의 살지 않았으며 이 집을 샴페인 창고 정도로만 사용했다고 했다. 그리고 그들은 동업자와 헤어져 자비로 여행을 했다고 했다.

라울이 물었다.

「동업자요?」

「예. 그 사람 이름이 문 옆에 걸린 구리판에 아직도 새겨 있는 걸요. 〈루보 형제와 조도〉라고 말입니다」

라울은 깜짝 놀라 말했다.

「조도?」

「네. 키가 크고 얼굴이 붉은 남자인데, 꼭 동상 같은 얼굴이랄까. 한 1년 전부터 보이지 않더군요」

〈정말 중요한 정보로군. 조도는 예전에 두 형제의 동업자였는데 뭔가 그들을 죽여야 할 구실이 생긴 모양이지. 법원에서 조도를 의심하지 않은 것도 당연해. 마레스칼이 세 번째 공범으로 날지목했으니 조도는 이 사건에 연관되어 있다고 생각하지도 않은거지. 하지만 조도가 어째서 희생자들이 살던 집에 다시 온 걸까? 어째서 브레작은 조도를 감시하고 있는 걸까?〉

그 주는 아무런 사건도 일어나지 않고 지나갔다. 조도는 브레작의 저택에 더 이상 나타나지 않았다. 하지만 토요일 저녁, 라울은 조도가 일요일 아침에 루보 형제의 집으로 올 것이라고 확신했다. 그는 집 옆에 있는 공터에서 담을 넘어 들어가 2층 창문을 통해 안으로 들어갔다.

2층에 있는 두 방에는 아직도 가구가 남아 있었고 누군가 집안을 뒤진 흔적이 보였다. 누가 그랬을까? 검찰에서 나온 사람들일까? 아니면 브레작? 조도? 그렇다면 왜일까?

라울은 한 가지로 단정 내리지 않았다. 다른 누군가가 와서 물건을 찾았거나 찾다가 발견하지 못했던 것일 수도 있다. 또는 물건이 더 이상 이곳에 없을지도……. 라울은 소파에서 밤을 보냈다. 그는 손전등을 켜고 탁자에 있던 책을 집어들어 읽다가 곧 잠이 들었다.

진실은 밝히려고 노력하는 자에게만 드러나는 법이다. 흔히 진실이 우연히 밝혀진다고 생각하지만 철저한 준비를 통해서만 가능한 일이다. 그러니 결국 개인의 능력에 따라 달라지는 셈이다. 라울은 잠에서 깨어나면서 어젯밤 읽던 책을 다시 쳐다보았다. 책 겉표지가 천으로 싸여 있었는데 카메라 케이스에서 잘라 낸 것 같은 검은 체크 무늬 천이었다.

그는 여기저기 뒤지기 시작했다. 벽장을 열어 보니 종이와 천 조각이 가득 쌓여 있었다. 라울은 그중에서 천 하나를 골라냈다. 접시만 한 크기로 둥글게 세 군데 잘려 나간 흔적이 있었다.

라울은 감격한 듯 중얼거렸다.

「그래 맞아. 제대로 짚었군. 급행열차에서 세 강도가 쓰고 있던 복면은 바로 이 천에서 잘라 낸 거야. 명백한 증거야. 이걸로 그동안 일어났던 일이 설명되는 셈이군」

겉으로 표현하지는 않았지만 그의 직감대로 자연스럽게 진실이
드러나고 있었다. 그리고 진실은 간단한 것부터 복잡한 것까지
다양하게 모습을 드러내고 있었다. 라울은 조용한 집 안의 침묵
을 깨며 웃음을 터뜨렸다.

「좋았어, 아주 좋았어. 운명의 신이 내게 필요한 요소들을 제
공해 주는군. 이제 운명은 내 의지대로 움직일 테고 사건의 세세
한 부분도 내 명령대로 움직일 거야. 이제 모든 게 환한 빛 아래
모습을 드러내겠지」

8시가 되자 관리인이 나타나 집을 둘러본 다음 문에 빗장을 걸
고 돌아갔다. 9시가 되자 라울은 식당으로 내려갔다. 그는 덧문은
닫힌 채로 그대로 두고 조도가 앉아 있던 장소에서 바로 위에 나
있는 창문을 열었다.

조도는 어김없이 다시 나타났다. 그는 메고 온 포대 자루를 벽
발치에 기대 놓은 다음, 바닥에 앉아 음식을 먹었다. 그는 먹으
면서 계속해서 낮은 소리로 뭐라고 중얼거렸다. 하지만 소리가
너무 작아 라울은 한마디도 알아들을 수가 없었다. 조도는 햄과
치즈를 먹으며 파이프 담배를 피웠다. 그 연기가 라울에게까지
올라왔다.

그는 두 번째 담배를 다 피우고 나서 세 번째 파이프에 불을
붙였다. 이렇게 두 시간이 지나갔다. 라울은 조도가 그렇게 오랫
동안 죽치고 앉아 있는 이유를 도무지 알 수가 없었다. 덧창에 난
구멍으로 들여다보니 누더기를 걸치고 군화를 신은 조도의 다리
가 보였다. 건너편에는 강이 흐르고 있었다. 강가를 산책하는 사
람들이 왔다갔다 하는 모습도 보였다. 브레작은 레스토랑의 벤치

에 앉아 그를 엿보고 있을 것이다.

정오를 몇 분 남겨 두고 마침내 조도가 말했다.

「그래서? 아무것도 없다고? 말도 안 돼!」

그는 혼자서 중얼거리는 게 아니라 옆에 있는 누군가에게 말을 하는 것 같았다. 하지만 그의 곁에는 아무도 없었고 그를 향해 다가오는 사람도 없었다.

조도는 화를 내며 말했다.

「젠장, 거기에 있다고 말했잖아! 내 손으로 그걸 집어서 이 두 눈으로 똑똑히 본 게 한두 번이 아니란 말이야. 내가 말한 대로 한 거야? 지하실 오른쪽이라고, 전에는 왼쪽을 봤잖아? 그래서…… . 그래서…… 찾아왔어야지……」

조도는 오랫동안 입을 다물고 있다가 다시 말했다.

「다른 쪽을 찾아보면 있을 거야. 집 뒤쪽 공터까지 뒤져 봐. 급행열차를 타기 전에 병을 던졌을지도 몰라. 브레작이 지하실을 뒤졌을지는 몰라도 집 밖까지 찾아볼 생각은 못했을 거야. 가서 얼른 찾아 봐. 기다리고 있을게」

라울은 더 이상 그의 말을 듣지 않았다. 그는 조도가 지하실에 대한 이야기를 할 때부터 생각에 잠겼고 이제 막 이해가 가기 시작했다. 지하실은 집 한쪽 끝에서부터 다른 쪽 끝까지 넓게 이어져 있었으며 환기창이 길 쪽으로 하나, 또 반대편에 하나 있었다. 그래서 환기창을 통하면 쉽게 지하실로 들어갈 수 있었다.

라울은 서둘러 2층으로 올라가 공터 쪽으로 나 있는 방으로 들어갔다. 그는 곧 자신의 추측이 정확하게 맞아떨어졌음을 확인했다. 건물이 없는 공터 한가운데에 〈팝니다〉라고 쓴 판자가 세워져 있고, 그 주위로 고철과 무너진 벽돌 더미, 깨진 병, 그리고 일고여덟 살 정도 되어 보이는 사내아이가 보였다. 아이는 몸에 꼭 붙는 회색 반바지를 입고 있었는데 믿을 수 없을 정도로 빼빼 마르고 허약해 보였다. 그 아이는 다람쥐처럼 민첩하게 돌아다니며 이것저것 물건을 뒤져 댔다.

아이의 수색 반경이 점점 좁아졌다. 목표는 단 하나, 병을 찾는 일이었다. 조도가 틀린 게 아니라면 그리 오래 걸릴 것 같지는 않았다. 병은 그곳에 있었다. 약 10분 후, 낡은 상자들을 치우자 찾고 있던 병이 나타났다. 아이는 입구 부분이 깨져 있고 회색 먼지가 뽀얗게 앉은 병을 들고 서둘러 집 쪽으로 달려갔다.

라울은 지하실로 가서 아이가 찾은 물건을 빼앗으려고 1층으로 내려갔다. 하지만 그가 현관에서 보았던 지하실 문은 열리지 않았다. 라울은 다시 방 창문으로 가서 살짝 밖을 내다보았다.

조도가 말했다.

「됐어? 찾았어? 아! 똑똑하구나, 그럼……! 이제 다 됐어. 브레작은 더 이상 날 괴롭히지 못할 거야. 어서 들어가」

아이는 몸은 잔뜩 웅크려 채광창 창살 사이로 올라왔다. 그런 다음, 포대 자루 속으로 깊숙이 들어갔는데, 곁에서 보면 아이가 그 속에 들어간 티가 전혀 나지 않았다.

조도는 곧 일어서서 자루를 어깨에 메고 멀어져 갔다.

라울은 조금도 망설임 없이 봉인을 떼어 내고 자물쇠를 부순 다음, 집 밖으로 나갔다. 300미터 앞에서 조도가 공범을 어깨에 메고 걸어가고 있었다. 분명 그는 공범을 시켜 브레작의 저택 지하실을 뒤지게 한 다음, 루보 형제의 집을 수색했을 것이다.

브레작이 나무 뒤에 몸을 숨겨 가면서 조도를 100미터 뒤에서 따라가고 있었다. 라울은 센 강에 다다랐을 때 이들이 걷고 있는 방향으로 한 낚시꾼이 노를 젓고 있는 모습을 발견했다. 마레스칼이었다.

그렇게 해서 브레작은 조도를 따라가고, 마레스칼은 브레작과 조도를, 그리고 라울은 세 사람의 뒤를 밟고 있었다.

그리고 이 게임의 목표는 병을 손아귀에 넣는 것이었다.

〈정말 흥분되는걸. 조도가 병을 가지고 있지…… . 그래, 하지만 그는 사람들이 병을 빼앗으려 한다는 사실을 모르고 있어. 저 세 도둑놈들 중에 누가 가장 약삭빠른 놈일까? 뤼팽이 없다면 마레스칼에게 걸겠어. 하지만 뤼팽이 있거든.〉

조도가 걸음을 멈추자 브레작도 멈춰 섰고 마레스칼도 배를 멈췄다. 라울도 걸음을 멈췄다.

조도는 아이가 편한 자세를 취할 수 있도록 자루를 길게 펼치고 의자에 앉아 병을 관찰했다. 그는 병을 흔들어 보기도 하고 햇빛에 비춰 보기도 했다.

이제 브레작이 나서려는 순간이었다. 그는 천천히 조도에게 다가갔다.

그는 우산을 펼쳐 방패처럼 얼굴을 가렸다. 마레스칼은 배 위에서 커다란 밀짚모자로 얼굴을 가리고 있었다.

브레작은 의자에서 세 걸음 정도 떨어진 곳까지 다가선 다음 주위 사람들은 아랑곳없이 우산을 접고 조도에게 달려들어 병을 빼앗았다. 그러고는 성곽 옆쪽으로 나 있는 길로 도망쳤다.

브레작은 군더더기 없이 깔끔하고 민첩하게 일을 처리했다. 조도는 어안이 벙벙해 잠시 망설이다가 소리를 치며 자루를 들었다. 그러다가 자루를 들면 빨리 달릴 수 없을 거라고 생각했는지 다시 내려놓았다. 그러는 동안 조도는 경쟁에서 제외되고 말았다.

하지만 마레스칼은 이런 상황을 예상하고 배에서 내려 이미 달려가고 있었다. 라울도 따라서 뛰었다. 이제 경쟁자는 세 명으로 압축되었다.

병을 빼앗은 브레작은 뒤도 돌아보지 않고 달리기만 했다. 마레스칼도 브레작만 생각하느라 뒤는 돌아보지 않았다. 따라서 라울은 조심할 필요도 없었다. 무슨 상관이란 말인가?

그렇게 10분쯤 달렸을까, 세 사람 중 첫 번째 주자가 테른가 입구에 다다랐다. 브레작은 너무 더웠는지 윗옷을 벗어젖혔다. 세관 근처에서 전차가 멈춰 섰고 많은 여행객들이 전차를 타고 파리 시내로 돌아가기 위해 정류장에 줄 서 있었다. 브레작은 사람들 틈으로 섞여 들어갔다. 마레스칼도 끼어들었다.

주위가 너무 혼잡해서 마레스칼은 아무 어려움 없이 브레작의 주머니에 들어 있는 병을 빼내 올 수 있었다. 브레작은 전혀 눈치채지 못했다. 마레스칼은 다시 세관 건물 쪽으로 나와 냅다 도망치기 시작했다.

라울이 웃으며 말했다.

「이제 두 명 남았군. 저자들이 알아서 한 명씩 떨어뜨려 주니 나야 고마울 따름이지」

라울이 세관 건물 앞을 지날 때, 브레작은 도둑을 잡으려고 사람들을 헤치며 전차에서 빠져나오려고 애쓰고 있었다.

마레스칼은 테른가와 평행으로 이어져 있는 길로 접어들었다. 그 길은 테른가보다 훨씬 좁고 구불구불했다. 그는 미친 듯이 달렸다. 바그람가에서 걸음을 멈췄을 때는 이미 숨이 턱까지 차 오른 뒤였다. 얼굴은 온통 땀으로 범벅이 되었고 눈에는 핏발이 섰으며 혈관은 툭 불거져 나왔다. 마레스칼은 잠시 멈춰서 땀을 닦았다. 더 이상 달릴 수가 없었다.

마레스칼은 병을 홀끔 쳐다보고는 신문을 하나 사서 병을 감쌌다. 그러고는 병을 팔 밑에 끼고 천천히 걷기 시작했다. 서 있는 것도 기적 같아 보였다.

그 대단한 마레스칼도 이제는 더 이상 버티기 힘든 상태였다. 떼었다붙였다 하는 셔츠 칼라는 꼭 짜 놓은 빨랫감처럼 비비 꼬였고 수염은 두 갈래로 갈라져 그 아래로 땀방울이 뚝뚝 떨어지고 있었다.

에투알 광장을 눈앞에 둔 지점에서 한 남자가 앞쪽에서 빠른 걸음으로 그를 향해 다가왔다.

남자는 커다란 검은색 안경을 끼고 담배를 피우고 있었다. 그는 길을 가로막았다. 물론 담배를 피우고 있으니 불을 빌려 달라고 하지는 않았으나, 아무 말 없이 마레스칼의 얼굴에 담배 연기를 내뿜었다. 미소를 지을 때 드러난 치아는 전부 송곳니처럼 끝이 뾰족했다.

수사관은 눈을 동그랗게 뜨고 더듬거리며 물었다.

「누구시오? 뭘 원하는 거요?」

하지만 물어봐야 뭣하겠는가? 이 남자는 바로 자기 자신이 세 번째 공범이자 오렐리의 애인, 영원한 적이라고 불렀던 그 사기꾼이란 사실을 자신도 알고 있지 않은가?

악마처럼 보이는 그 남자는 병을 향해 손을 내밀었고 다정하게 농담하듯 말을 건넸다.

「자, 내놔. 신사 앞에서는 예의바르게 행동해야지. 내놓으라고. 자네 같은 고위 수사관이 병 따위를 들고 산책을 해서야 쓰겠나? 자, 로돌프……. 어서 내놔……」

마레스칼은 주춤거리며 살려 달라고 소리를 지르다가, 주위 사람들에게 살인자를 향해 공격하라고 소리치는 등 정말 가관이었다. 그는 꼼짝없이 라울에게 잡히고 말았다. 이 악마 같은 인간이 그의 기력을 모두 빼앗아 버렸는지 마레스칼은 단 한순간도 저항할 생각을 하지 못했다. 그는 훔친 물건을 되돌려주는 게 당연하다고 생각하는 도둑처럼 무기력하게 라울이 병을 가져가도록 내버려두었다.

그 순간 브레작이 숨을 헐떡이며 다가왔다. 하지만 그는 세 번째 강도를 향해 다가가지도 않았고 마레스칼을 붙잡지도 않았다. 두 사람은 도로변에 서서 꼼짝도 하지 않고 멍한 표정으로 둥근 안경을 낀 남자를 바라보았다. 그 남자는 자동차에 탄 뒤에 창 밖으로 커다란 모자를 던져 주고 휭하니 멀어져 갔다.

라울은 집으로 돌아와 병을 감싼 신문지를 걷어 냈다. 생수를 담아 파는 1리터짜리 병이었다. 병은 매우 낡고 뚜껑도 없었으며 거무칙칙한 색이었다. 상표 위에는 먼지가 가득 쌓여 있어 매우 지저분했다. 어쨌든 비바람에 찢겨 나가지 않은 게 다행이었다. 상표 위에는 커다랗게 글씨가 씌어 있어 쉽게 읽을 수 있었다.

청춘의 물

아래에는 글씨가 몇 줄 씌어 있었는데 알아보기가 어려웠다. 청춘의 물을 이루는 공식 같았다.

중탄산소다 1.349그램
불순 탄산칼륨 0.435그램

석회 탄산칼륨 1,000그램

밀리퀴리 등

그런데 병 안에 뭔가가 있었다. 병을 흔들어 보니 가벼운 종이가 흔들리는 소리가 들렸다. 병을 뒤집어서 흔들어 보았지만 아무것도 나오지 않았다.

라울은 줄 끝에 매듭을 매어 안으로 넣어 보았다. 한참을 쑤시자 동그랗게 말려서 빨간 줄로 묶어 놓은 얇은 종이가 걸려 나왔다. 그는 종이를 펼쳤다. 하지만 이 종이는 반쪽짜리 같았다. 종이에 씌어 있는 내용으로 보니, 종이는 잘렸다기보다 불규칙하게 찢긴 듯했다. 잉크로 쓴 글씨는 많은 부분이 잘려 나간 상태였지만 어쨌든 문장 몇 개는 만들어 볼 수 있었다.

정식으로 자백함. 나 혼자 이번 사건을 책임질 것이므로 조도나 루보 형제에게는 책임을 묻지 말 것. 브레작

라울은 곧 브레작의 글씨체라는 사실을 알 수 있었다. 빛바랜 잉크나 종이 상태를 보아하니 15년이나 20년은 묵은 것 같았다. 그런데 〈이번 사건〉이란 것은 무엇을 뜻할까? 누구를 대상으로 저지른 사건이란 말인가?

라울은 한참 동안 생각에 잠겼다. 그러고는 결론을 내리고 중얼거렸다.

「이 사건이 여전히 미궁 속에 있는 이유는 두 가지 일이 서로 얽혀 있기 때문이야. 첫 번째 사건이 두 번째 사건을 움직이고 있어. 급행열차 사건과 루보 형제, 기욤, 조도 그리고 오렐리. 그

리고 예전에 일어났던 첫 번째 사건과 두 번째 사건에 모두 관련된 사람은 조도와 브레작이야.

사건의 열쇠를 손에 넣지 못한 사람들에겐 상황이 점점 더 복잡해지는 것처럼 보이겠지. 하지만 내겐 점점 더 분명히 드러나고 있어. 이제 전투의 시간이 다가오고 있군. 관건은 바로 오렐리 또는 그녀의 아름다운 눈 속에서 꿈틀거리고 있는 바로 그 비밀이야. 이제 얼마 안 있어 판가름 나겠지. 힘에 의해서든, 술수를 통해서든, 아니면 사랑을 통해서건 간에 누가 과연 그녀의 시선을 차지하고 그녀의 생각을 지배하고 그 비밀의 주인이 될 수 있을까? 이미 그걸 차지하기 위해서 너무 많은 사람들이 희생되었어.

그리고…… 복수와 증오의 소용돌이 속에서 마레스칼은 정열과 야망과 원한 때문에 법을 이용해서 끔찍한 전쟁을 일으키려 하고 있지.

그 앞에는 바로 내가 있고……」

그는 다른 적들이 조치를 취하고 있는 동안 그들보다 몇 배의 노력을 들여 치밀하게 준비를 했다. 브레작은 마레스칼이 부하들을 시켜 감시를 붙여 두었다거나 라울이 하녀를 매수했다는 증거를 찾지는 못했지만 어쨌든 양쪽 사람들을 모두 내보냈다. 그리고 거리를 향하고 있는 덧창을 모두 꼭꼭 잠가 버렸다.

한편 마레스칼이 길에 나타나기 시작했다. 조도만 모습을 드러내지 않고 있었다. 아마도 브레작이 자백한 글을 잃어버리자 어딘가 조용한 곳에 숨어 지내고 있음이 분명했다.

그렇게 2주가 지나갔다. 라울은 가명을 대고 내무부에 속한 한 간부의 아내에게 접근했다. 그녀는 이제 막 중년의 나이에 접어든 질투심이 강한 여자였다. 그녀는 마레스칼의 공개적인 후원자로 알려져 있었으며 그녀의 남편은 그녀에게 직장 일까지 샅샅이 털어놓는 사람이었다. 라울은 특유의 친절한 태도로 그녀의 환심을 사기에 이르렀다. 그녀는 자기가 어떤 일을 하고 있는지 알지도 못했고 마레스칼이 오렐리를 사랑하고 있다는 사실도 몰랐지만 시간이 갈수록 마레스칼에 대한 정보를 라울에게 속속들이 털어놓게 되었다. 마레스칼은 오렐리를 체포하는 일뿐만 아니라 내무부의 도움으로 브레작을 파멸시키고 그를 지지하는 자들까지 모두 없애려는 계략을 꾸미고 있었다.

라울은 두려웠다. 마레스칼이 너무나 조직적으로 공격을 준비하고 있었기 때문에 미리 선수를 쳐서 오렐리를 빼내 오고 적의 계략을 무위로 만드는 일이 어렵지 않을까 하는 생각이 들었다.

「그러고 나면? 그녀를 빼내는 게 나한테 무슨 도움이 되지? 그래도 싸움은 계속되고 모든 게 다시 시작될 텐데……」

라울은 그녀를 당장 구출하고 싶은 욕구를 간신히 억눌렀다.

그는 어느 날 오후 늦게 집으로 돌아오면서 속달 우편 하나를 받았다. 내무부 간부의 아내가 보낸 편지로 최근에 결정된 사항을 알려 주는 내용이었다. 7월 12일, 그러니까 내일 모레 오후 3시에 오렐리를 체포하기로 했다는 이야기였다.

〈아, 가엾은 초록 눈의 아가씨……. 그녀는 내가 말한 대로 모든 어려움을 무릅쓰고 날 믿을까? 그녀는 이미 너무나 많은 눈물을 흘리고 불안에 떨지 않았는가?〉

라울은 전투를 하루 앞둔 장군처럼 조용히 잠을 청했다. 그리고 8시에 잠에서 깨어났다. 결전의 날이 밝았다.

정오 무렵, 그의 유모이자 지금은 하녀로 일하고 있는 빅투아르가 장을 봐서 부엌문을 통해 들어오는 길이었다. 그때 계단에서 기다리고 있던 남자 여섯 명이 강제로 부엌까지 밀고 들어오며 말했다.

「자네 주인 있나? 자, 거짓말 해 봐야 소용없다고. 난 마레스칼 수사관일세. 그리고 여기 구속 영장도 있네」

그녀는 얼굴이 창백해져 몸을 덜덜 떨며 말했다.

「사무실에 계세요」

「안내해」

그는 빅투아르가 소리치지 못하도록 손으로 입을 막고 복도를 따라 걸었다. 여자는 복도 끝에 있는 방을 가리켰다.

이제 적은 도망칠 시간이 없다. 그는 붙잡혀서 거꾸러지고 끈으로 꽁꽁 묶여서 짐짝처럼 끌려 나올 것이다. 마레스칼은 간단하게 말했다.

「급행열차 사건의 강도 두목. 이름, 라울 드 리메지」

그리고 부하들에게 말했다.

「자네들이 처리하게. 자, 여기 구속 영장일세. 신중하게 움직여, 알겠지! 저 〈손님〉에게는 한마디도 하지 말게. 토니, 책임질 수 있지? 라봉스, 자네도? 저자를 끌고 가게. 그리고 3시까지 브레작의 집 앞으로 오게. 이제 그 아가씨와 그녀의 의붓아버지를 처벌할 차례야」

남자 네 명이 자신들의 손님을 끌고 갔다. 마레스칼은 다섯 번째 남자 소비누와 함께 남아 있었다.

곧 그는 사무실로 들어가 서류들과 작은 물건들을 뒤적거리기 시작했다. 하지만 그는 물론이고 그의 부하 소비누도 2주 전에 도로에서 잃어버린 병은 찾을 수가 없었다. 마레스칼은 언뜻 병에 붙은 상표를 보았는데 그곳에는 〈청춘의 물〉이라고 씌어 있었다.

그들은 옆에 있는 레스토랑에 가서 점심을 먹고 다시 돌아왔다. 마레스칼은 계속해서 병을 찾으려고 애썼다.

마침내 2시 15분, 소비누는 벽난로의 대리석 밑에서 힘들게 병을 끄집어냈다. 병뚜껑은 빨간 밀랍으로 봉해져 있었다.

마레스칼은 병을 흔들어 보고 손전등에 비추어 보았다. 병 안에는 둘둘 말린 얇은 종이가 들어 있었다.

마레스칼은 잠시 망설였다. 종이를 펼쳐 볼까?

「아냐. 아냐. 아직은 아냐……! 브레작 앞에서 읽어 주지! 브라보, 소비누, 정말 잘했네」

그는 무척이나 기뻐하며 집을 나섰다.

「이번에는 거의 목표에 다다른 것 같군. 이제 브레작도 내 손 안에 들어왔고, 마지막으로 스패너를 조이기만 하면 된다고. 이젠 그 아가씨를 구해 줄 사람도 없어. 그녀의 애인은 어둠 속에 갇혀 지내게 될 테니까. 이제 우리 둘뿐이야, 내 사랑!」

우릴 구하러 오는 사람이 보이지 않니, 안?*

같은 날 오후 2시쯤, 오렐리는 옷을 입는 중이었다. 그때 나이 든 늙은 하인 발랑탱이 먹을 것을 가지고 들어와 브레작이 부른다는 말을 전했다. 하인들을 다 내보낸 터라 발랑탱이 집안일을 도맡아하고 있었다.

그녀는 이제 겨우 몸을 추스른 상태여서 여전히 창백하고 힘이 없어 보였다. 하지만 정말 싫어하는 남자 앞에서는 몸을 똑바로 세우고 머리를 꼿꼿이 들고 있어야 했다. 그녀는 립스틱과 볼연지를 바르고 아래로 내려갔다.

브레작은 2층 서재에서 기다리고 있었다. 커다란 서재에는 덧

* 샤를르 페로의 작품 「푸른 수염」에 나오는 대사. 푸른 수염은 아내 여섯 명을 연쇄 살인했으며, 일곱 번째 아내가 된 주인공도 죽이려고 한다. 그 사실을 알아챈 주인 공은 오빠에게 도움을 청했는데, 자신의 동생 〈안〉에게 오빠가 자기를 구하러 오는 모습이 보이지 않느냐고 다급하게 묻는 대사이다.──옮긴이

창이 모두 닫혀 있어서 전구 불빛만 방 안을 밝힐 뿐이었다.

「앉아라」

「싫어요」

「앉아. 피곤하잖니」

「하실 말씀 있으면 어서하세요. 방으로 올라가 봐야겠어요」

브레작은 방 안을 서성거렸다. 그의 얼굴에는 흥분되고 걱정스러운 빛이 역력했다. 그는 오렐리에 대한 열정과 또 그만큼의 증오심을 억제하지 못하는 것 같았다. 그는 오렐리를 슬쩍 훔쳐보기도 하고 측은하게 바라보기도 했다.

브레작은 오렐리에게 다가가 어깨에 손을 얹고 강제로 눌러 앉히며 말했다.

「오래 걸리진 않을 거다. 몇 마디만 하면 되니까. 넌 내 얘기를 듣고 결정을 내리기만 하면 돼」

그들은 가까이 앉아 있었지만 실제로는 적군이라도 된 듯 너무나 멀게 느껴졌다. 브레작이 하는 말들은 모두 둘 사이에 이미 깊이 팬 고랑을 더욱더 깊게 만들 뿐이었다. 그는 두 주먹을 불끈 쥐고 힘주어 말했다.

「아직도 모르겠니? 사방에서 적들이 우리를 둘러싸고 있어. 적들은 이런 상황은 오래 끌지 않을 거다」

그녀는 우물거리며 말했다.

「무슨 적이오?」

「아! 너도 알잖니, 마레스칼……. 마레스칼은 널 증오하고 있다. 복수를 하려고 한단 말이다」

그리고 아주 낮은 소리로 심각하게 말했다.

「잘 들어, 오렐리. 얼마 전부터 누군가 우릴 감시하고 있다.

사무실에 있는 내 책상 서랍을 누군가 뒤진 흔적도 있고 윗사람이나 아랫사람 모두 똘똘 뭉쳐 날 견제하고 있단다. 왜냐고? 그 사람들 모두 마레스칼에게 매수되었기 때문이지. 그러니 너나 나나 우린 한 배를 탄 거나 다름없어. 증오 때문에 말이다. 그리고 네가 원하든 원치 않든 우린 같은 과거를 지나왔으니 한 운명일 수밖에 없어. 난 널 키웠다. 난 너의 보호자야. 그러니 내가 망하면 너도 망해. 그리고 무슨 일인지는 모르겠지만 저자들이 너까지 표적으로 삼고 있는 건 아닌가 하는 생각이 드는구나. 그래, 그런 느낌이 들어. 조짐이 보인다고. 그자들은 내가 아니라 너에게 직접적인 위협을 가하고 있어」

그녀는 당황하며 물었다.

「어떤 조짐이오?」

「이건 보통 문제가 아냐. 누군가 내무부 표시가 찍힌 종이에 편지를 써서 가명으로 보냈더구나……. 말도 안 되고 일관성 없는 내용이었지만 네가 기소될 거라고 했어」

오렐리는 간신히 힘을 내서 말했다.

「기소라고요? 미쳤어요? 그까짓 가명으로 쓴 편지 하나 가지고……」

「그래, 나도 안다. 하지만 부하 직원 몇 명도 이상한 소문을 들었다고 했어. 어쨌든 마레스칼은 무슨 계략이라도 꾸밀 수 있는 사람이니 말이다」

「겁이 나면 떠나세요」

「내가 겁나는 건 바로 너 때문이다, 오렐리」

「전 아무것도 겁나지 않아요」

「아니, 겁날걸. 마레스칼은 널 파멸시키겠다고 맹세한 놈이야」

174

「그럼, 제가 떠나도록 내버려두세요」

「그럴 힘이라도 있느냐?」

「이 감옥을 떠날 수만 있다면 얼마든지요. 당신을 보지 않을 수만 있다면 얼마든지 힘을 낼 수 있다고요」

브레작은 낙담하며 말했다.

「그만해라. 그럼 난 살 수 없을 거다. 네가 없는 동안 충분히 괴로웠어. 다른 거라면 다 견딜 수 있다. 하지만 너와 헤어지는 것만은 안 돼. 내 삶은 네 눈빛 하나에 달려 있어. 내 삶은……」

오렐리는 벌떡 일어서서 치를 떨며 말했다.

「그런 말씀 마세요. 그런 말……, 그런 끔찍한 말은 다시는 하지 않겠다고 약속하셨잖아요……」

그녀는 곧 힘이 빠져 주저앉고 말았다. 브레작은 오렐리에게서 떨어져 소파에 앉은 다음, 손으로 머리를 감싸 쥐었다. 그러고는 패배자처럼 어깨를 들썩이며 흐느껴 울었다. 자신의 삶이 참을 수 없을 만큼 힘든 짐처럼 느껴지는 모양이었다.

긴 침묵이 흐른 뒤에 그가 조용히 말했다.

「우린 지금 네가 여행하던 때보다도 더 많은 적들에게 둘러싸여 있어. 넌 완전히 다른 사람이 돼서 돌아왔다. 도대체 무슨 일이 있었던 거냐, 오렐리? 생마리 수녀원에서가 아니라 내가 미친 듯이 널 찾아 헤매던 3주 동안 말이다. 그 못된 기욤은 널 사랑하지 않았어. 난 그 사실을 알고 있었는데……. 하지만 넌 그놈을 따라가 버렸어. 왜 그랬지? 둘 사이에 무슨 일이 있었던 거냐? 그 자에게는 무슨 일이 일어난 거지? 뭔가 심각한 일이 일어난 것 같은 느낌을 떨쳐 버릴 수가 없구나……. 네가 걱정이 돼. 혼수 상태에 빠져 있는 동안 넌 계속해서 도망치는 사람처럼 말하더구

나. 피와 시체를 봤다고 말하기도 하고……」

오렐리는 소스라치게 놀랐다.

「아니, 아녜요. 그건 사실이 아니에요……. 잘못 들으신 거예요」

그가 고개를 저으며 말했다.

「내가 잘못 들은 게 아니다. 봐라, 지금도 네 눈빛이 흔들리고 있잖니. 네 악몽은 지금도 계속되고 있어……」

브레작은 오렐리에게 가까이 다가와 천천히 말했다.

「넌 휴식을 취해야 해, 불쌍한 아가. 그 얘기를 하려고 왔다. 오늘 아침, 사무실에 가서 휴가를 신청하고 왔다. 함께 떠나자. 네가 싫어하는 말은 한마디도 하지 않으마. 그 비밀에 대한 얘기도 하지 않겠다. 그 비밀은 너와 나, 공동의 것이니 언젠가는 너도 비밀을 말해야겠지. 하지만 그 전에 네가 눈 속에 무슨 비밀을 감추고 있는지 캐내려고 하지 않겠다. 전에는 널 비난하며 강제로 그 수수께끼를 파헤치려고 했지만 말이야. 오렐리, 널 가만히 놔두고 쳐다보지도 않겠다. 약속 꼭 지키마. 그러니 함께 가자, 내 아가. 날 가엾게 여기고 그냥 따라오면 안 되겠니? 누군지는 모르겠지만 지금 그 사람을 기다리고 있는 모양이구나. 하지만 그래 봐야 네게 돌아오는 건 불행뿐이란다. 어서 가자」

오렐리는 고집스럽게 침묵을 지켰다. 두 사람 사이에 깊게 팬 골은 더 이상 메울 수 없었다. 브레작이 무슨 말을 하든 오렐리에게는 상처와 모욕으로 돌아올 뿐이어서 더 이상은 한마디도 내뱉을 수가 없었다. 이들 사이가 이렇게까지 벌어진 이유는 과거의 사건 때문만은 아니었다. 그보다는 브레작의 말도 안 되는 애정이 가장 큰 원인이었다.

브레작이 말했다.

「대답해라」

오렐리는 단호하게 거절했다.

「싫어요. 전 당신의 존재 자체가 참을 수 없을 만큼 끔찍하게 싫어요. 더 이상은 당신과 같은 집에서 살 수 없어요. 기회만 오면 당장 떠날 거예요」

그는 비웃으며 말했다.

「물론 저번처럼 혼자서는 아니겠지? 또 기욤이란 놈이랑 떠날 셈이냐?」

「기욤은 다신 만나지 않을 거예요」

「그럼 다른 사람이겠군. 지금 기다리고 있는 사람이겠지. 넌 눈으로 계속해서 누군가를 찾고 있어. 귀로는 계속해서 소리를 들으려고 하고. 그럼, 지금 저 소리는……」

현관문이 열렸다가 다시 닫히는 소리가 들렸다.

브레작이 음흉한 미소를 지으며 소리쳤다.

「하, 내가 무슨 말을 하고 있는 거지? 네가 기다리고 있는 사람이 오기라도 한 것처럼 말하고 있구나. 아니지, 오렐리. 아무도 오지 않을 거야. 기욤이든 다른 누구든 간에……. 지금 들어온 사람은 발랑탱이라고. 내가 편지를 가져오라고 사무실로 심부름을 보냈거든. 오늘 오후에는 사무실에 나갈 일이 없으니까 말이야」

하인이 2층 계단을 올라와 복도를 가로질러 오는 소리가 들렸다. 문이 열렸다.

「내가 시킨 대로 했나, 발랑탱?」

「예」

「편지하고, 결제해야 할 서류가 있던가?」

「없었습니다」

「아니 이런, 이상하군. 그럼, 편지는……?」

「편지는 모두 마레스칼 씨한테 보내졌답니다」

「뭐? 마레스칼이 무슨 권리로 내 편지를 가져가는 거지? 마레스칼이 사무실에 있던가?」

「아니오. 사무실에 나왔다가 금방 다시 나갔다고 합니다」

「다시 나갔다고……? 2시 30분인데 퇴근했단 말인가? 일 때문에 나갔나?」

「예」

「무슨 일인지 알아봤나?」

「알아보려고 했지만 직원들도 모른다고 하던걸요」

「마레스칼 혼자 나갔나?」

「아뇨. 라봉스, 토니, 소비누와 함께 나갔습니다」

브레작이 소리치며 말했다.

「라봉스와 토니라고! 그럼 누군가를 체포하려는 모양인데! 그런데 어떻게 내가 모를 수가 있지? 도대체 무슨 일이 일어나고 있는 거야?」

발랑탱이 밖으로 나갔다. 브레작은 방 안을 서성거리면서 골똘히 생각에 잠겼다가 입을 열었다.

「토니는 마레스칼의 심복이고……. 라봉스도 그자가 아끼는 부하 중 한 명이지. 나 모르게 진행시킨 일이군……」

5분 가량이 흘렀다. 오렐리는 걱정스럽게 브레작을 바라보고 있었다.

브레작이 창문 쪽으로 다가가서 덧창을 살짝 열어보더니 깜짝 놀라 소리를 지르고 말을 더듬으며 다시 오렐리 쪽으로 걸어왔다.

「그들이 길 끝 쪽에 있어……. 숨어서 엿보고 있단 말이야」

「누가요?」

「두 사람 모두……. 마레스칼의 부하야. 토니와 라봉스」

그녀가 중얼거리듯 물었다.

「그런데요?」

「마레스칼이 중요한 사건을 처리할 때만 데리고 다니는 부하들이다. 오늘 아침에도 마레스칼이 저 두 녀석과 이 동네를 순찰하고 있었어」

「그 사람들이 저기에 있다고요?」

「그래. 내가 봤다」

「그럼 마레스칼도 오겠네요?」

「그렇겠지. 너도 발랑탱이 하는 말을 듣지 않았니?」

오렐리가 더듬거리며 말했다.

「그가 올 거야……. 그가 올 거야」

브레작이 당황해서 물었다.

「왜 그러니?」

그녀는 다시 마음을 가다듬고 대답했다.

「아무것도 아녜요. 저도 모르게 그냥 이유 없이 무서워서요」

브레작은 생각에 잠겼다가 다시 마음을 추스르고 말했다.

「그래, 아무 이유 없이……. 누구나 가끔은 어린애처럼 갑자기 흥분하기도 하니까. 가서 물어봐야겠다. 그럼 무슨 일인지 확실히 알 수 있겠지. 그래, 그럴 거야. 그리고 우리가 아니라 앞집을 감시하고 있는 것 같다」

오렐리는 고개를 들고 물었다.

「어떤 집이죠?」

「내가 말했지. 오늘 정오에 한 사람이 체포됐다고. 아! 마레스칼이 11시에 사무실을 나서면서 어땠는지 아니! 그자를 만났거든. 어떻게 사람을 그렇게까지 증오할 수 있는지……. 그런 사람을 체포하게 됐다고 얼마나 흥분해 있던지. 그래서 좀 걱정이 되더구나. 그렇게까지 증오하는 대상은 기껏해야 한 명뿐일 텐데……. 그자가 그렇게 증오하는 건 바로 나잖니. 아니면 우리 둘 다든지. 그래서 우릴 위협하는 게 아닐까 하고 걱정이 되었단다」

오렐리는 여전히 창백한 얼굴로 벌떡 일어섰다.

「무슨 말씀이세요? 앞집 사람이 체포됐다고요?」

「그래, 리메지라는 사람인데, 탐험가라고 하더구나. 리메지 남작. 1시에 사무실에서 소식을 들었지. 좀 전에 유치장에 수감되었다고 하더라」

오렐리는 라울의 이름을 몰랐지만 체포된 사람이 자신이 기다리던 바로 그 사람일 거라고 생각했다. 그녀가 떨리는 목소리로 물었다.

「그 사람이 무슨 일을 저질렀는데요? 리메지가 누구죠?」

「마레스칼은 급행열차 사건의 살인자라고 말하더구나. 우리가 찾고 있던 바로 그 세 번째 공범이라고」

오렐리는 쓰러지기 직전이었다. 정신이 오락가락하고 현기증이 났다. 그녀는 어디든 붙잡으려고 허공을 더듬거렸다.

「무슨 일이냐, 오렐리? 그 사건에 관련된 거냐……?」

그녀는 신음하듯 말했다.

「이제 우린 끝이에요」

「무슨 말이냐?」

「이해 못하실 거예요……」

「설명해 보거라. 그 남자를 아는 거냐?」

「예……. 알아요. 그 사람이 절 구해 줬어요. 마레스칼로부터, 그리고 기욤으로부터, 또 이곳에 드나들던 조도로부터 구해 줬어요……. 그리고 오늘도 우릴 구하러 올 거예요」

브레작은 멍하니 오렐리의 얼굴을 바라보았다.

「네가 기다리는 사람이 바로 그자란 말이냐?」

오렐리도 멍한 표정으로 대답했다.

「네. 절 구하러 오겠다고 약속했어요. 전 아무 말도 안 했지만……. 그 사람은 절대로 실수를 하지 않아요. 마레스칼도 보기 좋게 따돌렸고……」

「그래서?」

그녀는 당황한 듯 말했다.

「그래서 아무래도 숨어 있는 게 좋겠어요. 우리 둘 다요. 아버지한테도 불리한 일이 있어요. 예전에 있었던……」

브레작은 당황해서 말했다.

「미쳤구나. 그런 일은 없어. 난 아무것도 걱정할 게 없다」

그는 그렇게 부인하면서도 오렐리를 데리고 서재에서 나왔다. 그녀는 계단을 오르려다가 갑자기 브레작을 뿌리치며 말했다.

「아니에요. 도망칠 필요가 뭐가 있어요? 그 사람이 우릴 구해 줄 텐데……. 그가 올 거예요. 그 사람은 빠져나올 거예요. 그러니까 기다리지 않을 이유가 없잖아요?」

「유치장에서 빠져나오는 사람은 없어」

「아! 이럴 수가……. 이런 끔찍한 일이!」

오렐리는 어떻게 해야 좋을지 알 수가 없었다. 이제 제정신이 들기 시작한 지 얼마 되지도 않았는데 또다시 끔찍한 생각이 머릿속을 복잡하게 휘저어 놓고 있었다. 무서운 마레스칼. 그리고 얼마 안 있어 체포될 거라는 생각. 경찰이 들이닥쳐 손목을 비틀어 버릴 거라는 생각까지……

그녀는 의붓아버지가 불안해하는 모습을 보며 마음을 정했다. 오렐리는 이제 폭풍우가 불어 닥칠 거라는 생각에 사로잡혀 서둘러 방으로 달려가 여행 가방을 들고 나왔다. 브레작도 떠날 채비를 했다. 그들은 이제 미친 듯이 도망칠 수밖에 없는 범죄자들 같았다. 그들은 계단을 내려가 현관으로 나섰다.

그때 갑자기 초인종이 울렸다.

브레작이 한숨을 내쉬며 말했다.

「너무 늦었군」

하지만 그녀는 희망을 가지고 말했다.

「아니에요. 그가 온 거예요. 우릴 데리러……」

오렐리는 수녀원 노대에서 만났던 친구를 떠올렸다. 그는 절대로 그녀를 포기하지 않을 것이며 마지막 순간에 꼭 구하러 오겠다고 약속했다. 그에게 장애물이 어디 있단 말인가? 그는 모든 사건과 사람들을 마음대로 움직이지 않았던가?

다시 한번 초인종이 울렸다.

나이 든 하인이 부엌에서 나왔다.

브레작이 낮은 목소리로 말했다.

「문을 열게」

문 밖에서 수군거리는 소리와 발자국 소리가 들렸다.

누군가 문을 두드렸다.

브레작이 다시 말했다.

「문을 열라니까」

하인이 그의 말을 따랐다.

문을 열자 부하 세 명을 데리고 서 있는 마레스칼의 모습이 보였다. 모두 특이하게 생긴 사람들이라 오렐리는 금방 알아볼 수 있었다. 그녀는 층계 난간에 기대서서 브레작만 들릴 정도로 작게 신음소리를 냈다.

　「아! 세상에, 그 사람이 아니야」

　브레작은 자기 부하들 앞이라 몸을 꼿꼿이 세우고 말했다.

　「무슨 일인가? 다시는 이곳에 오지 말라고 말했을 텐데」

　마레스칼은 웃으면서 대답했다.

　「일 때문에 온 겁니다. 상부의 지시죠」

　「나와 관련된 지시란 말인가?」

　「당신과도 관련된 일이고 저 아가씨와도 관련된 일입니다」

　「그런데 왜 저 사람들까지 데려온 건가?」

　마레스칼은 웃음을 터뜨리며 말했다.

　「데려온 게 아닙니다! 우연히 마주쳤죠. 이 사람들이 집 앞에서 산책을 하고 있던걸요. 그래서 얘기를 했죠. 부장님을 불쾌하게 만들려고 한 건 아닙니다」

　마레스칼은 집 안으로 들어와 짐 가방을 보며 말했다.

　「아하! 여행을 가시나 보군요? 1분만 늦었어도……. 계획이 실패로 돌아갈 뻔했군요」

　브레작이 엄하게 말했다.

　「마레스칼, 나한테 볼 일이 있으면 나랑 얘기하세. 여기서 얼른 끝내지」

　수사관은 브레작에게 몸을 숙이고 말했다.

　「문제를 크게 만들지 맙시다. 어리석게 행동하지도 마십시오. 아직은 아무도 모르고 있습니다. 제 부하들조차도……. 그러니 서재에 가서 얘기하시죠」

「아직 아무도 모른다고……? 도대체 무슨 일인가?」

「약간은 심각한 일이죠. 당신 딸이 아직 얘기를 안 한 모양인데, 직접 들으시는 게 나을 것 같군요. 당신 생각은 어떻습니까, 아가씨?」

오렐리는 여전히 난간에 기대 죽은 사람처럼 창백한 얼굴로 서 있었다. 거의 기절할 것 같았다.

브레작이 그녀를 부축하며 말했다.

「올라가자」

오렐리는 브레작이 이끄는 대로 가만히 따랐다. 마레스칼은 부하들을 집 안으로 들여보냈다. 그는 발랑탱에게 부엌으로 가 있으라고 지시한 뒤 부하들을 향해 말했다.

「현관에서 움직이지 말고 있게. 자네들 셋 모두. 아무도 들이지 말고 아무도 내보내지 말게. 위에서 문제가 생기면 호루라기를 불겠네. 소비누도 곧 합류하러 올걸세. 알겠나?」

「알겠습니다」

라봉스가 대답했다.

「실수할 리는 없겠지?」

「절대 그럴 리 없습니다. 저희가 어린아이인 줄 아십니까? 한 사람처럼 일률적으로 움직일 테니 걱정 마십시오」

「브레작에 대항해서도 말인가?」

「물론이죠!」

「아! 그 병……. 이리 주게, 토니!」

마레스칼은 병이 들어 있는 상자를 들고 계단을 올라갔다. 그는 전에 치욕스럽게 쫓겨났던 브레작의 서재를 향해 다가가고 있었다. 여섯 달도 채 안 된 일이었다. 그러니 이 얼마나 값진 승리란 말인가! 또 얼마나 뽐내면서 그 승리를 만끽할 수 있을 것인가! 그는 큰 걸음으로 구두 굽 소리를 내며 벽에 나란히 걸려 있는 오렐리의 초상화를 바라보았다. 그 안에는 오렐리가 아기였을 때, 어린이였을 때, 또 숙녀가 되었을 때의 모습이 담겨 있었다…….

브레작은 저항하려고 했다. 하지만 마레스칼이 강제로 그를 자리에 앉히고 말했다.

「소용없습니다, 브레작. 보시다시피 제게 이 아가씨나 당신에게 공격을 가할 무기가 있지요. 그게 무엇인지 알게 되면 당신은 내 앞에 고개를 숙여야 할 겁니다」

두 적은 마주 보고 서서 서로를 노려보았다. 그들은 똑같이 서로를 증오하고 상반된 야망과 본능을 가지고 있었다. 특히 경쟁심은 하늘을 찌를 정도였다. 더구나 일련의 사건들로 인해 서로의 증오가 극에 달한 상태였다. 오렐리는 그들 옆에서 상반신을 꼿꼿이 세우고 의자에 앉아 있었다.

마레스칼은 그녀가 기운을 차린 것 같아 이상한 생각이 들었다. 처음 자신이 들이닥칠 때처럼 힘없이 사로잡힌 사냥감 같은 표정은 온데간데없었다. 오렐리는 여전히 피곤해 보이는 얼굴을 잔뜩 찌푸리고 있었다. 마치 생마리 수녀원의 벤치에 앉아 있을 때처럼 뻣뻣한 태도였다. 오렐리의 커다란 눈에서 창백한 뺨을 타고 눈물이 흘러내렸다. 그녀는 한곳만 뚫어져라 응시하고 있었다. 도대체 무슨 생각을 하고 있는 걸까? 누구나 밑바닥까지 추락하면 바닥을 치고 올라오긴 하지. 이 마레스칼이 동정심을 보일거라고 생각하는 걸까? 아니면 법의 심판을 받지 않을 방어책이라도 갖고 있는 걸까?

마레스칼은 주먹으로 테이블을 내려쳤다.

「이제 다 밝혀 내겠소!」

그는 브레작을 등지고 여자 옆으로 다가섰다. 그러다가 너무 가까웠는지 다시 한 발 뒤로 물러서며 말했다.

「긴 얘기는 아닙니다. 브레작, 당신을 포함해서 모든 사람들이 알고 있는 내용도 있습니다. 대부분은 다른 증인들도 있지만 저 혼자서 목격한 장면도 있죠. 부인하려고 하지 마십시오. 전 사실을 있는 그대로 간단하게 말씀드리는 것뿐이니까요. 자, 여기 조서도 꾸며 놨습니다. 그러니까 지난 4월 26일……」

브레작은 소스라치게 놀랐다.

「4월 26일이면 자네와 내가 오스만 대로에서 만났던 날 아닌가」

「그렇습니다. 당신의 의붓딸이 집을 나간 날이기도 하죠」

마레스칼은 다시 명료하게 덧붙여 말했다.

「또 마르세유 행 급행열차에서 세 사람이 살해된 날이기도 합니다」

브레작이 말을 가로막으며 물었다.

「뭐? 그게 무슨 상관인가?」

수사관은 기다리라고 손짓을 했다. 모든 사건은 그의 계획에 따라, 일어난 순서대로 밝혀질 것이다. 그가 이어서 말했다.

「그러니까 4월 26일, 급행열차의 5번 객차에는 승객 네 명이 타고 있었습니다. 첫 번째 칸에는 도둑이며 영국 출신인 베이크 필드 양과 자칭 탐험가라고 하는 리메지 남작이 타고 있었습니다. 맨 앞 칸에는 뇌이쉬르센에 거주하는 루보 형제가 타고 있었고요.

그 옆 객차, 그러니까 4번 객차에는 강도 사건과는 전혀 상관없는 사람들이 여러 명 타고 있었습니다. 그중에는 국제 수사부 수사관 한 명과 젊은 남녀 한 쌍이 타고 있었죠. 4번 객차에 있던 승객들은 모두 잠을 자고 있었기 때문에 객차의 불은 모두 꺼져 있었고 블라인드도 내려 있는 상태였습니다. 그래서 아무도 수사관이 그곳에 있다는 사실을 알 수 없었던 거죠. 그 수사관은 바로 저였습니다. 베이크필드를 쫓던 중이었죠. 또 젊은 남자는 장외 주식 중개인이자 도둑이며 이 집에 자주 드나들던 기욤 앙시벨이었습니다. 그런데 그자가 함께 있던 여자와 몰래 객차를 빠져나갔습니다」

브레작이 분개하며 소리쳤다.

「거짓말! 거짓말이야! 오렐리는 네 의심이나 받을 아이가 아니다」

「전 그 여자가 오렐리라고 말씀드린 적 없습니다만……」

마레스칼은 차가운 말투로 계속해서 말했다.

「라로슈까지는 아무 일도 일어나지 않았습니다. 그로부터 30분이 흘렀죠. 여전히 아무 일도 없었습니다. 그러다가 갑작스럽게 끔찍한 사건이 일어났던 거죠. 젊은 남녀는 어둠 속에서 나와 4번 객차에서 5번 객차로 건너갔습니다. 그들은 변장을 하고 있었습니다. 기다란 회색 작업복에 모자와 복면을 쓰고 있었죠. 5번 객차 뒤쪽에서는 리메지 남작이 기다리고 있었습니다. 그들 세 사람은 베이크필드 양을 죽이고 물건을 훔쳤습니다. 그런 다음, 남작은 공범들을 시켜 자신의 몸을 묶도록 했습니다. 그리고 공범들은 앞쪽으로 달려가 두 형제를 죽이고 물건을 훔쳤죠. 그런데 돌아오는 길에 승무원을 만나 싸움이 일어났습니다. 그들은 도망쳤고 승무원은 마치 희생자인 양 끈으로 묶여 있는 리메지 남작을 발견했습니다. 그는 자기 돈을 도둑맞았다고 거짓말을 했죠. 자, 여기까지가 제1막입니다. 제2막은 흙더미와 숲 사이로의 도주라고나 할까요. 하지만 제가 잠에서 깨어나 사건이 발생한 사실을 알게 되었죠. 저는 즉시 필요한 조치를 취했습니다. 그 결과 두 도망자는 포위되었고 그중 한 명은 도망쳤습니다. 하지만 다른 한 명은 체포해서 감금해 두었죠. 저는 그 사실을 보고받고 그곳으로 갔습니다. 어둠 속에서 그자의 얼굴을 봤죠. 여자였습니다」

브레작은 점점 뒷걸음질을 치면서 술에 취한 사람처럼 비틀거렸다. 그는 소파에 털썩 주저앉아 더듬거리며 말했다.

「미쳤군! 말도 안 되는 이야기만 늘어놓고 있어……! 자넨 미쳤어……!」

마레스칼은 계속해서 말했다.

「얘기를 끝마치도록 하죠. 제가 그 사이비 남작을 경계하지 않는 바람에 체포됐던 여자가 탈출했고 기욤 앙시벨과 다시 합류했습니다. 저는 그들이 몬테카를로로 간다는 사실을 알아냈습니다. 하지만 제가 시간을 낭비하는 바람에 그들을 찾지 못하고 말았습니다. 그래서 전 다시 파리로 돌아가야겠다고 생각했습니다. 파리로 오면 브레작, 당신이 의붓딸이 숨어 있는 곳을 알아내지 않을까 하는 생각에 당신이 조사하는 내용을 몰래 알아보았습니다. 그 덕분에 저는 당신보다 몇 시간 앞서서 생마리 수녀원에 도착했습니다. 오렐리는 노대 위에서 한 남자와 노닥거리고 있더군요. 단지 그 상대가 바뀌었을 뿐이었죠. 기욤 앙시벨 대신 바로 세 번째 공범, 리메지 남작이 그 자리에 있었습니다」

브레작은 불안에 떨면서 끔찍한 이야기를 듣고 있었다. 마레스칼의 말이 전부 사실이라고 여겨졌기 때문이다. 그의 직감이나 오렐리가 그 남자에게 가지고 있던 끈끈한 신뢰를 생각하면 마레스칼의 말에 무조건 이의를 제기할 수가 없었다. 그러는 동안에도 오렐리는 자세를 꼿꼿이 하고 아무 말 없이 꼼짝도 하지 않았다. 그녀는 마레스칼의 얘기를 듣고 있는 것 같지 않았다. 그보다는 밖에서 들려오는 소리에 귀를 기울이고 있는 듯했다. 오렐리는 아직도 그 남자가 자신을 구하러 올 거라는 터무니없는 희망을 가지고 있는 걸까?

브레작이 말했다.

「그래서?」

마레스칼이 대꾸했다.

「그래서 그자 덕분에 오렐리는 또 한번 빠져나갈 수 있었죠. 오늘에서야 이렇게 웃을 수 있게 되는군요. 왜냐하면……」

그는 목소리 톤을 낮추어 말했다.

「왜냐하면 복수를 하게 되었으니까. 그것도 통쾌한 복수를 말입니다, 부장! 기억 나십니까? 여섯 달 전에……? 하인이나 되는 것처럼 절 쫓아내셨죠. 발길질을 하면서……. 그리고, 그리고……. 그리고 이제 제가 이 아가씨의 운명을 쥐고 있습니다. 이젠 끝이란 말입니다」

그는 주먹을 돌려 자물쇠를 열쇠로 잠그는 시늉을 했다. 그 모습을 보니 마레스칼이 오렐리와 브레작에게 얼마나 끔찍한 일을 저지르려고 하는지 분명히 알 수 있었다.

브레작이 소리쳤다.

「아냐, 아냐. 그건 사실이 아니겠지, 마레스칼……? 안 그런가? 자네가 설마 이 아이를 데려가진 않겠지……?」

마레스칼은 매정하게 말했다.

「안 그래도 생마리 수녀원에서 구제해 줄 방법을 제안했는데, 오렐리가 거절하더군요……. 할 수 없죠! 오늘은 이미 늦었습니다」

브레작이 다가와 손을 내밀며 간청을 했지만 마레스칼은 매정하게 잘라 버렸다.

「소용없습니다! 오렐리에겐 안됐지만 할 수 없어요! 당신한테도 안됐군요……! 그녀가 절 거절했습니다. 그러니 오렐리도 아무도 가질 수 없을 겁니다. 법의 심판을 받게 할 겁니다. 자신이 저지른 범행에 대한 대가를 치르고 제게 했던 만큼 그대로 되돌려 받는 겁니다. 그녀는 처벌받아야 합니다. 그리고 저는 그녀를 벌함으로써 복수를 하는 거죠. 안됐지만 할 수 없습니다」

마레스칼은 테이블에 발길질을 하고 주먹을 내리치면서 저주를 퍼부었다. 그는 감정을 자제하지 않고 오렐리에게도 모욕적인 말을 내뱉었다.

「이 여자를 잘 보십시오, 브레작! 저 모습이 제게 자비를 구하는 사람의 태도입니까? 자세히 보란 말입니다. 저게 굴복하는 태도입니까? 저 여자가 왜 아무 말 없이 고개도 숙이지 않고 저렇게 뻣뻣하게 구는 줄 아십니까? 희망을 갖고 있기 때문이죠. 그래요, 희망을 가지고 있죠. 저도 잘 알고 있습니다. 저한테서 자기를 세 번이나 구해 준 남자가 네 번째로 또 구하러 올 거라고 믿고 있는 거죠」

오렐리는 움직이지 않았다.

마레스칼은 갑자기 수화기를 들어 교환에게 경찰청을 대 달라고 요청했다.

「여보세요, 경찰청입니까? 필립 씨 좀 바꿔 주십시오. 저는 마레스칼입니다」

그는 오렐리에게 몸을 돌려 같은 선에 연결된 또 다른 수화기를 귀에 대 주었다.

오렐리는 여전히 움직이지 않았다.

잠시 후, 목소리가 들렸다. 통화는 그다지 길지 않았다.

「필립인가?」

「마레스칼?」

「그래, 잘 듣게. 지금 옆에 다른 사람이 같이 듣고 있네. 이 사람한테 확인시켜 줄 내용이 있어서 그러니 내 질문에 있는 그대로 대답하게」

「말해 보게」

「자네 오늘 정오에 어디에 있었나?」

「자네가 시킨 대로 유치장에 가 있었네. 라봉스와 토니가 사람을 데려왔더군」

「어디서 데려온 사람이었지?」

「쿠르셀가에 사는 사람이었네. 브레작이 살고 있는 집 맞은편에 있더군」

「그자를 투옥시켰나?」

「내 앞에서 직접 투옥시켰네」

「그자 이름이 뭐였지?」

「리메지 남작」

「왜 체포된 건가?」

「급행열차 사건의 두목이었네」

「그 이후로 그자를 봤나?」

「그럼. 좀 전에 신체검사실로 보냈네. 아직도 거기 있지」

「고맙네, 필립. 이제 다됐네. 그럼 이만 끊겠네」

그는 수화기를 내려놓고 소리쳤다.

「자! 오렐리, 그자가 어디 있는지 잘 알았겠지? 당신을 구출한 자 말이야! 그자는 지금 교도소에 갇혀 있다고!」

그녀가 대답했다.

「알고 있어요」

마레스칼은 웃음을 터뜨렸다.

「알고 있다고! 그래도 기다리시겠다! 아! 정말 우습군! 그자는 경찰과 법원의 감시를 받고 있어! 당신이 기다리고 있는 건 누더기나 지푸라기, 비누 거품일 뿐이야! 교도소 벽이 무너져 도망친다 해도! 교도관이 자동차로 금세 그자를 따라잡을걸! 그래도 기다린다고! 그자가 굴뚝으로 들어와서 벽난로로 내려오기라도 할 것 같나!」

마레스칼은 통제력을 잃고 흥분하여 오렐리의 어깨를 마구 흔들어 댔다. 그녀는 멍하니 그의 행동을 지켜볼 뿐이었다.

「아무것도 기대할 수 없어, 오렐리! 더 이상은 희망이 없다고! 네 구원자는 이제 끝장이야. 그 남작은 좁은 감방에 갇혀 있지. 이제 한 시간 후면 당신 차례가 될걸, 귀여운 아가씨! 머리는 잘리고! 생라자르로 가겠지! 중죄 재판소로! 아! 빌어먹을 년! 그동안은 너의 아름다운 초록 눈을 보며 내가 눈물을 흘렸지만 이번엔 네 눈에서 눈물을 쏟게 될 거다……」

그는 계속해서 지껄였다. 그의 뒤에서 브레작이 벌떡 일어섰다. 브레작은 두 손으로 마레스칼의 목을 움켜쥐었다. 너무나 갑작스럽게 일어난 일이었다. 마레스칼이 그녀의 어깨에 손을 대자마자 브레작이 달려든 것이었다. 브레작은 더 이상은 모욕을 참을 수 없다는 듯 거세게 덤벼들었다. 마레스칼이 몸을 숙이자 두 사람은 바닥에서 함께 뒹굴기 시작했다.

치열한 싸움이 전개되었다. 두 사람의 분노는 증오 섞인 경쟁심 때문에 더욱더 끓어올랐다. 물론 마레스칼이 훨씬 더 힘이 세고 거침없이 덤벼들긴 했지만 브레작도 너무나 화가 나서 흥분한 상태였기 때문에 싸움이 어떻게 끝날지는 알 수 없었다.

오렐리는 겁먹은 표정으로 그들을 바라보며 꼼짝도 하지 않았다. 두 사람 모두 그녀에게는 끔찍한 적이었다.

마침내 마레스칼이 자신의 목을 조르고 있는 브레작을 밀쳐 냈다. 그가 주머니에서 총을 꺼내려고 하자 브레작이 다시 그의 팔을 붙들었다. 마레스칼은 힘겹게 시계 줄에 걸려 있는 호루라기를 잡았다. 호각 소리가 울렸다. 브레작이 다시 적의 목을 비틀어 쥐기 위해 안간힘을 쓰고 있을 때 문이 열렸다. 누군가 나타나 그들에게 달려들더니 마레스칼을 풀어 주고 나서, 브레작의 코앞에 권총을 들이댔다.

마레스칼이 소리쳤다.

「잘했네, 소비누! 충분한 보상을 받게 될걸세」

그는 어찌나 화가 났는지 브레작의 얼굴에 침을 뱉었다.

「더러운 놈! 도둑놈! 그렇게 호락호락 끝날 줄 알았나? 우선은 널 쫓아내고, 그리고……. 내무부에서도 네 사임을 강요하고 있어. 이미 내 주머니에 사직서가 들어 있다. 넌 이제 서명만 하면 돼」

마레스칼은 주머니에서 종이를 꺼냈다.

「네 사직서와 오렐리의 진술서다. 내가 벌써 작성해 두었거든. 자, 서명해, 오렐리……. 우선 읽어 보라고……. 〈지난 4월 26일, 급행열차 사건에 가담했음을 자백함. 루보 형제에게 총을 발사했으며……. 또…….〉자, 네가 저지른 일들을 요약해 놓은 거야. 읽을 필요도 없을 거다. 어서 서명해……! 시간 낭비하지 말라고!」

그는 펜대를 잉크병에 담갔다가 강제로 오렐리의 손에 쥐어 주었다.

그녀는 천천히 마레스칼의 손을 치우고 나서 펜대를 잡았다. 그리고 마레스칼이 바라는 대로 진술서를 읽지도 않은 채 서명을 했다. 그녀는 서명을 마치고 펜대를 놓았다. 손도 떨지 않았다.

마레스칼이 기쁨의 탄성을 지르며 말했다.

「아! 이제야 됐군! 이렇게 빨리 될 줄은 몰랐는데! 좋았어, 오렐리. 이제야 상황이 이해가 가는 모양이군. 너도, 브레작!」

브레작은 고개를 저으며 거부했다.

「뭐야! 응? 거절하겠다고? 그 자리에 그대로 계시겠다고? 승진이라도 바라는 건가, 응? 의붓딸이 범죄를 저지른 대가로 승진이라도 하시겠다고? 아! 아주 좋아, 그래! 그럼 계속해서 나한테 명령을 내리겠군. 이 마레스칼에게 말이야. 안 그런가? 하지만 정말 우습지 않겠나? 그럼 오렐리가 저지른 사건이 당신이 사임해야 할 충분한 이유가 되지 않는다고 생각하나? 사람들이 내일 신문에서 당신 딸의 체포 소식을 읽을 텐데 그래도 사임를 강요당하지 않을 거라고 생각하나……?」

브레작은 마레스칼이 내민 펜을 잡았다. 그는 사직서를 읽고 나서 망설였다.

오렐리가 말했다.

「서명하세요」

브레작이 서명했다.

마레스칼은 종이 두 장을 주머니에 넣으며 말했다.

「됐군. 진술서와 사직서. 이제 내 상관 자리가 비었으니 당연히 그 자리는 내 차지가 되겠지! 그리고 그 딸은 교도소에 들어갈 테니 사랑의 상처로 깊게 파인 내 마음도 점차 치유되겠군」

마레스칼은 파렴치하게 속내를 드러냈다. 그리고 다시 잔인한 미소를 지으며 덧붙였다.

「이게 전부가 아냐, 브레작. 난 한번 들어온 패는 절대 놓치지 않거든. 끝까지 가고 말지」

브레작은 쓴웃음을 지으며 말했다.

「여기서 더 가겠다니? 그럴 필요가 있나?」

「더 멀리 가야지, 브레작. 당신 딸의 범행 사실을 밝혀 낸 것도…… 그것도 완벽했지. 하지만 내가 거기서 그칠 줄 알았나?」

마레스칼은 브레작의 눈을 뚫어져라 바라보았다. 브레작이 더듬거리며 물었다.

「뭘 원하나?」

「내가 원하는 걸 알고 있을 텐데. 당신이 모르는 일이라거나 사실이 아니라면 사직서에 서명을 하지 않았겠지. 그리고 내가 당신한테 그렇게 함부로 말하는 걸 보고만 있지도 않았을 테고, 안 그런가? 당신이 그렇게 체념한 걸 보면 자백을 한 거나 마찬가지야. 그리고 내가 브레작, 당신한테 반말을 할 수 있는 것도 다 당신이 두려워하고 있기 때문이지」

브레작은 발끈하며 말했다.

「난 아무것도 두렵지 않아. 내 불쌍한 딸이 제정신이 아닌 상황에서 저지른 일에 대한 벌이라면 얼마든지 감수할 수 있네」

「브레작, 당신이 저지른 일도 책임을 져야지」

「내 딸이 저지른 일 말고는 아무것도 없어」

마레스칼은 조용히 말을 이었다.

「그 일이 아니더라도 과거의 일이 남아 있잖아. 최근에 일어난 범죄에 대해서는 더 이상 얘기하지 말자고. 하지만 과거에 일어난 일에 대해서는 말이야, 브레작……?」

「과거에 일어난 일이라니? 내가 무슨 일을 저질렀다는 거야? 도대체 무슨 뜻인가……?」

마레스칼은 탁자를 내리쳤다. 그는 자신의 분노가 극에 달했을 때 그런 식으로 표현하곤 했다.

「설명을 해 달라고? 설명을 듣고 싶은 건 바로 나야. 응? 지난 일요일 아침, 센 강가에서 있었던 일은 도대체 뭔가? 그 폐가는 왜 숨어서 지켜보고 있었지? 그리고 포대 자루를 어깨에 멘 남자는 왜 따라갔던 거야? 응! 내가 기억을 상기시켜 줘야겠나? 그 폐가는 당신 의붓딸이 죽인 두 형제의 소유였어. 그리고 당신이 따라간 남자는 내가 막 조사를 시작한 조도라는 남자라고! 조도란 자는 두 형제의 동업자였지. 그리고 그 집에서 만났던 자이기도 하고……. 응! 정말 착착 연결되지 않나……! 이 모든 음모가 다 하나로 연결되어 있다고……!」

브레작은 어깨를 으쓱하고 중얼거렸다.

「말도 안 돼……. 말도 안 되는 추측이야……」

「추측, 그래 맞아. 예전에 이곳에 드나들 때도 그런 인상을 받았지. 난 사냥개처럼 냄새를 맡고 있었지만 모든 게 혼란스럽고 이해하기도 힘들었어. 당신의 행동이나 말을 들으면서 망설였지. 하지만 얼마 전부터 그 추측이 점점 더 명확하게 밝혀지고 있다고. 이제 곧 확실해질 거야, 브레작. 그래, 당신하고 나……. 이제는 너도 빠져나가지 못할 거다. 부인할 수 없는 증거가 있지. 당신의 자백 말이야, 브레작. 바로 이곳에 있거든. 이제 곧……. 너도 보게 될 거다……」

마레스칼은 가져온 상자를 집어 벽난로 위에 올려놓은 다음 끈을 풀었다. 상자 안에는 유리 보호대가 들어 있었다. 그는 그 안에서 병 하나를 끄집어 내 브레작 앞에 세워 놓았다.

「자, 여기 있어, 알아보겠지? 당신이 조도한테서 훔쳤다가 나한테 빼앗긴 그 병이야. 그리고 그 병을 당신이 보는 앞에서 다른 놈이 훔쳐갔지. 그놈이 누구냐고? 바로 리메지 남작이지. 내가 그 자의 집에서 이 병을 찾아냈어. 그때 내가 얼마나 기뻤는지 아나? 이 병은 진짜 보물이라고. 자, 여길 봐, 브레작. 라벨에 물의 공식이 씌어져 있지……. 청춘의 물. 자, 여길 봐, 브레작! 리메지가 뚜껑을 닫고 빨간 밀랍으로 봉해 놓았지. 잘 보라고……. 안에 말려 있는 종이가 보이지? 당신이 조도에게서 빼앗고 싶었던 건 바로 이 종이었어. 자백의 글이 담겨 있는……. 물론 당신이 사실을 숨기기 위해 종이를 찢어 놓았겠지만 말이야. 아! 불쌍한 브레작……!」

마레스칼은 승리를 눈앞에 두고 있었다. 그는 밀랍을 떼어 내고 병뚜껑을 열면서 입에서 나오는 대로 지껄여 댔다.

「마레스칼은 전 세계에서 유명한 인물이 될 거야! 급행열차 살인범을 체포하고……! 브레작의 과거도 밝혀 내고……! 이 뛰어난 수사 능력……. 중죄 재판소에서도 얼마나 감탄할 솜씨인가! 소비누, 저 여자에게 채울 수갑을 가져왔나? 라봉스와 토니를 부르게. 아! 승리야. 완벽한 승리……」

그는 병을 뒤집었다. 종이가 빠져나오자, 활짝 펼쳤다. 달리기

주자가 달리는 속도 때문에 결승선을 넘어 계속 달리는 것처럼
마레스칼은 너무나 흥분해서 지껄이다 보니 아무 생각 없이 글자
를 읽었다.

「마레스칼은 얼간이!」

행동보다 가치 있는 말

마레스칼이 도무지 이해가 안 가는 이상한 문장을 낭독하고 나자 방 안에 한동안 긴 침묵이 흘렀다. 마레스칼은 가슴을 정통으로 얻어맞고 쓰러지기 직전의 권투 선수처럼 어안이 벙벙한 채 멍하니 서 있었다. 소비누가 여전히 브레작의 얼굴에 권총을 겨누고 있었지만 브레작도 무척 당황한 표정이었다.

그런데 갑자기 누군가 무거운 방 안 분위기를 깨며 참을 수 없다는 듯 폭소를 터뜨렸다. 오렐리였다. 마레스칼은 어쩔 줄 몰라 하며 정말로 때를 잘못 맞춰 터져 나온 그녀의 웃음소리를 듣고만 있었다. 무엇보다도 놀림의 대상이 되는 당사자가 직접 큰 소리로 그 문장을 읽었다는 사실이 너무나 우스웠다. 그녀는 눈물까지 찔끔거리며 웃고 있었다.

〈마레스칼은 얼간이!〉

마레스칼은 불안한 표정을 감추지 않고 오렐리를 바라보았다.

어떻게 저 여자가 이런 상황에서 폭소를 터뜨릴 수 있지? 조금 전에는 적의 손에 사로잡혀 질식할 것 같던 그녀가 어떻게 갑자기 이렇게 달라질 수 있을까?

그는 이런 생각을 하는 것 같았다.

〈상황이 바뀌었나? 도대체 뭐가 바뀐 거지?〉

마레스칼은 싸움이 시작된 이래 계속해서 침묵을 지키고 있던 오렐리의 모습과 얼토당토않게 폭소를 터뜨리는 모습 사이에서 갈피를 잡으려고 노력했다. 도대체 그녀는 뭘 기대하고 있는 걸까? 그녀를 무릎 꿇게 만들었다고 생각했는데 그동안에도 그녀는 견고한 지지대를 붙들고 있었던 걸까?

모든 상황이 너무 불쾌했다. 정교하게 만들어진 덫이 점점 자신을 향해 다가오고 있는 것 같았다. 틀림없이 어딘가 위험이 도사리고 있다. 하지만 도대체 어디서 위험이 다가오고 있는 걸까? 모든 조치를 취해 둔 상황에서 어떻게 이런 공격이 가능할까?

마레스칼이 소비누에게 명령을 내렸다.

「브레작이 움직이면 안됐지만……. 두 눈알에 총알을 날리게」

마레스칼이 문 쪽으로 가서 바깥에 대고 말했다.

「그 아래는 별 문제없나?」

「수사관님?」

그는 계단 중간까지 내려가서 말했다.

「토니……? 라봉스……? 들어온 사람 없나?」

「없습니다, 수사관님. 그런데 그 위에서 무슨 소동이라도 났습니까?」

「아니……. 아닐세……」

마레스칼은 점점 더 혼란스러워 서둘러 서재로 돌아왔다. 브레작, 소비누, 오렐리는 조금도 움직이지 않고 있었다. 단지……. 단지, 상상하기 힘든 희한한 일이 벌어졌다. 마레스칼은 다리가 굳듯이 문지방에 서서 옴짝달싹할 수가 없었다. 소비누가 입에 담배를 물고 불이 필요한 사람처럼 자신의 얼굴을 바라보고 있었다.

마레스칼은 현실과 동떨어진 악몽 같은 이 장면을 보며 애써 믿지 않으려고 했다. 소비누는 갑자기 정신이 이상해져서 담배를 피우고 싶어졌고 그래서 불을 빌려달라고 하는 것뿐이다. 그뿐이다. 그 이상 무슨 의미가 있다는 말인가? 하지만 조금씩 소비누의 얼굴에 빈정대는 듯한 미소가 드러났다. 마레스칼은 애써 다르게 생각하려고 했지만 소비누는 분명 건방지고 심술궂은 미소를 짓고 있었다. 소비누, 그의 부하 소비누는 더 이상 경찰관이 아니라 그와 반대 진영에 서 있는 새로운 인물이었다. 소비누, 그는 바로…….

마레스칼은 여태까지 수많은 상황을 겪었지만 이렇게 끔찍한 일은 처음이었다. 하지만 소비누가 정말로 급행열차에서 본 그 남자라면 이번 사건이 이렇게 끔찍하게 다가왔다는 사실도 당연하게 받아들일 수 있을 것 같았다. 그런 사실을 인정하거나 이 지긋지긋한 현실에 굴복하고 싶진 않지만 이렇게 명백한 사실을 어떻게 부인할 수 있다는 말인가? 내무부 장관이 일주일 전에 뛰어난 경찰이라며 추천해 주었던 소비누가, 아침에 자기 손으로 직접 체포해서 지금은 교도소 신체검사실에 있어야 할 끔찍한 인간이라는 사실을 어떻게 부인할 수가 있다는 말인가?

마레스칼은 다시 문 밖으로 나가 소리쳤다.

「토니……! 토니! 라봉스! 어서 올라와, 빌어먹을!」

그는 계단 난간에 부딪히고 계속 날뛰면서 소리를 질러 댔다.

그의 부하들이 서둘러 올라왔다. 마레스칼은 더듬거리며 말했다.

「소비누…… . 저 소비누가 누군지 알겠나? 오늘 아침에…… . 바로 코앞에서…… . 탈옥해서 변장을 하고는……」

토니와 라봉스는 깜짝 놀랐다.

자기 상관이 미쳤다고 생각하는 모양이었다. 마레스칼은 부하들을 방으로 밀어 넣고 권총을 들었다.

「손들어, 이 강도! 손들어! 라봉스, 자네도 저자를 겨냥하게」

소비누는 조금도 주저하지 않았다. 그는 책상에 기대어 작은 손거울을 꺼내더니 조심스럽게 화장을 벗겨 내기 시작했다. 그는 몇 분 전에 브레작을 위협했던 브라우닝 권총을 옆에 놓아두는 여유까지 보였다.

마레스칼은 쏜살같이 다가가 권총을 빼앗고 서둘러 뒤로 물러섰다. 그는 두 팔을 내밀어 소비누에게 총을 겨누었다.

「손들어, 안 그러면 쏜다! 잘 들었지? 이 불한당 같은 놈!」

하지만 그 불한당은 전혀 개의치 않는 것 같았다. 그는 겨우 3미터 앞에서 자신을 위협하고 있는 권총 따위에는 관심도 없다는 듯이 얼굴에 붙여 놓은 수염과 괴상하게 두껍게 붙인 눈썹도 떼어 냈다.

「쏜다! 쏘겠단 말이야! 들리나, 이 너절한 놈! 셋까지 세고 쏘겠다! 하나…… . 두울…… . 셋」

소비누가 작은 소리로 말했다.

「계속 그렇게 어리석게 굴 건가, 로돌프!」

하지만 로돌프는 어리석게 굴었다. 제정신이 아닌 모양이었다. 그는 두 손으로 권총을 쥐고 벽난로와 그림에 대고 아무렇게나 쏘아 댔다. 그는 숨을 헐떡이며 죽어 가는 사람에게 또 한번 주먹

세례를 가하는, 피 냄새에 도취된 살인자 같았다. 브레작은 계속 되는 사격에 몸을 숙이고 있었다. 하지만 오렐리는 조금도 움직 이지 않았다. 자신의 구조자가 그녀를 보호하려고 하지 않는 것 을 보니 그렇게 걱정할 만한 상황은 아닌 듯했다. 그녀는 그를 너 무나 믿고 있었기 때문에 살며시 미소까지 짓고 있었다. 소비누 는 손수건에 약간 기름을 발라 얼굴에 바른 화장을 지워 냈다. 라 울의 얼굴이 조금씩 드러났다.

총성이 여섯 번 더 울려 퍼졌다. 연기가 솟아올랐다. 거울은 깨지고 대리석은 전부 부서졌으며 그림에는 구멍이 생겼다. 방은 완전히 쑥대밭이었다. 마레스칼은 미친 듯이 행동한 것이 부끄러 웠는지 두 부하에게 말했다.

「층계에서 기다리게. 신호를 하면 바로 올라와」

라봉스가 말했다.

「수사관님, 소비누는 이제 진짜 소비누가 아니니까 지금 저놈 을 묶어 두는 게 좋을 것 같습니다. 지난주에 저놈을 처음 봤을 때부터 맘에 안 들었다고요. 네? 우리 셋이서 저자를 붙잡지요」

「내가 시키는 대로 해」

마레스칼은 한 사람을 붙잡기 위해 셋이나 덤벼들 필요가 없다 는 말투로 명령을 내렸다.

그는 부하들을 내보내고 다시 문을 닫았다.

소비누는 변장을 모두 지우고 본래 모습으로 되돌아왔다. 그는 넥타이를 바로 매고 일어섰다. 완전히 다른 사람 같았다. 조금 전 까지만 해도 허약하고 착해 보이기만 하던 경찰관은 단정하게 옷 을 차려입은 우아한 젊은이로 변해 있었다. 게다가 계속해서 마 레스칼을 괴롭히던 바로 그 남자였다.

라울이 말했다.

「아가씨께 인사를 해야겠군요. 제 소개를 해도 될까요? 리메지 남작이라고 합니다. 탐험가죠. 일주일 전부터는 경찰관으로 일했습니다. 절 금방 알아보시더군요. 그래요, 저도 알아차렸습니다. 현관 앞에서……. 아무 말씀 안 하셔도 됩니다. 하지만 계속 웃으십시오. 아! 좀 전에 그 웃음소리는 정말 듣기 좋았습니다! 제게 얼마나 큰 보답이 되었는지 모릅니다」

그는 브레작에게도 인사를 했다.

「이제 하고 싶은 대로 하십시오」

그러고는 마레스칼을 향해 몸을 돌려 유쾌하게 말했다.

「안녕하신가, 친구. 아! 자네는 날 몰라보더군! 지금도 소비누 대신 어떻게 내가 나타났는지 이해가 안 간다는 표정인데! 자넨 소비누를 철썩 같이 믿고 있었으니 말이야! 전지전능한 사람! 소비누가 경찰계에서 거물이란 말을 아무 의심 없이 믿더군! 하지만 로돌프, 소비누는 처음부터 존재하지 않는 인물이었어. 소비누는 가짜라고. 현실에는 존재하지 않는 인물이지. 하지만 누군가 내무부 장관에게 그의 재능을 칭찬하고 그의 부인을 통해 자네한테 소개했지. 그래서 난 열흘 전부터 자네가 꾸미는 계획을 전부 알고 있었네. 다시 말해 내가 뒤에서 자네를 조종한 거지. 내가 리메지 남작의 집을 가르쳐 주고 오늘 아침엔 내가 날 체포했지. 그리고 내가 병을 숨겨 놓은 곳에서 다시 병을 발견한 걸세. 〈마레스칼은 얼간이〉라는 근본적인 진실이 담긴 굉장한 병을 말이야」

수사관은 달려가서 라울의 목이라도 움켜쥘 것 같았다. 하지만 그는 자제했다. 라울은 계속해서 농담을 하고 오렐리를 보호하면서 마레스칼에게 날카로운 채찍을 후려쳤다.

「로돌프, 어디 불편한가? 뭐 거슬리는 거라도 있나? 내가 지하 독방이 아니라 이곳에 있어서 마음에 걸리는 모양이지? 또 내가 어떻게 리메지로 교도소에 가면서 동시에 소비누로 자네를 따라 다닐 수 있었는지 궁금하겠지? 이런, 순진하긴……. 수사관이 그 것도 모르나? 로돌프, 아주 간단해! 내 집에 침입하는 일을 내가 준비했으니까. 난 돈을 주고 리메지 남작과 다른 놈을 바꿔치기 한 걸세. 남작과 가장 닮은 놈으로 말이야. 난 그자에게 어떤 일이 있어도 참고 견디라고 일러두었지. 오늘부터 유쾌하지 않은 경험이 시작될 테니. 자네는 내 유모의 안내를 받아 그자한테 가더니 황소처럼 덤벼들더군. 그리고 나, 소비누는 서둘러 그자의 얼굴에 천을 덮어씌웠지. 그러고는 유치장으로 데려간 걸세!

그 끔찍한 리메지를 확실히 제거하고 나자 자네는 이 아가씨를 체포하러 왔어. 내가 붙잡지 않았다면 자넨 감히 이 계획을 실행에 옮길 수 없었을걸? 하지만 반드시 일어났어야 할 일이었어. 무슨 말인지 알겠나, 로돌프? 일어났어야 할 일이라고. 우리 네 사람은 이렇게 만났어야 했어. 다시는 이렇게 만나지 않기 위해서 모든 걸 조정할 필요가 있거든. 그럼 이제 정리할 시간이 됐군, 안 그런가? 모두들 진정이 된 것 같으니까. 자네도 이젠 악몽에서 어느 정도 벗어났다고 생각하는 것 같은데. 얼마나 즐거운가! 이제 10분 후면 저 아가씨와 내가 함께 이곳을 떠날 테니」

마레스칼은 끔찍한 놀림을 받으면서도 냉정을 되찾기 시작했다. 그는 적에게는 관심 없다는 몸짓을 하며 수화기를 집어들었다.

「여보세요! 경찰청 부탁합니다. 여보세요……! 경찰청이죠? 필립 씨 좀 바꿔 주십시오. 여보세요. 자넨가, 필립? 그래서……?

아! 벌써! 실수였다는 걸 알아챘군? 그래, 나도 알고 있네. 자네가 생각하는 것보다 상황이 훨씬 더 심각해. 잘 듣게. 자전거 경관 두 명을 데려오게. 빌어먹을 놈……! 그리고 서둘러 이리로 오게, 브레작의 집으로……. 와서 초인종을 누르게. 알겠나? 단 1초도 머뭇거려서는 안돼」

마레스칼은 수화기를 내려놓고 라울의 얼굴을 바라보았다.

이제는 그가 빈정대는 말투로 얘기를 시작했다. 그는 자신의 태도 변화에 대단히 만족스러운 모양이었다.

「자네 신분이 생각보다 일찍 들통 났군. 계단에는 라봉스와 토니가 있네. 그리고 여기는 이 마레스칼과 브레작이 있지. 자네가 이기는 건 불가능해. 아직도 오렐리를 데리고 이곳을 빠져나갈 수 있다는 환상을 가지고 있다면 또 한번 꿈을 깨게 해 주지. 이제 20분 후면 경찰청에서 세 명이 도착할 거다. 이제 충분하지?」

라울은 심각한 표정으로 탁자 위에 가늘게 파인 홈에 성냥을 세워 놓고 있었다. 그는 성냥 일곱 개비를 나란히 세워 놓은 다음, 하나는 멀찌감치 떨어뜨려서 세워 놓았다.

「자, 7 대 1이라……. 좀 초라한데. 자네의 운명은 어떻게 될까?」

라울은 조심스럽게 수화기 위에 손을 올려놓고 말했다.

「전화 좀 써도 되겠나?」

마레스칼은 계속해서 경계하면서 전화를 하도록 내버려두었다. 이번에는 라울이 수화기를 집어들었다.

「여보세요. 엘리제궁……. 22.23……. 여보세요. 대통령 각하십니까? 각하, 지금 서둘러서 마레스칼 씨에게 보병 한 대대를 보내 주십시오……」

마레스칼은 화가 나서 수화기를 빼앗아 버렸다.

「어리석긴? 이런 장난이나 치려고 여기 나타난 건 아닐 테고. 네 목적이 뭐냐? 도대체 뭘 원하는 거야?」

라울은 할 수 없다는 몸짓을 하며 말했다.

「내 농담을 이해하지 못하나 보군. 좀 웃기려고 했던 것뿐인 데……」

마레스칼이 재촉했다.

「어서 말해 봐」

오렐리는 애원하듯 말했다.

「제발……」

라울이 웃으며 말했다.

「아가씨, 경찰청에서 온다는 사람들이 두려우신 모양이군요. 그자들이 오기 전에 어서 이곳을 뜨고 싶으시겠죠? 그 말이 맞습니다. 그럼 시작하죠」

그는 좀더 심각한 목소리로 반복해서 말했다.

「그럼 시작하죠. 마레스칼, 자네가 관련된 일일세. 그러니 말이 곧 행동이나 다름없겠지. 어떤 말은 현실을 가장 가치 있게 드러내는 법이라네. 내가 상황을 이끌어 가고 있지만 그걸 이끌어 가는 힘이 뭔지는 묻지 말게. 비밀이니까. 하지만 내가 승리하게 된 가장 기본적인 사실은 알려 줄 필요가 있겠지. 자네를 설득해야 하니까」

「그게 뭐지?」

라울은 분명하게 말했다.

「이 아가씨는 무죄라는 사실」

마레스칼이 비웃으며 말했다.

「오! 호! 저 여자가 살인을 한 게 아니라고?」

「아닐세」

「그럼 자네도 안 죽였겠군?」

「나도 안 죽였네」

「그럼 누가 죽였지?」

「우리가 아닌 다른 사람」

「거짓말!」

「사실일세. 마레스칼, 자네가 실수한 거야. 몬테카를로에서 자네에게 했던 말을 다시 하지. 난 저 아가씨를 안 지 얼마 되지 않았네. 보쿠르에서 저 아가씨를 구하기 전에 단 한 번 만났을 뿐이야. 오후에 오스만 대로에서 본 게 처음이었지. 그리고 우리가 처음 대화를 나눈 건 생마리 수녀원에서였네. 그런데 대화를 나누는 중에 그녀는 계속해서 급행열차 사건 얘기는 회피하더군. 그래서 나도 묻지 않았지. 진실은 그녀의 입을 통해서가 아니라 내치밀한 노력과 직감 덕택에 밝혀졌네. 내 직감은 본능적이지만 추론처럼 견고하거든. 난 저런 순수한 얼굴로는 살인을 저지를 수 없다고 확신했지」

마레스칼은 어깨를 으쓱했다. 그는 저 괴상망측한 인물이 사건을 어떻게 해석했을지 호기심이 일었지만 다른 말은 하지 않았다.

그는 시계를 보고 미소 지었다. 필립과 그의 부하들이 이리로 오고 있을 것이다.

브레작은 무슨 말인지 이해할 수 없어 라울의 얼굴만 바라보며 그의 이야기를 듣고 있었다. 오렐리는 갑자기 불안해져 라울의 얼굴에서 시선을 떼지 않고 있었다.

라울은 자기도 모르게 마레스칼이 사용했던 표현을 써서 설명을 시작했다.

「그러니까 지난 4월 26일, 마르세유 행 급행열차의 5번 객차 안에는 승객 네 명이 타고 있었습니다. 영국 여자 베이크필드 양과……」

하지만 그는 갑자기 말을 멈추고 잠시 생각에 잠겼다가 단호한 어조로 다시 말했다.

「아니, 그 얘길 먼저하면 안 되겠군. 좀더 과거로 올라가야지. 그 사건의 발단이며 모든 이야기의 시초가 된 사건부터 시작하겠네. 난 세세한 얘기는 모르네. 하지만 내가 알고 있는 내용, 확실히 말할 수 있는 내용만으로도 얼마든지 사건의 연결 고리를 풀어낼 수 있지」

그러고는 천천히 말을 하기 시작했다.

「18년 전……. 다시 말하겠네, 마레스칼. 그러니까 18년 전, 셰르부르에 있는 한 카페에 젊은이 네 명이 가끔씩 찾아오곤 했지. 브레작이라는 해양국 비서관, 자크 앙시벨, 루보, 그리고 조도. 이들의 관계는 일시적일 뿐이었으며 그렇게 오래가지는 않았네. 뒤에 말한 세 사람은 행적이 의심스런 자들이었고 또한 첫 번째 말한 사람, 그러니까 브레작은 공무원이었기 때문에 네 사람은 계속해서 어울릴 만한 입장이 아니었네. 게다가 브레작은 결혼을 해서 파리로 이사를 했지.

그는 한 과부와 결혼을 했는데, 그녀에게는 오렐리 다스퇴라는 딸이 한 명 있었네. 그 부인의 아버지는 에티엔 다스퇴였지. 그는 지방 출신으로 항상 신기한 것만 쫓아다니는 사람이었어. 또한 엄청난 재산을 획득했고 커다란 비밀을 파헤치기 위해 항상 노력하던 사람이었네. 그런데 자기 딸이 브레작과 결혼하기 얼마 전, 신비한 비밀 하나를 캐냈던 거야. 다스퇴는 자기 딸에게 보낸 편지에서 그 내용을 밝혔네. 브레작과는 전혀 관련이 없었지. 그는 자기가 비밀을 밝혀 냈다는 사실을 증명하기 위해 어느 날 자기 딸과 오렐리를 불렀어. 비밀리에 이루어진 여행이었지. 하지만 불행히도 그때 이미 브레작은 그 사실을 알고 있었네. 오렐리가 생각하고 있는 것처럼 나중에 알게 된 게 아니라 비밀이 밝혀진 직후부터 알고 있었지. 브레작은 자기 부인에게 물었어. 하지만 그녀는 아버지에게 맹세했던 대로 중요한 사실에 대해서는 입을 다물었고 그들이 방문했던 장소도 절대로 발설하지 않았네. 그런데 브레작은 그녀와 대화를 하다가 은연중에 에티엔 다스퇴가 보물을 숨겨 두었다는 사실을 눈치 채게 된 거야. 어디일까? 그런데 어째서 서둘러 보물을 차지하지 않는 걸까? 부부 관계는 점점 더 나빠졌어. 브레작은 날이 갈수록 에티엔 다스퇴를 성가신 존재로 생각하게 되었지. 어린아이에게도 물어봤지만 아이는 대답하지 않았네. 그는 아내를 괴롭히며 위협했어. 결혼 생활은 점점 더 악몽처럼 변해 갔고.

그런데 두 사건이 연이어 일어나면서 브레작의 분노는 극에 달했지. 그의 아내가 늑막염으로 사망한 데 이어 그의 장인인 다스퇴가 심각한 병에 걸려 죽음을 앞두고 있었어. 브레작은 점점 불안해졌네. 그가 비밀을 발설하지 않고 죽는다면 비밀은 어떻게 될까? 에티엔 다스퇴가 손녀 오렐리에게 보물을 물려주지 않고 죽는다면? 편지에 있던 표현대로 성년식 선물로 물려줄 수 없게 된다면? 그럼 뭐야? 브레작은 아무것도 건질 수 없게 될까? 자기가 차지하게 될 거라고 생각했던 재산은 모두 자기를 비껴가서 다른 사람에게 넘어가게 될까? 그래서 그는 무슨 대가를 치르더라도, 무슨 방법을 써서라도 알아내야만 했지.

　그런데 우연히 그 방법이 떠올랐어. 브레작은 다른 강도 사건을 수사하는 과정에서 셰르부르에서 알았던 옛 친구들을 다시 만났지. 조도, 루보, 앙시벨. 브레작의 마음속에선 욕망이 끓어올랐어. 그는 자신의 욕망에 굴복하고 말았지. 곧 거래가 이루어졌어. 브레작은 세 친구에게 일을 맡기고 그 대신 자유를 주겠다고 약속했지. 그는 친구들에게 지방으로 내려가서 죽어 가는 다스퇴 노인을 협박해서 필요한 정보를 얻어 오라고 했어. 하지만 이들의 공모는 실패로 돌아갔지. 세 놈은 한밤중에 노인을 공격하면서 비밀을 발설하라고 강요했지만 노인은 한마디도 하지 않고 숨을 거뒀어. 세 살인범은 도주했지. 브레작은 아무것도 건지지 못하고 범행만 저지른 거지」

　라울 드 리메지는 잠시 말을 멈추고 브레작의 표정을 살폈다. 브레작은 입을 다물고 있었다. 자신을 비난하는 것에 한마디도 이의를 제기하지 않겠다는 뜻일까? 그럼 자백하겠다는 말일까? 브레작은 끔찍한 사건이긴 하지만 과거의 일일 뿐, 현재와는 아무 상관없다는 표정이었다.

　오렐리는 얼굴을 손으로 감싸 쥐고 아무 감정도 드러내지 않은 채 라울의 말을 듣고만 있었다. 하지만 마레스칼은 점점 더 냉정을 되찾으면서도 라울이 이렇게 심각한 상황을 파헤치며 자신의 숙적인 브레작을 옴짝달싹하지 못하도록 만들었다는 점에 매우 놀라워하는 눈치였다. 마레스칼은 다시 한번 시계를 쳐다보았다.

　라울이 계속해서 말했다.

　「그러니까 쓸데없는 범죄를 저지른 셈이지. 비록 법원에서는 아무것도 알아채지 못했지만 그 사건의 여파는 매정하게 나타났어. 우선 공범 중 한 명인 자크 앙시벨은 충격을 받고 미국으로 건너갔지. 그는 모든 사실을 자기 아내에게 고백하고 떠나 버렸네. 그의 아내는 브레작의 집으로 찾아와 즉시 고발하겠다고 위협을 가했지. 그래서 에티엔 다스퇴의 살해 사건은 브레작에게 모든 책임이 있으며 공범 세 명은 무죄라는 내용의 진술서에 서명하도록 만들었지. 브레작은 겁을 먹고 멍청하게 서명을 했어. 그 진술서는 조도에게 전해졌고 조도와 루보는 에티엔 다스퇴의 베개 아래 있던 병 안에 그 진술서를 넣어 보관했지. 그때부터 그들은 브레작을 자기네 마음대로 움직였고.

그들이 브레작을 손에 쥐고 흔들었던 거지. 하지만 그 똑똑한 친구들은 브레작을 바로 법의 심판을 받게 하는 대신에 공무원으로서 승진하는 모습을 지켜보며 계속해서 협박을 해 왔지. 그 이면의 속셈은 단 하나밖엔 없었어. 브레작이 어리석게도 공범들에게 발설해 버린 보물 이야기, 단지 그 하나 때문이었지. 그런데 브레작은 그 보물에 대해선 아무것도 모르고 있어. 아무도 모르고 있지. 아무도. 단 그 보물을 직접 보았고 그 신비로운 수수께끼의 비밀을 고집스럽게 간직하고 있던 어린아이만 제외하고. 그래서 브레작은 그 아이를 지켜보며 기다렸어. 브레작은 그녀가 수녀원에서 나오면 가두어 놓고 행동에 들어가려고 했지…….

그런데 마침내 그녀가 수녀원에서 돌아왔어. 그러니까 지금으로부터 2년 전, 그녀가 도착한 바로 다음날 브레작은 조도와 루보에게서 편지를 받았지. 그들은 아직도 자기들 마음대로 브레작을 움직일 수 있다는 사실을 알려 준 거야. 그들은 보물을 원하고 있었어. 그 아이에게서 비밀을 알아내라. 비밀을 캐내라. 그렇지 않으면…….

브레작에게 그 일은 청천벽력과도 같았어. 12년이나 흐른 뒤라 그는 과거의 사건이 그대로 파묻히길 바라고 있었으니까. 그리고 이제 더 이상은 그 보물에 관심이 없어졌거든. 그 아이는 자신이 저지른 과거의 끔찍한 범죄를 떠올리게 할 뿐이었지. 불안한 기억으로 가득 찬 과거의 시간만 떠올리게 할 뿐이었어. 그래서 어둠 속에 있는 모든 치욕스런 일들이 한꺼번에 모습을 드러냈지! 예전의 동지들이 나타나고! 조도가 그를 이렇게 몰고 왔던 거야. 그들은 다시 브레작을 못 살게 굴기 시작했네. 어떻게 해야 할까?

여태까지는 한번도 제기된 적이 없는 문제였지. 브레작은 원하든 원치 않든 간에 그들의 말을 따를 수밖에 없었네. 그러니까 자신의 의붓딸을 괴롭히고 비밀을 말하라고 강요해야 했어. 브레작은 그렇게 하기로 마음먹었네. 자신을 위해서 비밀을 밝혀 내야 했으니 그녀를 괴롭히기 시작했지. 그때부터는 매일같이 추궁과 싸움, 위협을 계속했네. 불쌍한 오렐리는 끝없이 생각하고 기억을 더듬어 보라고 강요당했지. 그녀는 기억의 문을 꼭꼭 닫아 놓고 그 안에 희미한 장면과 인상들을 남겨 두고 있었어. 그런데 사람들이 그 문을 계속해서 두드려 댔던 걸세. 그녀는 살고 싶어했지만 사람들은 그녀를 가만 놔두지 않았어. 그녀는 즐기고 싶어했고 때로는 친구도 만나고 극장에서 노래도 부르고 싶어했지. 하지만 집에 오면 그녀에게 돌아오는 건 학대뿐이었어.

그 학대에 덧붙여 또 한 가지 정말로 추악한 것은…… 입에 담고 싶지도 않지만 그녀를 향한 브레작의 사랑이었지. 그 점에 대해서는 더 이상 말하지 않겠네. 마레스칼, 자네도 나만큼은 알고 있을 테니까. 자네가 오렐리 다스퇴를 본 순간부터 브레작과 자네 사이에는 치열한 경쟁심과 증오심이 생겨났으니까.

그래서 오렐리에게는 도망치는 것만이 유일한 탈출구였지. 그녀는 기욤의 도움을 받기로 했어. 기욤은 브레작이 셰르부르에서 만나던 친구의 아들이니 결국 브레작이 자기도 모르게 그를 추천한 꼴이 되어 버렸지. 과부가 된 앙시벨 부인이 그 아들을 키워 왔던 걸세. 기욤은 여태까지 교묘하게 어둠 속에서 작업을 진행해 왔어. 사람들이 자기를 경계하지 않도록. 그는 어머니가 시키는 대로 행동했어. 오렐리 다스퇴가 사랑에 빠져서 약혼자에게만 비밀을 털어놓을 거란 사실을 알고 그녀의 사랑을 받기 위해 노력해 왔지. 그래서 기욤은 오렐리에게 함께 도망치자고 제의했던 걸세. 그래서 오렐리를 데리고 남 프랑스로 갔네. 정확히 말하면 그가 임무를 수행할 장소였지.

그리고 4월 26일이 다가왔네.

잘 듣게, 마레스칼. 그날의 끔찍한 사건이 일어날 당시 상황이 어땠는지, 사건이 어떻게 전개된 것인지 말일세. 우선 오렐리는 감옥 같은 집에서 탈출했네. 그녀는 이제 자유를 맛보게 되었다는 생각에 너무 기뻐서 마지막으로 의붓아버지와 오스만 대로에 있는 제과점에서 차를 마시기로 했어. 그런데 그곳에서 우연히 자네를 만났지. 그게 문제였네. 브레작은 그녀를 데리고 집으로 돌아갔어. 그녀는 다시 집을 빠져나와 역으로 가서 기욤 앙시벨을 만났네.

기욤은 그 기회를 이용해 두 가지 일을 하려고 했지. 오렐리의 마음을 사로잡는 동시에 니스에서 계획한 범행을 실행에 옮기려고 했지. 그 범행은 그와 한패였던 베이크필드의 지시에 따라 이루어졌네. 하지만 그 불행한 영국 여자는 자기와는 아무 상관없는 사건에서 희생되고 말았지.

마지막으로 조도와 루보 형제가 있어. 기욤과 그의 어머니는 그 세 사람이 다시 나타났다는 사실을 모르고 있었네. 그 정도로 세 사람은 교묘하게 기욤 가족과 경쟁을 벌이고 있었지. 세 강도는 기욤의 계획까지 모두 알고 있었어. 앞으로 벌어질 일과 그 저택에 숨어들 계획까지도. 조도가 4월 26일에 그 집에 나타났으니까. 그는 이미 계획을 세워 놓은 상태였지. 오렐리를 납치한 뒤, 무슨 방법을 써서라도 비밀을 캐내려고 한 걸세. 이제 확실히 알겠나?

자, 그럼 이제 좌석 배치는 확인됐겠지. 5번 객차의 끝 쪽에는 베이크필드와 리메지 남작, 그리고 앞쪽에는 오렐리와 기욤 앙시벨이 타고 있었네. 자네도 이해가 가지, 마레스칼? 우리가 여태까지 생각하고 있던 대로 5번 객차의 앞쪽에는 루보 형제가 타고 있었던 게 아니라 오렐리와 기욤이 타고 있었단 말일세. 두 형제와 조도는 다른 곳에 있었어. 바로 마레스칼, 자네가 타고 있던 4번 객차에서 전등을 천으로 가리고 어둠 속에 숨어 있었네. 이제 이해가 가나?」

마레스칼이 낮은 소리로 말했다.

「그렇군」

「열차가 출발하고 두 시간이 지났네. 열차는 라로슈 역에서 멈췄다가 다시 출발했지. 그때가 행동을 개시할 기회였네. 4번 객차에 있던 세 사람, 다시 말해 조도와 루보 형제는 어두운 객차에서 빠져나왔지. 그들은 회색 작업복을 입고 복면과 모자를 쓰고 있었네. 그들은 5번 객차로 들어갔지. 곧 왼쪽에 자고 있는 두 사람의 형체가 보였어. 그중에는 금발 머리 여자도 있었지. 조도와 두 형제 중에 형이 서둘러 달려갔고 동생은 망을 보고 있었어. 남작은 잠을 자고 있다가 결박당하는 신세가 되었지. 영국 여자는 저항했어. 조도는 그녀의 목을 잡았고 그 순간 실수했다는 걸 알아차렸지. 그 여자는 오렐리가 아니라 그저 같은 금발 머리를 가진 여자일 뿐이었지. 그 순간 망을 보고 있던 동생이 돌아와 진짜 기욤과 오렐리가 있던 복도 끝 쪽으로 두 공범을 데려갔네. 하지만 거기서 상황은 급변했어. 기욤이 미리 소리를 듣고 경계를 하고 있었어. 총을 가지고 있었으니까. 곧 싸움이 벌어졌고 총성 두 발이 울렸네. 두 형제가 쓰러지고 조도는 도망을 쳤지.

이제 내 말에 동의하겠지, 마레스칼? 자네의 실수, 법원의 실수, 그리고 모든 사람들이 저지른 실수는 겉으로 보이는 것으로만 판단을 했다는 거야. 규칙과 논리에 의해서만 판단을 한 거지. 범죄가 일어났을 때, 죽은 사람은 무조건 희생자고 도망자는 무조건 범죄자라는 생각 말이야. 아무도 그 반대의 경우는 생각을 안 한다고. 공격한 사람이 죽을 수도 있고 공격을 당한 사람이 무사히 달아날 수도 있다는 사실 말일세. 기욤은 도망치면서 그런 생각을 하지 못한 걸까? 하지만 기욤이 그 자리에서 기다리고 있었다면 그는 완전히 망했을걸.

기욤은 도둑이었으니까 이 사건에 경찰이 개입하는 것을 원치 않았어. 조금만 조사를 해 보아도 자신의 범행이 만천하에 드러날 테니까. 그냥 포기하고 말까? 그건 너무 어리석은 생각이지. 게다가 손안에 비밀의 열쇠도 쥐고 있었으니까. 그는 망설이지 않고 오렐리를 데리고 도망쳤어. 기욤은 이 사건이 오렐리는 물론이고 브레작에게도 큰 파장을 몰고 올 거라고 그녀에게 겁을 주었지. 그녀는 살인 장면과 두 시체를 보고 나서 제정신이 아니었어. 그래서 그냥 그가 하는 대로 따랐던 걸세. 기욤은 그녀에게 강제로 작업복을 입히고 복면을 씌웠지. 그도 옷을 입은 다음 그녀를 데리고 열차를 떠나려 했어. 짐도 몽땅 가지고서. 그들은 복도를 따라가다가 승무원을 만나 몸싸움을 벌였고 곧 열차를 빠져나갔지.

한 시간 후, 숲에서 끔찍한 추격전이 있은 후에 오렐리가 체포되어 감금되었지. 그녀는 자신의 적인 마레스칼의 눈앞에 내던져졌어.

그리고 사건에 급반전이 있었어. 내가 개입했다는……」

오렐리는 끔찍한 사건 당일의 기억이 떠올라 울면서 고통스러워하고 있었다. 하지만 이렇게 심각한 상황에서도 라울은 중요한 순간에 사건에 개입했다는 것에 자랑스러움을 드러냈다. 그는 일어서서 문까지 갔다가 다시 돌아와 자리에 앉았다.

라울은 만족스러운 듯 미소 지으며 다시 말했다.

「그래서 내가 개입했지. 개입해야만 하는 순간이었으니까. 난 마레스칼 자네도 이 깡패 소굴에서 선량한 남자를 만나게 되어 기뻤을 거라고 생각하네. 난 어떤 상황인지 전혀 몰랐지만 죄 없이 고통받는 아가씨가 초록 눈을 가졌다는 이유만으로 사건에 개입한 걸세. 확고한 의지와 사건을 바라보는 예리한 시선, 위기에 처한 사람을 구해 주는 손길, 그리고 관대한 마음씨까지 갖춘 사람! 바로 리메지 남작이었지. 그가 개입한 순간부터 모든 게 정리되기 시작했어. 사건은 얌전한 어린아이처럼 내가 바라는 방향으로 이끌려 왔고 비극은 웃음과 행복 속에서 막을 내리게 된 거지」

그는 다시 한번 방 안을 서성거렸다. 그러고는 오렐리에게 몸을 기울여 말했다.

「왜 울죠, 오렐리? 이제 괴로운 일도 모두 끝났고, 마레스칼도 당신의 무죄를 인정하고 있는데 어째서 우는 겁니까? 울지 마십시오, 오렐리. 항상 결정적인 순간에 제가 개입할 테니까요. 전으레 그렇게 해 왔고 절대로 중요한 순간을 놓친 적이 없습니다. 사건 당일 밤에도 잘 보시지 않았습니까? 마레스칼이 당신을 가뒀지만 제가 구출했습니다. 또 이틀 뒤에는 니스에서 조도로부터 당신을 구했습니다. 몬테카를로에서, 그리고 생마리 수녀원에서 또다시 마레스칼로부터 당신을 구했습니다. 그리고 조금 전에도 마찬가지 상황이 아니었습니까? 그런데 무엇 때문에 걱정하십니까? 모든 게 끝났습니다. 우리는 이제 두 경찰관이 도착하기 전에, 보병들이 집을 포위하기 전에 조용히 떠나기만 하면 됩니다. 로돌프, 안 그런가? 자네도 이제 오렐리의 길을 가로막지 않겠지? 안 그래? 자네도 이런 결말이 만족스럽지 않나? 자네는 법을 존중하고 예의도 바른 사람이니. 가시겠습니까, 오렐리?」

　오렐리는 조심스럽게 라울을 따라 나섰다. 하지만 싸움에서 완전히 승리한 것은 아니라는 느낌을 떨칠 수가 없었다. 문지방에 다다르자 마레스칼이 매서운 표정으로 일어섰다. 브레작도 몸을 일으켰다. 마레스칼과 브레작은 승리를 거머쥐려고 하는 경쟁자에 맞서 협력 자세를 취하고 있었다……

피

라울은 마레스칼에게 다가가며 브레작은 거들떠보지도 않은 채, 낮은 목소리로 말했다.

「인생은 참 복잡하지. 우린 작은 단편밖에 들여다볼 수가 없고 또 예상치 않았던 일들이 갑자기 일어나곤 하니까. 급행열차 사건도 마찬가지였네. 마치 단편 소설을 읽는 것 같았지. 꽃잎이 순서대로 피어나지 않는 것처럼 그 사건도 이상하게 우연히 터졌지. 하지만 명석한 두뇌를 가진 자가 나타나 모든 일을 제자리에 돌려놓았어. 그때부터 모든 일이 역사의 한 장처럼 논리적이고 간단하며 조화롭고 자연스럽게 보이기 시작했지. 난 그 역사의 한 페이지를 자네에게 말하고 있는 걸세, 마레스칼. 이제 자네도 이 사건이 어떻게 벌어졌는지 잘 알겠지? 그리고 오렐리 다스퇴는 죄가 없다는 사실도 알게 됐을 거야. 그러니 그녀가 가도록 내버려두게」

마레스칼은 어깨를 으쓱했다.

「아니」

「바보처럼 굴지 말게, 마레스칼. 보면 알겠지만 난 지금 농담하는 게 아닐세. 자넬 놀리고 있는 것도 아니고. 단지 자네의 실수를 인정하라고 말하는 것뿐이네」

「내 실수?」

「물론이지. 오렐리는 살인을 하지 않았고, 사건에 가담한 것도 아니며 단지 희생자일 뿐이니까」

마레스칼은 비웃으며 말했다.

「살인을 하지 않았다면 어째서 도망친 거지? 기욤이 도망친 건 이해가 돼. 하지만 오렐리는 왜? 도망쳐서 뭘 얻는데? 그리고 그 이후에도 왜 한마디도 하지 않았느냐 말이야? 처음에 〈판사에게 말하겠어요. 판사와 얘기하게 해 주세요.〉라고 경찰한테 말한 것을 제외하고는 아무 말도 하지 않았다고」

라울이 말했다.

「좋은 질문일세, 마레스칼. 제대로 짚었군. 나도 오렐리가 침묵을 지켜서 무척 당황했지. 그녀는 심지어 자신을 구해 준 내게 조차 계속해서 침묵을 고집했네. 그녀가 일찍 고백을 했더라면 사건을 조속히 해결하는 데 정말 큰 도움이 되었을걸세. 하지만 오렐리는 입술을 굳게 다물고 있었지. 내가 사건의 실마리를 잡은 건 바로 이 집에서였네. 오렐리에게는 미안한 일이지만 그녀가 사경을 헤매고 있는 동안 책상 서랍을 뒤졌지. 그렇게 해야만 했네. 마레스칼, 이 문장을 읽어 보게. 이건 그녀의 어머니가 죽어 가면서 브레작에 대해 한 말일세. 〈오렐리, 무슨 일이 일어나든 간에, 네 의붓아버지가 어떻게 행동하든 간에 절대로 그 사람을 고발해서는 안 된다. 그 사람이 널 괴롭히더라도, 그 사람이 유죄라 하더라도 그 사람을 변호해 줘. 난 그 사람의 아내니까.〉」

마레스칼은 이의를 제기했다.

「하지만 그녀는 브레작이 범행을 저지른 사실을 모르고 있었어! 그리고 그녀는 과거의 범죄와 급행열차 사건 간에 어떤 관계가 있다는 사실을 모르고 있었어! 그녀가 침묵을 지킨 일과 브레작을 연관 짓지 말게」

「연관된 사람이 있네」

「그게 누구지?」

「조도」

「무슨 증거로?」

「기욤의 모친, 그러니까 앙시벨의 미망인이 나한테 고백했네. 난 그녀가 파리에 살고 있다는 사실을 알아내고 집으로 찾아갔지. 그래서 엄청난 액수의 돈을 주고 과거와 현재의 일에 대한 서면 진술을 받아 냈네. 기욤이 자기 모친에게 말한 내용일세. 급행열차 안에서 두 형제가 죽고 난 후, 조도가 복면을 벗고 주먹을 내밀며 오렐리에게 말했다더군.

〈오렐리, 이 사건에 대해 발설하거나 나에 대해서 한마디라도 해서 내가 체포되면 나도 과거에 있었던 범죄에 관해 전부 이야기하겠다. 네 할아버지 다스퇴를 죽인 건 바로 브레작이니까.〉

조도는 니스에서도 이렇게 협박을 계속했고 오렐리 다스퇴는 그의 말 때문에 침묵을 지킬 수밖에 없었네. 자, 제가 한 말이 사실입니까, 오렐리?」

그녀가 중얼거리듯 말했다.

「사실이에요」

「자, 잘 봤나, 마레스칼? 이젠 이의가 없겠지? 피해자의 침묵, 자네가 의심해 왔던 그 침묵은 유죄를 입증하는 증거와는 거리가 멀어. 오히려 그 반대지. 다시 한번 말하겠는데 그녀가 가도록 내버려두게」

「안 돼」

「왜?」

마레스칼은 갑자기 분노가 치밀어 오르는 모양이었다.

「난 복수를 할 테니까! 난 문제를 크게 터뜨릴 거야! 오렐리가 기욤과 도망친 일, 체포된 일, 브레작이 범행을 저지른 사실 전부! 난 그녀가 불명예를 당하고 치욕스런 일을 겪게 되길 바라네. 그녀는 날 거부했어. 그러니 대가를 치르게 될 거야! 브레작도 대가를 치러야 해! 내가 몰랐던 사실까지 알려 주니 정말 고맙군! 이제 브레작은 내 손안에 있어. 오렐리도 마찬가지고……. 생각했던 것보다 더 좋은 상황이군. 그리고 조도! 앙시벨 가족까지! 강도들도 전부! 단 한 놈도 내 그물망에서 빠져나갈 수 없을 거다. 오렐리가 톡톡히 대가를 치르게 만들 테다!」

마레스칼은 분노가 치밀어 거의 제정신이 아닌 것 같았다. 그는 큰 키로 문 앞에 버티고 서 있었다. 계단에는 라봉스와 토니가 있었다.

라울은 테이블에 놓여 있던 병 속의 종이 조각을 주워 들었다. 종이에는 〈마레스칼은 얼간이〉라고 씌어 있었다. 그는 종이를 펼쳐 마레스칼에게 내밀며 말했다.

「자, 친구, 액자에 끼워서 침대 발치에 걸어 놓게」

「그래, 그래, 놀려라. 하고 싶은 만큼 실컷 놀려 봐. 그래 봐야 점점 더 네 무덤을 팔 뿐이야. 아! 넌 처음부터 그런 식이었어! 담배를 물고! 불 좀 빌립시다. 자, 이제 불을 주지! 네 인생을 전부 불태워 주마. 영원히 교도소에서 썩게 해 주지. 그래, 조금 전에 네가 빠져나왔던 그 교도소로 다시 보내 주겠다. 다시 말해 줄까? 교도소, 교도소로 말이야. 넌 네가 변장한 걸 내가 전혀 알아채지 못했다고 생각하겠지? 네가 누군지 내가 전혀 모른다고 생각하겠지? 네 가면을 벗겨 내기 위한 증거 따윈 찾아내지 못했다고 생각하겠지? 오렐리, 저자를 잘 봐. 당신 애인이 누군지 알고 싶나? 사기꾼의 왕, 도둑 중에서도 가장 신사인 왕 중의 왕. 리메지 남작은 가짜 귀족, 가짜 탐험가일 뿐이고 실제로는……」

그 순간 아래층에서 초인종이 울리자 마레스칼은 말을 멈췄다. 필립과 그의 두 부하가 분명했다. 다른 사람일 리는 없었다.

마레스칼은 두 손을 비비고 길게 숨을 내쉬었다.

「자네는 이제 끝장난 것 같군, 뤼팽. 이제 뭐라고 말할 텐가?」

라울은 오렐리를 쳐다보았다. 오렐리는 뤼팽이란 이름을 듣고도 별 반응이 없었다. 그녀는 불안해하며 밖에서 들려오는 소리에 귀를 기울이고 있었다.

라울이 말했다.

「가엾은 초록 눈의 아가씨, 당신의 믿음은 아직도 완전하지가 않군요. 세상에, 필립이란 자가 그렇게 두렵습니까?」

라울은 창문을 살짝 열어 바깥에 있는 사람들 중 한 명에게 말을 걸었다.

「경찰청에서 나오신 필립이란 분입니까? 잠깐 할 얘기가 있습니다. 부하 세 명은 아직 올려 보내지 마십시오. 젠장, 부하도 셋이나 데려왔군! 절 못 알아보시겠습니까? 리메지 남작입니다. 서두르십시오! 마레스칼이 기다리고 있습니다」

라울은 다시 창문을 닫았다.

「마레스칼, 숫자를 다시 세야겠군. 한 쪽에는 네 명……. 그리고 다른 쪽에는 세 명……. 브레작은 이 일에 관심이 없는 것 같으니 빼기로 하지. 그러니까 부하들은 일곱 명이군. 나한테는 한 입거리밖에는 안 되겠는걸. 생각만 해도 오싹한데그래! 초록 눈의 아가씨도 마찬가지일걸세」

오렐리는 억지로 웃으려고 했지만 알 수 없는 말들을 중얼거릴 뿐이었다.

마레스칼은 계단에서 기다리고 있었다. 현관 문이 열리고 사람들이 서둘러서 올라오는 소리가 들렸다. 마레스칼은 사냥 준비를 마친 사냥꾼 같았다. 이제 사냥개 여섯 마리를 풀어놓았으니 손에 들고 있는 고깃덩어리를 던지기만 하면 된다. 그는 작은 소리로 명령을 내리고 밝은 얼굴로 되돌아왔다.

「소모전을 벌일 필요는 없겠지, 안 그런가, 남작?」

「필요 없지, 후작. 푸른 수염처럼 아내 일곱 명을 죽여야 한다면 정말 끔찍한 일이 아닐 수 없으니까」

「그럼 날 따라오겠나?」

「세상 끝까지 따라가 주지」

「물론 조건은 없겠지?」

「조건이 하나 있네. 음식을 제공해 주게」

마레스칼이 농담을 던졌다.

「좋아. 딱딱한 빵과 강아지 비스킷, 그리고 물을 주지」

「아니」

「그럼, 원하는 메뉴가 뭔가?」

「자네가 먹는 대로, 로돌프. 샹티이 크림 과자, 건포도를 넣고

224

럼주에 적신 스펀지케이크, 그리고 스페인 산 알리칸테 포도주」

마레스칼은 깜짝 놀라면서 불안한 표정으로 물었다.

「지금 무슨 말을 하는 건가?」

「간단해. 날 초대해서 차라도 한 잔 대접하는 게 어떤가? 격식은 차리지 않아도 되네. 5시에 다른 약속은 없나?」

「약속……?」

마레스칼은 점점 더 당황하는 기색이었다.

「그래. 이제 기억 나지? 자네 집에서. 아니, 자네의 진짜 집이라기보다는 독신자 아파트라고 해야 하나? 뒤플랑가에 있는 작은 집. 자네는 그곳에서 매일 오후에 알리칸테 포도주를 뿌린 크림과자를 배불리 먹곤 하지. 자네의 여자와……」

「조용히해!」

마레스칼은 얼굴이 파랗게 질려 속삭이듯 말했다.

그의 침착하던 태도는 온데간데없이 사라졌다. 그는 더 이상 농담을 할 기분이 아닌 모양이었다.

라울이 순진한 표정으로 물었다.

「왜 침묵을 지키려고 하나? 뭐야, 날 초대하지 않겠다고? 왜 나한테 소개 좀 해 주면 어때서? 자네의 그……」

「조용히해, 젠장!」

마레스칼이 다시 한 번 말했다.

그는 부하들이 있는 곳으로 가서 필립만 따로 불러 말했다.

「잠깐만 기다리게, 필립. 우선 해결해야 할 작은 문제가 있네. 부하들을 좀 멀찌감치 데려가게. 소리가 안 들릴 정도로」

마레스칼은 다시 문을 닫고 라울을 향해 다가왔다. 그러고는 아무 말 없이 그의 눈만 뚫어져라 응시하다가 브레작과 오렐리를 견제하며 말했다.

「그게 무슨 뜻이지? 도대체 왜 그러나?」

「아무것도 아닐세」

「왜 그런 생각을 하지? 그건 어떻게 알았나?」

「자네 아파트 주소와 자네 여자의 이름 말인가? 그거야 브레작이나 조도, 그의 공범에게 한 것과 다를 바 없었지. 자네 사생활에 대해서 신중하게 조사를 했네. 그런데 조사 과정에서 보니 이상하게도 1층에 푹신한 가구들이 배치되어 있더군. 거기에서 자네가 아름다운 여인들과 만난다는 사실을 알게 되었네. 어두운 방에 향수와 꽃, 달콤한 포도주와 무덤처럼 깊고 푹신한 긴 의자……. 그야말로 마레스칼의 별장이더군!」

마레스칼은 어쩔 줄 몰라하며 말했다.

「그래서? 그건 내 권리야! 그것과 자네를 체포하는 일이 무슨 관계가 있단 말인가?」

「물론 자네가 멍청한 실수를 저지르지 않았다면 아무 관련도 없었겠지. 자네는 작은 큐피드의 신전에 여자들한테 받은 편지를 숨겨 놨어」

「거짓말! 거짓말!」

「내가 거짓말을 하고 있다면 자네가 그렇게 멍청한 표정을 짓고 있진 않겠지」

「알고 있는 내용을 상세히 말해 봐!」

「벽장 안에 비밀 트렁크가 있지. 트렁크 안에 작은 상자가 있고. 그 상자 안에 아름다운 여인들의 편지가 들어 있지. 색색의 리본으로 묶어 놓았더군. 스무 명도 넘는 사교계 여자들과 배우들이 잘생긴 마레스칼에 대한 열정을 숨김없이 표현해 놓은 편지들 말일세. 예를 들어 줄까? B 검사의 부인, 코미디 프랑세즈 극단의 X 양, 그리고 특히, 특히 말이야, 정숙한 부인이며 이제 막 중년의 나이로 접어들긴 했지만 여전히 아름다운……」

「입 닥쳐, 더러운 놈!」

라울은 흥분하지 않고 말했다.

「더러운 걸로 따지자면 신체적인 장점을 이용해 자신을 보호하고 승진 기회로 삼으려는 사람이 더하지」

마레스칼은 불안한 표정으로 고개를 숙이고 방 안을 두세 바퀴 서성거렸다. 그러고는 라울 곁으로 가서 말했다.

「얼마면 되겠나?」

「얼마냐니, 뭐가?」

「그 편지를 돌려주는 대가로 얼마면 되겠냐고?」

「가룻 유다가 받은 만큼. 30데나리우스」

「장난하지 말게. 얼마면 되겠나?」

「3,000만」

마레스칼은 더 이상 화를 참을 수 없다는 듯 몸을 부르르 떨었다. 라울은 웃으며 그에게 말했다.

「걱정 말게, 로돌프. 난 착한 사람이고 또 자네를 가엾게 여길 줄도 아니까. 자네의 코믹 애정 문학에 대해서는 한 푼도 요구하지 않겠네. 난 돈도 많거든. 몇 달 동안은 아무것도 안 하면서 놀고먹을 수 있을 정도지. 하지만……」

「하지만 뭐?」

「무기를 내려놓게, 마레스칼. 오렐리와 브레작, 그리고 조도와 앙시벨 가족도 건드리지 말게. 그 사람들은 내가 알아서 할 테니까. 사건은 모두 자네 소관이니 경찰 쪽에는 확실한 증거가 없어 사건을 포기했다고 말하게. 이 사건은 미결로 남게 될걸세」

「그럼 편지를 돌려주겠나?」

「아니. 이건 담보물일세. 내가 보관하지. 내가 말한 대로 하지 않으면 이 중에 몇 통을 숨김없이 공개하겠네. 자네나 자네의 여자 친구들에겐 안됐지만 할 수 없지」

마레스칼의 이마에서 땀방울이 뚝뚝 흘러내렸다.

「날 배신하다니……」

「그렇지」

「그래, 맞아. 그녀가 배신한 거야. 얼마 전부터 그녀가 날 감시하는 듯한 느낌이 들었어. 자네가 그녀를 통해 사건을 조종하고 그녀의 남편을 이용해 나한테 접근했겠지」

라울은 즐거운 듯 말했다.

「그래서 뭐 어떻다는 건가? 이건 정정당당한 싸움이었어. 자네가 깨끗하지 못한 방법으로 우릴 괴롭히는데 내가 오렐리를 보호하기 위해 다른 방법을 써야 한다는 법이라도 있나? 그리고 자넨 너무 순진했어, 로돌프. 나 같은 사람이 한 달 동안이나 소리 없이 지낸다는 건 뭔가 일을 꾸미고 자네를 즐겁게 해 주려고 한다는 걸 알았어야지? 자네는 내가 보쿠르에서, 또 몬테카를로에서, 생마리 수녀원에서 어떻게 하는지 잘 봤잖나? 그리고 병과 서류를 어떻게 낚아채는지도 잘 보지 않았느냔 말일세. 그런데도 어째서 적당한 조치를 취하지 않았나?」

라울은 마레스칼의 어깨를 뒤흔들며 말했다.

「자, 마레스칼. 그렇다고 너무 기죽지 말게. 물론 자네는 졌어. 하지만 자네 주머니엔 브레작의 사직서가 있지 않나? 자넨 앞길도 창창하고 브레작의 자리도 자네 차지가 될 게 뻔하니 이제

승승장구할 일만 남았네. 이제 곧 좋은 날들이 올걸세, 마레스칼. 그렇게 생각하게. 단, 한 가지 조건이 있어. 여자들을 멀리하게. 자네의 직업적인 성공을 위해 여자들을 이용하지 말고 또 여자를 꾀기 위해 자네의 지위를 이용하지 말게. 사랑을 하고 싶으면 해. 경찰 일이 맘에 들면 계속하고. 하지만 경찰로서 사랑을 하거나 사랑을 하기 위해 경찰이 되진 말게. 결론으로 한마디만 하지. 길에서 아르센 뤼팽을 만나거든 서둘러 도망치게. 그래야 현명한 경찰관이지. 내가 할 말은 다했네. 어서 명령을 내리게. 그럼 이만」

마레스칼은 간신히 분을 삭였다. 그는 등을 돌려 손으로 수염 끝을 비비꼬고 있었다. 그가 양보할까? 아니면 적에게 덤벼들고 부하들을 불러올까?

라울은 생각했다.

〈머릿속이 엄청 혼란스럽겠군. 불쌍한 로돌프. 몸부림쳐 봐야 아무 소용없네〉

마레스칼은 그렇게 오랫동안 고민하지는 않았다. 그는 약삭빠른 사람이라 지금 저항해 봐야 상황만 더욱 악화될 거라는 사실을 잘 알고 있었다. 따라서 복종하는 수밖에 없다는 사실을 깨닫고 라울의 말대로 따랐다. 마레스칼은 필립을 불러 이야기를 나눴다. 그런 다음 필립은 라봉스와 토니, 그리고 나머지 부하들을 모두 데리고 밖으로 나갔다. 현관문이 열렸다가 다시 닫혔다. 마레스칼이 패한 것이다.

라울은 오렐리에게 다가가 말했다.

「이제 모두 다 해결됐습니다. 떠나는 일만 남았군요. 짐은 아래층에 있죠?」

오렐리는 악몽에서 갓 깨어난 사람처럼 힘없이 중얼거렸다.

「이럴 수가! 이제 교도소에는 가지 않는 거예요? 어떻게 하신 거죠?」

라울이 부드럽게 말했다.

「아! 논리적인 좋은 말로 마레스칼에게 원하던 바를 얻어낸 겁니다. 정말 훌륭한 친구죠. 마레스칼과 악수라도 한번 해 주시죠」

오렐리는 손을 내밀지 않고 똑바로 걸어왔다. 마레스칼은 등을 돌린 채 벽난로에 팔꿈치를 대고 머리를 감싸쥐고 있었다.

그녀는 브레작에게 다가가면서 잠시 망설였다. 하지만 그는 모든 일에 무관심한 듯 이상야릇한 표정을 짓고 있었다.

라울은 문지방에서 걸음을 멈추고 말했다.

「한마디만 더하겠습니다. 마레스칼과 당신 의붓아버지 앞에서 약속하죠. 당신을 평온한 거처로 데려다 주겠습니다. 당신이 그곳에서 머무는 한 달 동안은 한번도 당신을 찾아가지 않겠습니다. 그리고 한 달 후에 당신께 가서 앞으로의 계획이 어떤지 여쭤보겠습니다. 괜찮으시겠습니까?」

오렐리가 대답했다.

「예」

「그럼, 갑시다」

두 사람은 밖으로 나갔다. 계단에 이르렀을 때 라울은 오렐리를 붙들고 말했다.

「이 근처에 제 자동차가 있습니다. 밤새도록 여행을 하실 수 있겠습니까?」

「예. 이제 자유로워진 것만으로도 너무 기쁜걸요! 그리고 그동안 불안했던 것도 모두 떨쳐 버리게 됐으니!」

라울은 밖으로 나가려는 순간 깜짝 놀랐다. 위층에서 총성이 들렸기 때문이다. 하지만 오렐리는 아무 소리도 듣지 못한 것 같았다.

「자동차는 오른쪽에 있습니다. 자, 여기서도 보일 겁니다. 차 안에는 전에 말씀드렸던 부인이 계실 겁니다. 제 어릴 적 유모죠. 그 부인에게 가십시오. 전 위층에 잠깐 올라가 봐야겠습니다. 몇 마디만 나누고 다시 오겠습니다」

오렐리가 멀어지는 사이 라울은 서둘러 올라갔다. 방 안으로 들어가니 브레작이 손에 권총을 쥐고 소파에 거꾸러져 있었다. 브레작은 하인과 마레스칼 곁에서 마지막 숨을 내쉬고 있었다. 그의 입에서 피가 한 움큼 쏟아져 나왔다. 그는 마지막으로 경련을 일으키고 더 이상 움직이지 않았다.

라울이 중얼거렸다.

「짐작했어야 했는데……. 직장도 잃고, 오렐리도 떠났으니……. 가엾은 사람! 죄 값을 치르는군」

그리고 마레스칼에게 말했다.

「하인과 함께 뒷수습을 하게. 전화해서 의사도 부르고……. 절대로 자살했다는 사실이 밝혀져서는 안 돼. 무슨 일이 있어도……. 당분간은 오렐리가 알지 못하도록 해 주게. 사람들한테는 오렐리가 아파서 시골 친구 집에 갔다고 말하게」

마레스칼은 라울의 손목을 잡으며 말했다.

「대답해 봐, 넌 누구야? 뤼팽이 맞지?」

「좋아. 직업적인 호기심이 다시 발동하는 모양이군」

라울은 수사관 앞에 서서 증명사진 찍는 포즈를 취하며 말했다.

「자네 말이 맞네」

그는 서둘러 아래로 내려가 오렐리를 따라갔다. 그녀는 나이 든 여자와 함께 편안한 리무진 좌석 깊숙이 자리를 잡고 앉아 있었다. 라울은 습관적으로 주위를 둘러보고 나서 유모에게 물었다.

「차 주위를 맴돌던 사람들은 없었어요?」

「아무도 없었는데요」

「확실한가요? 약간 뚱뚱한 남자와 팔에 붕대를 감은 남자가 함께 있지 않았어요?」

「맞아요! 이런, 그래요, 있었어요! 도로에서 왔다갔다 하고 있었어요. 하지만 좀 전에 저 아래로 내려갔어요」

라울은 서둘러 달려갔다. 생필립뒤룰 성당 근처에 다다르자 두 남자가 보였다. 한 사람은 팔에 붕대를 감고 있었다.

라울은 뒤에서 두 사람의 어깨를 툭툭 치며 밝은 목소리로 말했다.

「자, 자, 자, 거기 두 사람, 내가 아는 사람 같은데? 잘 지냈나, 조도? 그리고 자네, 기욤 앙시벨 아닌가?」

두 사람이 뒤를 돌아보았다. 조도는 말끔한 정장을 차려입었는데 상반신이 무척 우람하고 얼굴은 화가 난 듯 심술궂은 표정이었다. 그는 별로 놀라지 않는 것 같았다.

「아! 니스에서 봤던 그 녀석! 안 그래도 좀 전에 오렐리와 함께 있던 게 네 녀석인 것 같다고 말했는데……」

라울이 기욤을 보며 말했다.

「그리고 툴루즈에서 봤던 사람이기도 하지」

그리고 라울이 다시 말했다.

「그런데 자네들 거기서 뭘 하고 있었나? 브레작의 집을 감시하고 있었나?」

조도가 건방지게 말했다.

「두 시간 전부터 지켜보고 있었지. 마레스칼이 도착하고 경찰이 들어가고 오렐리가 떠나는 것까지 모두 지켜봤네」

「그래서?」

「그래서 당신도 이 사건에 대해서 알게 됐나 보다 하고 생각했지. 당신이 혼란한 가운데 고기를 낚아서 오렐리를 데리고 빠져나왔을 테고. 브레작은 마레스칼과 싸우고 있겠지. 브레작은 사직할 테고. 아님 체포되거나……」

「브레작은 조금 전에 자살했네」

조도는 소스라치게 놀랐다.

「뭐! 브레작이……. 브레작이 죽었다고!」

라울은 그들을 데리고 성당 뒤편으로 갔다.

「자네들 둘 다 내 말 잘 들어. 이 사건에 더 이상 개입하지 말게. 자네, 조도, 자네는 다스퇴 노인을 죽이고 베이크필드를 죽였어. 또 루보 형제의 죽음도 결국 자네가 몰고 왔지. 자네와 자네 친구들, 동업자, 공범자들을 말이야. 자네를 마레스칼에게 데려다 줄까? 그리고 기욤, 자네가 알아야 할 일이 있어. 자네 어머니가 큰 돈을 받고 내게 비밀을 알려 줬네. 자네가 다치지 않는 조건으로. 하지만 내가 약속한 건 과거의 일에 대해서뿐이야. 그러니 또다시 약속을 어기면 다른 쪽 팔도 부러뜨린 다음, 마레스칼에게 데려다 줄 테니 그런 줄 알아」

기욤은 어리둥절한 표정으로 라울의 말에 수긍하는 눈치였다. 하지만 조도가 반발하며 말했다.

「그러니까 당신이 그 보물을 차지하겠다? 이제야 확실해지는구먼」

라울은 어깨를 으쓱하며 말했다.

「그러니까 자네는 보물이 있다고 믿나, 친구?」

「당신이 믿는 것처럼 나도 믿고 있지. 난 그 보물을 찾기 위해 20년간 애써 왔어. 그리고 당신이 내게서 그 보물을 빼앗기 위해 꾸민 방해 공작 때문에 충분히 골탕 먹었어」

「자네한테서 보물을 빼앗는다고! 자네는 그보다 먼저 보물이 어디 있는지, 그 보물이란 게 어떤 것인지부터 알아야 할걸」

「난 아무것도 몰라. 당신도 마찬가지고, 브레작도. 하지만 그 여자는 알고 있지. 그래서……」

라울이 웃으며 말했다.

「나눠 갖고 싶나?」

「소용없어. 나 혼자서 전부 차지할 테니까. 전부! 날 방해하는 자가 있다면 안됐지만……. 난 당신이 생각하는 것보다 훨씬 더 유리한 입장에 서 있어. 그럼 잘 가게. 분명히 경고했네」

라울은 그들이 멀어져 가는 모습을 지켜보았다. 사건이 생각과는 다르게 흘러가고 있었다. 저승사자는 저런 불쾌한 녀석은 안 잡아가고 뭘 하는 걸까?

「그래! 400킬로미터나 달리고 싶거든 자동차를 따라와 보시지. 작은 기차라도 하나 빌려 줄까……!」

그 다음날 정오, 오렐리는 햇빛이 밝게 비추는 방 안에서 눈을 떴다. 창 밖으로 내다보니 정원과 목장, 그리고 거무스름하고 장중한 클레르몽페랑 성당이 보였다. 이 요양원은 기숙사를 개조한 곳으로 고지대에 위치해 있어 인적이 드물기 때문에 피난처로, 또 건강을 회복하기 위한 안식처로 알맞은 곳이었다.

그녀는 그곳에서 몇 주 동안 편안하게 보냈다. 라울의 유모를 제외하고는 아무에게도 말을 하지 않았고 공원을 산책하며 몇 시간 동안 공상에 잠기기도 했다. 또 조용히 마을이나 퓌드돔 산을 바라보며 묵묵히 앉아 있기도 했다. 루아야 언덕은 퓌드돔 산에서 가장 앞쪽에 보이는 지맥이었다.

라울은 단 한번도 그녀를 보러 오지 않았다. 그의 유모는 오렐리의 방에 꽃과 과일, 책과 잡지들을 놓고 가곤 했다.

라울은 오솔길 너머 포도나무가 군데군데 심어져 있는 언덕 뒤에 숨어 있었다. 그는 그녀를 바라보며 날로 커 가는 자신의 열정을 혼잣말로 쏟아 냈다.

라울은 오렐리의 몸짓과 가벼운 발걸음을 보며 그녀 안에서 다시 생명력이 솟아나고 있음을 알 수 있었다. 마치 말라 가던 샘에 신선한 물이 다시 채워지고 있는 것 같았다. 끔찍했던 시간들과 상처받은 얼굴, 시체와 범죄의 기억들을 어둠과 망각이 뒤덮고 있었다. 이제는 조용하지만 진지하게, 부지불식 간에 행복이 꽃피어 과거와 미래로부터 그녀를 보호해 주고 있었다.

라울이 중얼거렸다.

「당신은 행복하군요, 초록 눈의 아가씨. 행복이란 감정은 현재를 살 수 있게 해 주는 힘입니다. 고통은 나쁜 기억을 떠올려 주고 거짓 희망을 가지게 하지만 행복은 일상생활의 작은 사건들과 어우러져 기쁨과 평안을 가져다 줍니다. 그래서 당신은 행복한 겁니다, 오렐리. 꽃을 따거나 긴 의자에 몸을 눕힐 때 당신의 얼굴에 만족스러운 표정이 보이니까요」

20일째 되는 날, 라울은 그녀에게 편지를 보내 다음 주 아침 일찍 소풍을 가자고 제안했다. 그는 오렐리에게 중요한 할 말이 있다고 했다.

그녀는 망설이지 않고 라울의 제안을 수락했다.

약속한 날 아침, 그녀는 좁은 자갈길을 지나 큰길 쪽으로 나갔다. 그곳에서 라울이 그녀를 기다리고 있었다. 오렐리는 라울을 보자 걸음을 멈췄다. 그녀는 갑자기 혼란스럽고 불안해졌다. 중요한 순간에 갑자기 어디로 가야 할지, 주변 상황에 따라 어디로 끌려갈지 몰라 자문하는 사람 같았다. 라울은 그녀에게 다가가 아무 말도 하지 말라고 손짓을 했다. 말을 해야 할 사람은 바로 라울이었다.

「당신이 꼭 올 거라고 믿었습니다. 비극적인 사건은 아직 끝나지 않았고, 몇 가지 해결책도 여전히 찾지 못한 상태입니다. 그러니 당신도 우리가 반드시 다시 만나야 한다는 사실을 알고 있었겠죠. 어떤 해결책이냐고요? 당신에게는 별로 중요하지 않겠죠, 안 그렇습니까? 당신은 제게 모든 일을 해결하고 정리하고 해답을 찾고 행동하는 일까지 일임해 주었습니다. 당신은 제 말대로 따르기만 하면 됩니다. 무슨 일이 일어나든 제 손을 잡고 저만 따라오세요. 더 이상은 겁먹지 않아도 됩니다. 당신을 괴롭히던 지옥에서나 볼 수 있는 끔찍한 장면을 보여 주는 두려움은 이제 없습니다. 안 그렇습니까? 당신은 사건이 일어나기 전에 미리 웃게 될 것이고 친구를 맞이하듯 그 사건들을 받아들이게 될 겁니다」

라울은 오렐리에게 손을 내밀었다. 그녀는 라울이 자기 손을 잡도록 내버려두었다. 그녀는 말을 하고 싶었는지도 모른다. 고맙다는 말을. 그리고 그를 믿고 있다는 말도……. 하지만 그녀는 그런 말이 필요치 않다는 사실까지 깨달은 모양이었다. 결국엔 입을 다물었으니까. 그들은 길을 떠났고 온천 지역을 지나 오래

된 루아야 마을로 들어섰다.

성당 시계는 8시 30분을 가리키고 있었다. 8월 15일 토요일이었다. 광활한 하늘 아래 산맥이 쭉 뻗어 있었다.

그들은 아무 말도 하지 않았다. 하지만 라울은 계속해서 마음속으로 부드럽게 말하고 있었다.

「이제 제가 싫지 않으시죠, 초록 눈의 아가씨? 처음 만났을 때의 일은 모두 잊으셨죠? 전 당신을 무척 존경합니다. 그래서 저도 더 이상은 그 기억을 떠올리고 싶지 않습니다. 자, 웃으십시오. 당신은 이제 저를 생각하는 데 익숙해졌으니까요. 이제 웃으십시오」

오렐리는 웃지 않았다. 하지만 라울은 그녀가 더욱더 친숙하고 가깝게 느껴졌다.

자동차가 달린 시간은 한 시간이 채 안 됐다. 그들은 퓌드돔 산을 빙 둘러 매우 좁은 길로 들어섰다.

그 길은 남쪽으로 향하고 있었는데 초록색 계곡과 어두운 숲 사이로 구불구불한 오르막길과 내리막길이 반복해서 나타났다.

그리고 길이 다시 좁아져 황무지를 가로지른 뒤에 다시 가파르게 이어졌다. 그 길에는 거대한 용암 자국이 불규칙하게 여기저기 남아 있었다.

라울이 말했다.

「고대 로마 시대의 도로입니다. 이곳은 예전에는 프랑스 영토가 아니었죠. 카이사르가 만든 도로 등 예전의 흔적들이 남아 있습니다」

오렐리는 아무 대답이 없었다. 그녀는 갑자기 생각에 잠겨 멍하니 있었다.

고대 로마의 도로는 무척 좁고 험한 길이었다. 길을 올라가기가 무척 힘이 들었다. 거의 폐허가 된 마을이 나타났고 그 입구에 작은 푯말이 세워져 있었다. 푯말에는 〈쥐뱅〉이라고 씌어 있었다. 숲을 지나자 갑자기 평야가 펼쳐졌다. 초록색 평야는 매우 아름다웠다. 그곳을 지나자 다시 두꺼운 덤불 숲 사이로 가파르면서 곧게 뻗어 있는 로마 시대의 도로가 나타났다. 그들은 길 입구에 멈춰 섰다. 오렐리는 점점 더 뭔가를 골똘히 생각하는 것 같았다. 라울은 그녀를 계속해서 열정적인 시선으로 바라보았다.

포석으로 쌓아 놓은 계단을 올라가자 둥그런 띠처럼 만들어진 넓은 땅이 나타났다. 그곳에는 온갖 싱싱한 식물이 자라고 있었

238

고, 잔디도 깔려 있었으며 건축용 석재로 쌓은 높은 벽이 둘러쳐져 있었다. 그런데 갖은 악천후에도 시멘트는 전혀 변질된 흔적이 없었다. 벽은 저 멀리까지 양쪽으로 이어졌다. 벽 가운데에는 커다란 문 하나가 나 있었다. 라울은 문 열쇠를 가지고 있었다. 그가 문을 열었다. 문 안쪽 길도 계속해서 오르막길이었다. 거의 꼭대기에 다다르자 얼음처럼 응고된 것처럼 보이는 호수가 나타났다. 호수 주위를 규칙적인 크기의 바위가 화관처럼 둘러싸고 있었다.

오렐리는 처음으로 그에게 질문을 던졌다. 그녀의 말을 들으니 계속해서 무슨 생각을 하고 있었는지 알아차릴 수 있었다.

「절 여기로 데려오신 이유가 있나요? 아니면 우연히 이곳으로 오게 된 건가요?」

라울은 말을 돌렸다.

「정말로 적막한 광경이군요. 하지만 그건 울퉁불퉁한 바위 때문일 겁니다. 야생의 우울한 분위기가 느껴지죠. 이곳으로 관광을 오는 사람들은 없습니다. 하지만 보시다시피 배를 타기는 하나 봅니다」

라울은 오렐리를 데리고 말뚝에 낡은 배가 매여 있는 곳으로 갔다. 그녀는 아무 말 없이 배에 자리를 잡고 앉았다. 노 끝에서 물방울이 반짝이고 있었는데 수은처럼 무거운 느낌이 들었다. 배가 마치 금속 파도를 뚫고 나아가는 것 같아 신기했다. 오렐리는 손을 물에 담갔다가 재빨리 빼냈다. 물이 너무 차가워 불쾌한 기분이 들었기 때문이다.

그녀가 한숨을 내쉬며 말했다.

「아!」

「왜요? 왜 그러십니까?」

「아무것도……. 아니, 잘 모르겠어요……」

「불안하신가 보군요. 아니면 너무 감동해서……」

「감동이요? 그래요. 마음속에서 뭔가가……. 놀랍기도 하고, 당황스럽기도 하고……. 마치……」

「마치?」

「뭐라고 말해야 할지 모르겠어요. 제가 마치 다른 사람이 된 것 같은 기분이에요. 제 옆에 있는 사람도 당신이 아닌 것 같아요. 이해할 수 있으시겠어요?」

라울이 웃으며 대답했다.

「이해가 갑니다」

오렐리가 중얼거렸다.

「제게 설명하려고 하지 마세요. 고통스럽긴 하지만 세상 어디에서도 이런 기분은 느껴 본 적 없어요」

절벽이 고대 로마의 원형 경기장처럼 빙 둘러쳐져 있었고 절벽 꼭대기에는 사이사이로 커다란 성벽이 보였다. 성벽은 반경이 500~600미터는 족히 될 것 같았다. 절벽 사이로 깊고 좁은 수로가 시작되고 있었는데 양쪽에 높은 절벽이 있어서 햇볕은 들어오지 않았다. 그들은 수로로 들어갔다. 그곳에 있는 바위는 더 검고 침침해 보였다. 오렐리는 어안이 벙벙한 표정으로 바위들이 만들어 내는 신기한 형상을 바라보고 있었다. 몸을 웅크리고 있는 사자, 거대한 벽난로, 커다란 동상, 거대한 석루조(보통 성당 같은 건물 위에 용이나 악마처럼 추한 형상을 하고 있는 조각상―옮긴이)…….

그리고 이 신기한 수로를 절반 정도 지나왔을 때 갑자기 멀리서 웅장한 소리가 들려왔다. 한 시간 전에 떠나왔던 지역에서 들려오는 소리였다.

그 소리는 바로 교회의 종소리였다. 가벼운 종소리, 무거운 청동의 노래 소리, 경쾌하고 즐거운 종소리, 성당의 거대한 종소리가 어우러져 만들어 내는 찬송가의 울림이었다.

오렐리는 아연실색했다. 그녀도 자신이 그토록 흥분하고 있는 이유를 알고 있었다. 과거의 소리…… 잊지 않으려고 갖은 애를 썼던 과거의 신비한 소리가 그녀의 몸속에서, 귓가에서 울려 퍼지고 있었다. 종소리는 과거 화산 폭발 때 흘러나온 용암이 그대로 남아 있는 화강암 성벽에 부딪혔다. 그런 다음 이 바위에서 저 바위로 옮겨가고 석루조에 부딪혀 무거운 물 표면으로 미끄러져 들어갔다. 종소리는 또다시 파란 하늘까지 올라갔다가 거품처럼 깊은 심연으로 뚝 떨어지고, 밝은 태양 빛이 반짝이는 협로의 입구 쪽으로 메아리를 울리며 사라졌다.

오렐리는 과거의 기억이 떠올라 어안이 벙벙하면서도 가슴이 벅차올랐다. 그녀는 수없이 밀려드는 감정에 굴복하지 않으려고 애쓰면서 몸을 꼿꼿이 세우고 있었다. 하지만 더 이상은 버틸 수가 없었다. 과거의 기억이 나뭇가지를 부러뜨리듯 그녀를 무너뜨리고 있었다. 그녀는 몸을 숙이고 흐느껴 울면서 작은 소리로 말했다.

「세상에! 이런 세상에, 도대체 당신은 누구죠?」

오렐리는 이 놀라운 기적을 어떻게 받아들여야 할지 몰랐다. 어린 시절부터 아무에게도 비밀을 누설하지 않았는데, 추억 속의 보물을 잊지 않기 위해 얼마나 노력했는데, 어머니의 말씀대로 사랑하는 사람에게만 비밀을 밝히겠다고 맹세했는데……. 자신의 마음속까지 읽어 내는 이 남자 앞에서 그녀는 너무나 약해지고 있었다.

「제가 잘못 짚은 건 아닙니까? 이곳이 맞습니까?」

「이곳이 맞아요. 여기까지 오는 동안에도 전에 보았던 장면들이 떠올랐어요. 길, 나무, 양쪽 덤불숲 사이에 난 포석 박힌 오르막 길…… 그리고 이 호수, 바위, 이 물의 색깔과 차가운 느낌까지……. 특히 저 종소리……. 아! 예전에 본 것과 똑같아요. 저 종소리가 전에 어머니와 할아버지, 그리고 어릴 적 제가 함께 왔던 바로 그곳으로 우릴 부른 거예요. 오늘처럼 그날도 우린 어둠 속을 나와 반대편 호수로 들어갔어요. 햇빛이 가득 비치던……」

오렐리는 고개를 들었다. 수로 반대편에 있는 호수는 좀더 작았지만 훨씬 더 웅장해 보였다. 호수 주위의 절벽도 더 가팔랐고 좀더 야생적이고 공격적인 자연 그대로의 모습을 간직하고 있었다.

하나씩 기억이 떠올랐다. 오렐리는 친구에게 고백을 들려주듯 떠오르는 기억들을 천천히 라울에게 설명했다. 그녀는 아무 걱정 없이 행복했던 어린 시절, 지금 눈물을 머금고 응시하고 있는 이 광경을 바라보며 그 형태와 색깔에 감탄했던 이야기를 들려주었다.

라울이 말했다.

「당신의 인생 속으로 여행을 하고 있는 것 같아 감정이 복받쳐 오릅니다. 또 당신이 그날 보았던 그 광경을 그대로 바라보고, 무엇보다 당신이 기억을 되찾게 되어 정말 기쁩니다」

「어머니는 지금 당신 자리에 앉아 계셨어요. 할아버지는 당신 앞쪽에 앉아 계셨죠. 전 어머니 손을 꼭 쥐고 있었어요. 저기, 홀로 서 있는 나무요, 그때도 저 갈라진 틈이 있었어요……. 바위를 타고 내려오는 햇빛을 받아 생겨난 저 커다란 얼룩도요. 모든 게 마치 조금 전에 있었던 일 같아요. 여기가 호수 끝이에요. 이 호수는 기다랗게 초승달처럼 구부러진 모양이에요. 그 끝에 작은 모래사장이 하나 있어요. 자, 여기예요. 그리고 왼쪽에는 절벽에서 흘러나오는 폭포가 있죠. 오른쪽에 또 다른 폭포가 있고요. 모래사장이 보이실 거예요. 모래가 운석처럼 반짝여요. 그리고 동굴이 있죠. 그래요, 확실해요. 저 동굴 입구에……」

「저 동굴 말입니까?」

「저기서 어떤 남자가 우릴 기다리고 있었어요. 회색 수염을 길게 기른 이상한 모습의 남자가요. 밤색 모직 작업복을 입고 있었죠. 그 남자가 여기 서 있었는데 키가 무척 컸어요. 그 사람을 다시 만날 수는 없겠죠?」

「다시 볼 수 있을 겁니다. 그런데 이상하군요. 정오에 약속이 되어 있는데요. 벌써 정오가 다 되어 가는데……」

차오르는 물

　　그들은 작은 호숫가에 배를 정박했다. 호숫가에 있는 모래는 햇볕을 받아 운석처럼 반짝였다. 왼쪽과 오른쪽 절벽이 한데 만나면서 뾰족한 각을 형성했는데 그 안쪽으로는 작게 파인 공간이 있었다. 그곳을 청회색 포석이 지붕처럼 덮고 있어 동굴처럼 안전지대를 형성하고 있었다.

　　지붕 아래에는 작은 탁자가 있고 그 위에는 냅킨과 접시, 치즈와 과일이 올려져 있었다.

　　접시 위에는 명함이 한 장 놓여 있었는데 글씨가 적혀 있었다.

　　「다스퇴의 친구인 탈랑세 후작이 오렐리, 당신을 환영합니다. 당신께 이곳을 소개할 시간이 겨우 하루뿐이라니 정말 유감입니다」

　　오렐리가 말했다.

　　「그럼 그분은 제가 오길 기다리고 있었다는 말씀인가요?」

　　「그렇습니다. 나흘 전에 그분과 오랫동안 대화를 나눴습니다.

그리고 당신을 오늘 정오에 이곳으로 데리고 오겠다고 약속했죠」

그녀는 주위를 둘러보았다. 동굴 안쪽 벽에는 그림을 그리는 작업대가 기대서 있고 그 위에는 선반이 놓여 있었다. 선반 위에는 캔버스 틀과 주형, 물감 통이 어지럽게 널려 있었다. 동굴 구석에는 그물 침대가 걸려 있었다. 맨 안쪽에는 커다란 돌 두 개가 아궁이처럼 맞닿아 세워져 있었는데 벽이 검게 그을어 있었다. 또 아궁이에서부터 바위틈 사이로 파이프가 이어져 밖으로 연결되어 있는 모습을 보니 그곳에서 불을 피우는 모양이었다.

오렐리가 물었다.

「그분이 저기 사시나요?」

「특히 요즘 같은 계절에는 이곳에 머무르곤 하십니다. 다른 때는 제가 발견한 쥐뱅 마을에서 살고 계시죠. 하지만 이곳에는 매일 들르십니다. 돌아가신 당신 할아버지처럼 탈랑세 후작도 좀 괴짜 노인이시죠. 교양도 많이 쌓으신 분이고, 그다지 내세울 만한 솜씨는 아니지만 그림도 그리시죠. 예술적인 재능이 뛰어나신 분입니다. 그분은 은자처럼 혼자서 살고 계세요. 사냥도 하고 나무를 혼자 베어 나르고 목동들을 감시하기도 하죠. 또 두 개의 원 모양으로 생긴 이 지역에서 가난한 사람들을 먹여 살리기도 하십니다. 그분은 15년간이나 당신을 기다려 왔습니다」

「제가 성인이 되길 기다리셨겠죠」

「맞습니다. 자신의 친구인 다스퇴 할아버지와 한 약속 때문이었죠. 전 그 부분에 관해 질문을 드렸습니다. 하지만 그분은 당신하고만 말씀을 하겠다고 하시더군요. 그래서 그분께 당신이 살아온 인생과 지난 몇 달간 당신이 겪었던 일에 대해 상세히 말씀드렸습니다. 그리고 당신을 데리고 오겠다고 약속하자 이 영지의 열쇠를 주셨습니다. 당신을 다시 보게 된다고 얼마나 기뻐하셨는지 모릅니다」

「그런데 왜 아직 안 오시죠?」

별로 중요한 점은 아니었지만 라울은 조금씩 탈랑세 후작이 오지 않는 사실이 걱정되었다. 하지만 오렐리까지 걱정하게 만들고 싶지는 않았다. 라울은 조금 특별한 상황에서 그녀와 특별한 첫 식사를 했다. 그는 식사 도중 갖은 재치를 동원해서 계속해서 말을 걸었다.

그러면서도 라울은 너무 애정이 담긴 표현을 해서 분위기를 차갑게 만들지 않으려고 애썼다. 그는 오렐리가 그의 곁에서 안정감을 느끼고 있다는 사실을 알 수 있었다. 처음에는 자신으로부터 도망치려 했지만 이제는 자신이 적이 아니라 그녀에게 좋은 것만 해 주려는 친구라는 사실을 깨달은 모양이었다. 벌써 몇 번이나 자신의 손으로 그녀를 구해 주었단 말인가! 오렐리 자신도 그를 믿고 있다는 사실을 깨닫고 얼마나 놀랐단 말인가! 그녀는 자신의 삶을 누군지도 모르는 남자가 좌우하고 또 그의 의지에 따라 자신의 행복이 가꿔지고 있다는 사실을 깨닫고 얼마나 놀랐단 말인가!

오렐리가 중얼거렸다.

「감사하다는 말씀을 드리고 싶었어요. 하지만 어떻게 말해야 할지……. 아무리 노력해도 당신에게 진 빚을 다 갚을 수는 없을 거예요」

「웃으세요, 초록 눈의 아가씨. 그리고 절 보십시오」

오렐리는 웃으며 라울을 바라보았다.

「이제 다 갚은 겁니다」

2시 45분이 되자 다시 종소리가 울려 퍼지기 시작했다. 성당의 큰 종소리는 절벽 끝까지 메아리쳐 울렸다.

라울이 설명했다.

「이 현상은 논리적으로 설명할 수 있습니다. 이 지역에서는 잘 알려진 일이죠. 바람이 북동쪽, 그러니까 클레르몽페랑 쪽에서 불어오면 이곳의 자연적인 지형 때문에 커다란 기류가 생겨납니다. 그래서 산 위 성벽 사이의 하나밖에 없는 길을 따라 모든 소리가 한꺼번에 올라오는 겁니다. 그렇게 해서 호수 표면까지 이르게 되죠. 그렇게 될 수밖에 없고 또 수학적으로도 꼭 들어맞는 현상입니다. 클레르몽페랑의 모든 교회에서 울리는 종소리와 성당의 큰 종소리는 이곳에서 울려 퍼질 수밖에 없습니다. 지금처럼……」

오렐리는 고개를 저으며 말했다.

「아니에요. 그렇지 않아요. 당신 설명만으로는 부족해요」

「그럼 다른 뭔가가 더 있습니까?」

「그럼요」

「그게 뭐죠?」

「당신이 절 이곳으로 데려왔고 이 종소리가 제 기억을 되살아나게 했어요」

「그럼 제가 다 만들어 낸 일이라는 말입니까?」

오렐리는 확신에 차서 말했다.

「당신은 뭐든지 할 수 있으니까요」

라울이 농담을 던졌다.

「그리고 전 뭐든지 볼 수 있죠. 15년 전, 당신은 이곳에서 잠이 들었습니다」

「무슨 뜻이죠?」

「당신의 눈은 졸려서 무겁게 감겼습니다. 그리고 15년 전 당신의 삶이 이제 다시 시작되는 겁니다」

오렐리는 정말 졸리기라도 한 듯이 라울의 말에 따라 그물 침대에 누웠다.

라울은 잠시 동굴 입구 쪽을 바라보았다. 시계를 보자 짜증이 났다. 3시 15분……. 탈랑세 후작의 모습은 보이지 않았다.

그는 화가 나서 생각했다.

〈그게 뭐! 그게 뭐 어쨌다는 거지! 그렇게 중요한 일도 아닌 걸, 뭐〉

하지만 그건 중요한 일이었다. 라울도 그 사실을 알고 있었다. 사소한 일 하나까지도 중요한 경우도 있는 법이다.

라울은 다시 동굴로 들어가 잠들어 있는 오렐리를 바라보았다. 그녀는 그를 믿는다는 사실을 보여 줌으로써 그에게 감사 표시를 하려는 것처럼 자신을 그의 보호 아래 맡기고 편안히 잠들어 있었다. 하지만 라울은 마음이 편치 않았다. 점점 더 불안해졌다.

라울은 작은 모래사장을 가로질러 가서 작은 배가 정박해 있음을 확인했다. 뱃머리는 모래사장 쪽을 향하고 있었다. 배는 제방에서 이삼 미터 떨어진 곳에서 물결에 출렁이고 있었다. 그는 장대를 이용해 배를 잡아끌었다. 그런데 호수를 건너올 때 배 바닥에 몇 센티미터 가량 차 있던 물이 삼사십 센티미터나 들어차 있었다.

라울은 다시 제방 쪽으로 갔다.

「젠장. 배가 뒤집히지 않은 게 천만다행이었군」

정상적으로 배에 물이 들어온 게 아니었다. 판자는 완전히 썩어 있었고 배에는 고작 네 군데 못질이 되어 있을 뿐이었다.

누가 한 짓일까? 라울은 우선 탈랑세 후작에 대해 생각해 보았다. 하지만 그 노인이 무슨 목적으로 이런 짓을 한다는 말인가? 다스퇴 노인의 친구가 무엇 때문에 오렐리를 만날 시간을 얼마 앞두고 이런 문제를 일으킨다는 말인가?

그렇다면 한 가지 문제를 제기할 수 있다. 탈랑세 후작이 배를 탈 수 없었다면 어디를 통해서 동굴까지 들어왔을까? 어떤 길을 통해서 밖으로 나갔을까? 물론 양쪽에 절벽이 있어 길이 제한되어 있기는 하지만 이 모래사장에서 육로로 가는 길이 있다는 말일까?

라울은 길을 찾아보았다. 왼쪽에는 출구로 이용할 만한 길이 전혀 없었다. 물이 솟아오르는 샘이 두 곳이나 있고 화강암 때문에 길이 막혀 있기 때문이다. 하지만 오른쪽에는 절벽과 호수가 만나는 지점 바로 전에 모래사장이 형성되어 있는데 바위틈으로 스무 칸 정도 되는 계단이 보였다. 그곳에서부터 성벽 옆면까지 오솔길이 나 있었는데 길이라기보다는 자연적으로 생겨난 돌출부 같았다. 그 길은 너무 좁아서 돌이 울퉁불퉁하게 튀어나온 부분에 몸을 바짝 기대야만 했다.

라울은 그 길을 따라 위로 올라갔다. 매번 걸음을 옮길 때마다 절벽 아래로 떨어지지 않도록 바위틈을 꼭 잡고 올라가야 했다. 그렇게 해서 어렵게 위쪽에 있는 평지에 다다랐다. 그곳에서 보니 오솔길은 호수를 빙 돌아 협로 쪽으로 향하고 있었다. 주위에는 초목이 펼쳐지고 중간중간 바위가 울퉁불퉁 솟아 있었다. 목동 두 명이 가축을 몰아 넓은 영지를 에워싼 성벽 쪽으로 멀어져 가고 있었다. 키가 큰 탈랑세 후작의 모습은 어디에도 보이지 않았다.

라울은 한 시간가량 둘러보고 나서 다시 동굴로 돌아왔다. 그런데 절벽 아래쪽에 다다르고 보니, 그동안 물이 차올라 첫 번째 계단까지 물에 잠겨 있었다. 그는 계단을 뛰어넘었다.

라울이 걱정스럽게 말했다.

「이상한데」

오렐리가 소리를 들은 모양이었다. 그녀는 그를 향해 달려오다가 깜짝 놀라 걸음을 멈췄다.

라울이 물었다.

「무슨 일입니까?」

「물이⋯⋯. 수위가 높아졌어요! 오후에는 더 낮았잖아요, 그렇죠? 확실해요⋯⋯」

「그렇군요」

「어떻게 된 일일까요?」

「종소리가 울려 퍼지는 것처럼 자연스러운 현상입니다」

라울은 농담을 하려고 애쓰며 말했다.

「아시다시피 호수에도 바다처럼 밀물과 썰물이 있죠」

「언제쯤 멈출까요?」

「한두 시간쯤 후에」

「그럼 동굴이 반은 차겠군요」

「그렇습니다. 가끔씩은 동굴이 물에 잠겼을 겁니다. 저 화강암에 검은 자국이 있는 곳까지 물이 차 올라왔던 것 같아요」

라울의 목소리가 조금 작아졌다. 동굴 절반 높이에 해당하는 검은 자국 말고도 천장 가까이 또 다른 자국이 보였다. 무슨 의미일까? 물이 동굴 천장까지 차던 때가 있었다는 말인가? 하지만 무슨 이상한 현상이 있었기에, 어떤 비정상적인 천재지변이 있었기에 이런 일이 가능했던 걸까?

그는 잔뜩 긴장해서 생각했다.

「아니, 아니야. 그런 식의 추론은 말도 안 돼. 천재지변이라니? 그런 일은 1000년에 한번이나 일어날까말까 한 일이야. 조류 현상 때문에? 그것도 믿을 수 없어. 환상일 뿐이야. 우연히 일어난 일일 수밖에 없어. 그냥 우연히 일어난 일 때문에……」

그래. 하지만 도대체 어떤 일이 일어나서 이런 현상이 생겼다는 말인가?

라울은 계속해서 생각했다. 그는 탈랑세가 아무 말 없이 나타나지 않는 이유에 대해서도 생각했다. 그리고 그가 나타나지 않는 이유와 이들 주위에 도사리고 있는 위험 사이에 무슨 관계가 있을까 생각해 보았다. 그리고 부서진 배에 대해서도 생각했다.

오렐리가 물었다.

「무슨 일이에요? 멍하니 생각에 잠겨 있잖아요」

「그래요. 우리가 이곳에서 시간을 낭비하고 있었다는 생각이 드는군요. 당신 할아버지의 친구 분께서 오시지 않으니 우리가 가 봅시다. 쥐뱅 마을에 있는 그분의 집으로 가서 얘기하면 될 겁니다」

「하지만 어떻게 가죠? 배도 더 이상 쓸 수가 없잖아요」

「오른쪽에 길이 하나 있습니다. 여자들이 가기에는 좀 힘들겠지만 어쨌든 그리로 갈 수는 있습니다. 단지 제 도움을 좀 받으셔야겠습니다. 제가 당신을 안고 가야 하니까요」

「저 스스로 걸어가면 안 되나요?」

「뭐 하러 물을 묻히시려고요? 저 혼자만 물에 들어가면 됩니다」

라울은 아무 생각 없이 이렇게 제안했다. 하지만 그녀의 얼굴이 곧 붉어졌다. 보쿠르에서처럼 그의 팔에 안긴다고 생각하니 참을 수 없는 모양이었다.

그들은 둘 다 당황해서 입을 다물고 말았다.

오렐리는 호숫가로 다가가서 물에 손을 담그고 말했다.

「아니……. 안 돼요. 이렇게 차가운데 전 견딜 수 없을 거예요. 전 할 수 없어요」

오렐리는 라울을 따라 다시 동굴 안으로 들어왔다. 15분이 흘렀다. 라울에게는 그 시간이 무척 길게 느껴졌다.

「제발, 함께 갑시다. 상황이 점점 더 위험해지고 있습니다」

오렐리는 그의 말을 따르기로 했다. 이들은 함께 동굴을 나섰다. 하지만 그녀가 라울의 목을 붙잡은 순간, 무언가 이들 옆으로 스쳐가는 것 같더니 돌 하나가 튀어올랐다. 멀리서 총성이 들렸다.

라울은 서둘러 오렐리를 바닥에 엎드리게 했다. 두 번째 총알에 바위 모퉁이가 떨어져 나갔다. 그는 단번에 오렐리를 들어올려 동굴 안쪽으로 밀어 넣었다. 그러고는 공격을 할 것처럼 밖으로 달려가려고 했다.

「라울! 라울! 안 돼요……. 당신을 죽일 거예요……」

라울은 오렐리를 붙잡아 다시 안쪽으로 밀어붙였다. 하지만 이번에는 오렐리도 그를 놓지 않았다. 그녀는 라울에게 매달려 그의 발걸음을 멈춰 세웠다.

「제발, 가지 마세요……」

「안 됩니다. 그러면 안 돼요. 빨리 행동을 시작해야 합니다」

「싫어요……. 전 싫어요……」

오렐리는 떨리는 손으로 라울을 꼭 붙들고 있었다. 조금 전에는 그의 팔에 안겨 밖으로 나가는 것조차 겁내던 그녀가 지금은 있는 힘을 다해 그를 붙잡고 있었다.

라울이 부드럽게 말했다.

「겁내지 마십시오」

오렐리가 낮은 소리로 말했다.

「전 아무것도 겁나지 않아요. 하지만 우린 이곳에서 함께 있어야 해요……. 우린 같은 위험에 처해 있어요. 그러니 떨어져 있으면 안 된다고요」

라울이 약속했다.

「당신을 떠나지 않겠습니다. 당신 말이 맞습니다」

그는 머리만 동굴 밖으로 내놓고 수평선 쪽을 관찰했다.

세 번째 총알이 동굴 위에 있는 포석에 구멍을 냈다.

이제 그들은 포위당해 꼼짝달싹할 수 없는 처지였다. 사격수 두 명이 장총을 들고 그들이 밖으로 나가지 못하도록 감시하고 있었다. 라울은 멀리서 솟아오른 작은 연기를 보고 사격수들의 위치를 알아냈다. 두 사격수는 그렇게 멀리 떨어져 있지 않았다. 그들은 호수 오른쪽, 산속의 오솔길 위쪽에 있었다. 그러니까 동굴에서부터 약 250미터 정도 떨어진 거리였다. 그 위치에서라면 호수 전체는 물론이고 해변 구석까지 사정거리에 들어올 것이고, 거의 동굴 안쪽까지 총알을 발사할 수 있었다. 실제로 동굴은 완전히 개방된 것이나 다름없었다. 안전한 곳이라고는 지금 이들이 웅크리고 있는 동굴 오른쪽에 움푹 파인 공간과 지붕 아래 포개어져 있는 두 개의 아궁이 돌 위밖에 없었다.

라울은 웃으려고 갖은 애를 썼다.

「재밌군요」

라울이 갑자기 즐거워하자 오렐리는 감정을 자제하는 것 같았다. 그가 다시 말했다.

「우린 이곳에 갇혔습니다. 조금만 움직여도 총알이 날아오고 연기가 피어오를 겁니다. 그러니 우린 이 쥐구멍에서 꼼짝도 하지 말고 숨어 있어야 합니다. 누군가 계획적으로 꾸민 일입니다」

「누가요?」

「처음엔 그 후작이 아닐까 하고 생각했습니다. 하지만 그분은 아닙니다. 그분일 리가 없죠……」

「그럼 그분은 어떻게 된 걸까요?」

「감금되어 있을 겁니다. 우리를 가로막고 있는 저자들이 풀어 놓은 덫에 걸려든 겁니다」

「그게 누구죠?」

「일말의 동정심도 기대할 수 없는 끔찍한 두 적, 조도와 기욤 앙시벨입니다」

라울은 오렐리가 적들을 너무 두려워하지 않도록 솔직하게 말했다. 소리 없이 차오르고 있는 물에 비하면 조도나 기욤의 이름, 날아오는 총알 따윈 아무 걱정도 되지 않았다. 물이 차오르는 것도 두 강도의 짓이 분명했다.

「하지만 왜 그런 음모를 꾸미는 거죠?」

라울은 오렐리에게보다도 스스로에게 그럴듯한 설명을 하고 싶었다.

「보물 때문입니다. 전 마레스칼을 꼼짝 못하게 만들었습니다. 하지만 언젠가는 조도와 기욤도 그렇게 만들어야 할지 모릅니다. 그자들이 선수를 친 거죠. 어떻게 했는지는 모르겠지만 제 계획을 알아내서 당신 할아버지의 친구 분을 공격하고 감금해 둔 겁니다. 그분이 당신에게 보여 주려고 했던 서류와 문서들을 빼앗고 오늘 아침부터 준비를 하고 있었습니다.

우리가 오솔길을 지나올 때 총을 쏘지 않은 이유는 주위에 목동들이 지나고 있었기 때문입니다. 게다가 서두를 필요가 뭐가 있었겠습니까? 우리가 탈랑세 후작을 기다리는 것도 확실하고 후작이 남겨 놓은 명함에 씌어진 글도 읽었을 테니까요. 그래서 그들은 이곳에 함정을 파 놓았던 겁니다. 우리가 오솔길을 간신히 건너오자마자 거대한 수문을 닫아 버렸던 거죠. 거대한 두 폭포에서 밀려드는 물 때문에 호수의 수위가 높아지기 시작했습니다. 게다가 너댓 시간이 지나기 전까지는 수위가 높아진다는 사실을 알아채기도 힘들었죠. 하지만 목동들이 마을로 돌아가자 호수 주위에는 아무도 없게 되었고 그래서 사격 장소로도 최상의 조건이 되었습니다. 배는 침몰해 버렸고 밖으로 나가려고 할 때 총을 쏘기만 하면 탈출은 불가능해집니다. 자, 그렇게 해서 라울 드 리메지는 저속한 마레스칼처럼 꼼짝없이 당하게 된 겁니다」

라울은 마치 자신의 성공담을 들려주는 것처럼 아무렇지도 않게 익살스런 어조로 이야기했다. 오렐리도 거의 웃음이 나올 뻔했다.

라울은 담배에 불을 붙이고 손가락 끝으로 담뱃불을 내밀어 불꽃이 피어오르게 했다.

그러자 총성이 두 번 울려 퍼졌다. 그러고는 곧 세 번째, 네 번째 총성이 울렸다. 하지만 위협적이지는 않았다.

물은 점점 더 빠른 속도로 차올랐다. 변기 덮개처럼 생긴 모래 사장을 전부 적시고 이제 동굴 입구까지 올라온 상태였다.

「이 아궁이 돌 위로 올라가는 게 더 안전할 것 같습니다」

그들은 서둘러 돌 위로 올라섰다. 라울은 오렐리를 그물 침대 위로 올려 보냈다. 그러고 나서 탁자로 달려가 점심에 먹고 남은 음식을 모조리 그림 도구가 놓여 있는 선반 위에 올려놓았다. 다시 총성이 울렸다.

그가 말했다.

「너무 늦었군. 더 이상은 걱정할 것 없습니다. 조금만 기다리면 이곳에서 빠져나갈 수 있습니다. 제 계획이 뭐냐고요? 휴식을 취하면서 기력을 회복하는 겁니다. 그러는 동안에 밤이 올 겁니다. 그럼 저는 당신을 어깨에 메고 절벽 사이에 난 오솔길까지 가는 거죠. 적들이 우리를 이곳에 가둘 수 있는 건 해가 떠 있기 때문입니다. 캄캄해지면 그것도 불가능하죠」

「그래요. 하지만 그동안에 물이 차오를 텐데요. 완전히 어두워지려면 한 시간은 더 기다려야 한다고요」

「그래서요? 지금은 발만 물에 잠겼으니 그때가 되면 허리 정도까지 차겠군요」

말이야 쉬운 일이었다. 하지만 라울도 자기 계획의 허점을 잘 알고 있었다. 우선 이제 막 해가 산 너머로 모습을 감추기 시작했으니 아직도 한 시간 반에서 두 시간 정도는 환할 게 분명했다. 게다가 적은 점점 더 가깝게 다가와서 오솔길 위에 자리를 잡을 것이다. 그런 상황에서 라울이 어떻게 여자를 데리고 나갈 수 있단 말인가?

오렐리는 그의 말을 믿고 따라야 할지 자문하면서 잠시 망설였다. 그녀는 자기도 모르게 수위 변화를 파악할 수 있는 지표를 정해 놓고, 그곳에 시선을 고정시키고 있었다. 그러고 있으니 갑자기 두려워 소름이 끼치는 모양이었다. 하지만 라울은 놀랍게도 평정을 잃지 않고 있었다.

오렐리가 중얼거렸다.

「당신이라면 이곳에서 빠져나갈 수 있을 거예요」

라울은 밝은 표정을 잃지 않으려고 애쓰며 말했다.

「좋습니다. 절 믿으시는군요」

「그래요, 당신을 믿어요. 당신이 언젠가 말했죠. 그때 기억을 떠올려 보세요. 제 손금을 보면서 물을 조심해야 한다고 말했잖아요. 당신이 예견한 대로 된 거예요. 하지만 전 아무것도 두렵지 않아요. 당신은 뭐든지 할 수 있으니까요. 당신은 기적을 만드는 사람이니까요」

라울은 어떻게 해서든 그녀를 안심시키려고 노력했다.

「기적이라고요? 아닙니다, 기적이 아닙니다. 단지 전 추론을 하고 상황에 따라 행동할 뿐입니다. 당신의 어릴 적 기억에 대해 한번도 물어보지 않고 당신을 이곳으로 데려오니까 제가 마법사라도 된 것처럼 생각하시는 거죠. 하지만 그렇지 않습니다. 모든 건 추론과 사고에 의해서 이루어졌을 뿐이고 저도 다른 사람이 알고 있는 만큼의 정보만을 가지고 있었습니다. 조도나 그의 공범도 그 병을 알고 있고 또 저와 마찬가지로 병의 라벨에 씌어져 있는 내용을 읽었습니다. 청춘의 물이라는 이름 아래 씌어 있는 물의 성분 분석 말입니다.

그들은 그 라벨을 읽고 무슨 정보를 얻어 냈을까요? 아무것도 얻어 내지 못했습니다. 하지만 저는 조사를 시작했습니다. 그 결과, 물의 성분이 오베르뉴 온천 지역 중 하나인 루아야의 물 성분과 한 줄만 빼고 일치한다는 사실을 알아냈습니다. 전 오베르

뉴의 지도를 샅샅이 조사했고, 그곳에서 쥐뱅 마을과 호수를 발견했습니다. 쥐뱅이란 단어는 라틴 어 〈쥐벤시아〉에서 나온 말이 분명합니다. 청춘이란 뜻의 단어죠. 전 정보를 수집했습니다. 쥐뱅 마을을 한 시간가량 둘러보고 주민들과 이야기를 나누면서 탈랑세 후작에 대해 알게 되었습니다. 그는 쥐뱅 마을의 카라바 후작(샤를 페로의 동화 「장화 신은 고양이」에 나오는 인물. 수상한 사람을 비유함──옮긴이)같은 사람이었고, 이 사건의 중심에 서 있다는 것을 알게 되었습니다. 그래서 그에게 당신이 보내서 왔다고 말했습니다. 전 당신이 예전에 토요일에 이곳을 찾았다가 성모 몽소 승천절(8월 15일. 보니파스 11세가 1950년 제정한 날로, 〈마리아 몽소 승천일〉이라고도 함──옮긴이)인 일요일에 떠났다는 사실을 알게 되었습니다. 그러니까 8월 14일과 15일이었죠. 그때부터 저는 그때와 같은 날 이곳을 방문하기 위해 준비를 시작했습니다. 정확히 말해 예전처럼 북풍이 불어오는 날을 기다렸던 거죠. 그 바람을 타고 종소리가 들려올 수 있도록 말입니다. 그래서 이런 기적이 일어날 수 있었던 겁니다, 초록 눈의 아가씨」

하지만 오렐리의 관심을 다른 곳으로 돌리기에는 역부족인 것 같았다. 잠시 후, 그녀가 작은 소리로 말했다.

「물이 차오르고 있어요. 물이 차오르고 있다고요……. 아궁이 돌도 전부 물속에 가라앉고 당신 신발도 젖고 있어요」

라울은 돌 하나를 들어 다른 돌 위에 포개 놓았다. 그는 돌 위에 올라서서 팔꿈치를 그물 침대 줄에 기댔다. 그러고는 여전히 즐거운 표정으로 다시 이야기를 시작했다. 아무 말도 하지 않고 있으면 그녀가 두려워할지도 모르기 때문이다. 하지만 그녀를 안심시키기 위해 안전하다고 말하면서도 마음 깊은 곳에서는 현실을 거부할 수 없었다. 위협은 점점 더 커져 가고 있었다.

무슨 일이 벌어진 걸까? 이 상황을 어떻게 받아들여야 할까? 조도와 기욤이 무슨 일을 벌였기에 수위가 계속해서 높아지고 있는 걸까? 그들이 한 짓이 분명했다. 하지만 두 강도는 분명 오래전에 만들어진 장치를 이용했을 뿐이다. 그렇다면 수위를 높이는 장치를 만들어 낸 사람들이 수위를 낮추는 장치도 만들지 않았을까? 무엇 때문에 그런 장치를 만들었는지는 모르겠지만 분명 동굴 안에 있는 사람들을 가두고 익사시키려고 만들지는 않았을 것이다. 그렇다면 상황에 따라 수문을 닫으면 어떤 보이지 않는 체계에 따라 배수관으로 물이 빠져나가고 호수가 비겠지. 하지만 그 배수관을 어디에서 찾아야 할까? 수문을 작동시키는 장치를 어디서 찾아야 할까?

라울은 죽음을 기다리고만 있는 사람이 아니었다. 그는 모든 어려움을 극복하고 서둘러 적들 쪽으로 달려가거나 수문이 있는 곳까지 헤엄쳐 가야겠다고 생각했다. 하지만 총알이 날아올 것이고 물도 얼음처럼 차가워서 함부로 실행에 옮길 수가 없었다. 게다가 오렐리는 어떻게 해야 할까?

라울은 오렐리가 자신의 생각을 알아채지 못하도록 각별히 주의했다. 하지만 오렐리도 그의 목소리가 달라지고 있다는 사실을 알 수 있었고 불안한 침묵이 느껴질 때마다 그녀도 불안해했다. 그녀는 갑자기 자신을 괴롭히고 있는 불안감에서 벗어나려고 하는 사람처럼 말했다.

「제발, 대답해 주세요. 제발. 저도 진실을 알고 있는 게 낫잖아요. 이제 희망이 없는 거죠, 그렇죠?」

「무슨 말씀입니까! 이제 날도 저물고 있고……」

「그렇게 빨리 어두워지는 건 아니잖아요. 밤이 될 때쯤이면 이곳을 빠져나갈 수 없을 거예요」

「왜죠?」

「모르겠어요. 하지만 왠지 모든 게 끝났다는 생각이 들어요. 당신도 알고 계시잖아요」

라울은 단호한 어조로 말했다.

「아니. 아닙니다. 물론 위험이 크긴 하지만 아직은 그렇게 가까이서 우릴 위협하고 있지는 않습니다. 침착하게만 행동하면 이곳을 빠져나갈 수 있습니다. 중요한 건 바로 그 점입니다. 생각하고 이해하는 거죠. 모든 상황을 이해하고 나면 그때도 아직은 행동할 시간이 남아 있을 겁니다. 단지……」

「단지 뭐죠……?」

「절 도와주셔야 합니다. 완벽하게 이해하기 위해서는 당신의 기억, 당신이 기억하고 있는 내용이 필요합니다」

라울의 말은 매우 절박하게 들렸다. 그는 계속해서 열의를 다해 말했다.

「물론 저도 알고 있습니다. 당신은 사랑하는 남자에게만 그 비밀을 밝히겠다고 어머니와 약속을 하셨죠. 하지만 죽음은 사랑보다 더욱더 다급한 이유가 됩니다. 당신이 저를 사랑하지 않는다고 해도 제가 당신을 사랑합니다. 당신 어머니가 바랐던 것보다 훨씬 더 많이 당신을 사랑합니다. 당신께 약속해 놓고 또 다시 이런 말씀을 드려서 죄송합니다. 하지만 더 이상 입을 다물고만 있을 수는 없습니다. 사랑합니다……. 당신을 사랑하고 또 당신을 구하고 싶습니다. 사랑합니다……. 당신을 침묵하게 놔두는 건 당신에 대한 범죄나 다름없습니다. 대답해 주십시오. 몇 마디만

해 주시면 진실을 밝히기에 충분할 겁니다」

오렐리가 중얼거리듯 말했다.

「물어보세요」

「어머니와 함께 이곳에 도착한 다음에는 무슨 일이 있었습니까? 어떤 광경을 보셨습니까? 당신 할아버지와 친구 분이 당신을 어디로 데리고 갔죠?」

「아무 데도요. 이곳에서 잠이 든 것 같아요. 그래요. 오늘처럼 이 그물 침대에서……. 그분들은 제 옆에서 대화를 나누셨어요. 할아버지와 친구 분은 담배를 피우셨죠. 잊고 있었는데 이제 생각났어요. 기억 나요. 그 담배 냄새와 병을 따는 소리가 들렸어요. 그리고 나서. 그리고 나서……. 전 잠에서 깨어났어요. 누가 먹을 것을 줬고……. 밖에는 해가 떠 있었어요……」

「해가 떠 있었다고요?」

「네. 그 다음날이었나 봐요」

「다음날이오? 확실합니까? 별것 아닌 것 같아도 그 부분이 중요합니다」

「네. 확실해요. 그 다음날 여기서 깨어났어요. 그리고 밖에는 해가 떠 있었죠. 단지……. 단지 모든 게 변해 있었어요. 전 그대로 이곳에 있는데 다른 게 모두 변해 있었어요. 바위는 그대로였지만 같은 자리가 아니었어요」

「뭐라고요? 같은 자리에 있지 않았다뇨?」

「아니, 그게 아니라 바위가 물에 잠겨 있지 않았어요」

「물에 잠겨 있지 않았다고요? 이 동굴에서 나간 게 맞습니까?」

「이 동굴에서 나갔어요. 맞아요, 할아버지가 제 앞에서 걸어 나가셨어요. 어머니는 제 손을 잡고 계셨죠. 그런데 발 아래 보이는 경치가 그 전날 보던 것과 달랐어요. 주위에 여러 종류의 집이 있었는데, 무너진 집 같았어요……. 그리고 다시 종소리가 들렸고……. 제가 항상 듣던 그 종소리요……」

라울이 조용히 말했다.

「그렇군요……. 바로 그겁니다. 제가 추측한 내용과 일치하는군요. 더 이상 망설일 필요가 없겠습니다」

무거운 침묵이 흘렀다. 물이 음산한 소리를 내며 찰랑거리고 있었다. 테이블과 작업대, 책과 의자들이 둥둥 떠다니고 있었다.

그는 그물 침대 끝에 걸터앉아 화강암 천장에 닿지 않도록 고개를 숙이고 있어야 했다.

밖에서는 희미한 빛에 어둠이 뒤섞여 있었다. 하지만 완전히 캄캄해진 다음에 뭘 어쩌겠다는 말일까? 어떻게 행동에 옮긴다는 말일까?

라울은 해결책을 찾으려고 필사적으로 머리를 쥐어 짜내고 있었다. 오렐리는 반쯤 몸을 일으켜 부드럽고 애정 어린 눈으로 그를 바라보고 있었다. 오렐리가 그의 손을 잡고 몸을 숙여 손에 키스를 했다.

라울은 제정신이 아닌 사람처럼 말했다.

「세상에! 이럴 수가! 뭘 하신 겁니까?」

「사랑해요」

희미한 어둠 속에서 그녀의 초록 눈이 반짝거렸다. 라울은 그녀의 심장이 뛰는 소리를 들었다. 이렇게 기쁜 적은 처음이었다.

오렐리는 팔로 라울의 목을 감싸며 다시 한번 부드럽게 말했다.

「사랑해요, 라울. 그게 저의 가장 크고 유일한 비밀이에요. 다른 비밀에는 관심 없어요. 당신을 향한 사랑이 곧 제 인생이고 제

영혼이에요! 당신에 대해서 알지도 못하고 당신의 얼굴을 제대로 바라보기도 전부터 당신을 사랑하게 됐어요. 어둠 속에서부터……. 그래서 당신을 싫어했던 거예요. 그래요, 수치심 때문에……. 보쿠르에서 당신이 제 입술을 훔쳤으니까. 전 왠지 모르게 자꾸만 두려워졌어요. 끔찍한 일을 겪었던 바로 그날 밤, 알지도 못하는 남자와 그런 기쁨과 행복을 맛보다뇨! 마음속 깊은 곳에서는 이제 제가 당신 것이 되었다는 사실이 기쁘면서도 동시에 저항하려는 마음이 생겼어요. 그래서 그때부터 당신으로부터 도망치려고 했던 거예요, 라울. 당신을 증오해서가 아니라 너무 사랑했기 때문이에요. 그래서 당신이 두려웠고 정말 혼란스러웠어요. 더 이상은 어떤 일이 있어도 당신을 보지 말아야겠다고 생각했어요. 하지만 그 이후로는 계속해서 당신을 다시 만나는 생각만 했어요. 사건 당일 밤의 공포와 끔찍한 고문을 견딜 수 있었던 것도 다 당신 덕분이었어요. 당신으로부터 도망쳤지만 당신은 계속해서 제가 위험에 처할 때마다 나타났죠. 전 있는 힘을 다해 당신을 원망하려고 했지만 그럴수록 당신을 향한 저의 마음은 점점 더 커져만 갔어요. 라울, 라울, 안아 줘요. 라울, 사랑해요」

라울은 열정적으로 그녀를 껴안았다. 그는 오렐리와 첫 키스를 한 이후로 한번도 그녀가 자신을 사랑하고 있다는 사실을 의심해 본 적이 없었다. 그리고 그녀를 만날 때마다 당황하는 모습을 보며 그녀의 진심을 알아차렸다. 하지만 그는 이 순간에 행복을 느끼고 있다는 사실이 두려웠다. 그녀의 부드러운 말과 싱그러운 숨결은 그를 마비시켰다. 그의 마음속에서 싸워야겠다는 의지도 조금씩 사그라지고 있었다. 오렐리는 그가 무기력해져 가는 것을 직감으로 알아채고 더욱 가깝게 그를 잡아당기며 말했다.

　「체념하세요, 라울. 이제 피할 수 없는 일이라고 생각하고 받아들이세요. 전 당신과 함께라면 죽는 것도 두렵지 않아요. 하지만 죽어야 한다면 당신 품 안에서 죽겠어요. 제 입술을 당신 입술에 포갠 채로⋯⋯. 라울, 살아남는다고 해도 지금보다 행복한 순간은 오지 않을 거예요」

　오렐리는 라울이 자신에게서 떨어지지 못하도록 두 팔로 꼭 끌어안았다. 그녀는 조금씩 그를 향해 얼굴을 내밀었다.

　하지만 라울은 입을 맞추지 않으려고 했다. 그녀의 입술을 받아들이면 곧 실패를 인정하고 그녀가 말한 대로 피할 수 없는 상황을 그대로 받아들인다는 뜻이 되기 때문이다. 그래서 그는 그녀의 입술을 받아들이지 않으려고 했다. 그는 천성적으로 그렇게 무기력하게 포기하는 사람이 아니었다. 하지만 오렐리는 그에게 애원하며 그의 마음을 약하게 하는 말들만 속삭였다.

「사랑해요. 운명을 거부하지 마세요. 사랑해요. 사랑해요……」

그들의 입술이 맞닿았다. 라울은 삶의 열정과 죽음의 끔찍한 쾌감이 동시에 담겨 있는 입맞춤에 마음껏 취했다. 그가 오렐리의 부드러운 입술에 자신을 무기력하게 내맡기고 있는 동안 어둠은 빠른 속도로 그들 주위를 감쌌다. 물이 계속해서 차오르고 있었다.

갑자기 라울의 마음속에 패배감이 엄습해 왔다. 자신이 수차례 구해 준 매력적인 여자를 생각하니 그녀에게 물이 위협을 가하고 있다는 사실이 떠올랐다. 오렐리가 이제 물에 빠져 질식하고 목숨을 잃을 것이라고 생각하면 너무나 끔찍했다.

라울이 소리쳤다.

「안 돼, 안 됩니다. 그렇게 놔둘 수는 없습니다. 당신을 죽게 놔둘 수는 없습니다. 안 됩니다. 그런 치욕스러운 일을 당하고만 있을 수는 없습니다」

오렐리는 라울을 붙잡으려고 했다. 하지만 그가 오렐리의 손목을 붙잡자 그녀가 애원하며 말했다.

「제발, 제발……. 어떻게 하시려고요?」

「당신을 구할 겁니다. 그리고 제 목숨도 구하고요」

「너무 늦었어요!」

「늦다뇨? 이제 막 밤이 시작됐는데! 당신의 아름다운 눈도 입술도 더 이상 보이질 않는데……. 가만히 있으라뇨!」

「무슨 방법이라도 있나요?」

「제가 어떻게 알겠습니까? 중요한 건 일단 행동으로 옮기는 겁니다. 그러고 나면 뭔가 확실해지겠죠. 그러다가 어느 순간 다시 수문을 여는 방법을 알게 되겠죠. 물이 빨리 빠지게 하는 배수관도 찾게 될 테고요. 반드시 찾아내야 합니다」

오렐리는 그의 말을 듣지 않았다. 그녀가 신음하듯 말했다.

「제발……. 이 무서운 밤에 절 혼자 남겨 두고 가시겠다고요? 전 무서워요, 라울」

「아뇨. 죽는 게 두렵지 않다면 사는 것도 두렵지 않을 겁니다. 더도 말고 딱 두 시간만 살아 있으면 돼요. 두 시간이면 물이 천 장까지 차오르지는 않을 겁니다. 그리고 그 다음엔 제가 돌아올 겁니다. 약속하죠, 오렐리. 무슨 일이 있어도 다시 돌아오겠습니다. 당신은 이제 살았다고 말해 주러 오든, 당신과 함께 죽으러 오든……」

라울은 매정하게도 조금씩 그녀의 품에서 빠져나왔다. 그는 오렐리에게 몸을 기울이고 열정적으로 말했다.

「저를 믿으십시오, 내 사랑. 제가 결코 실패하지 않는다는 것을 당신도 잘 알고 계실 테니까요. 성공하면 바로 신호를 보내겠습니다. 호루라기를 두 번 불든가, 총을 두 발 쏘겠습니다. 하지만 신호도 없고 얼음같이 차가운 물이 당신 몸을 적시더라도 무조건 저만 믿고 계십시오」

오렐리는 힘없이 침대에 주저앉았다.

「가세요. 당신이 원하는 일이니까」

「무섭지 않겠습니까?」

「아니요. 당신이 원치 않는 일이니까요」

라울은 양복 저고리와 조끼, 신발을 벗었다. 그리고 야광 시계를 힐끗 쳐다보고 시계를 목에 건 다음 밖으로 뛰어나갔다.

밖은 매우 캄캄했다. 라울은 아무런 무기도, 정보도 없었다.

오후 8시였다…….

어둠 속에서

　라울은 우선 무서운 느낌이 들었다. 밖은 별도 없이 캄캄하고 조용했으며 짙은 안개가 끼어 있었다. 호수와 구별이 안 되는 절벽 위를 어둠이 무겁게 짓누르고 있었다. 장님이 된 것처럼 눈도 아무 쓸모가 없었다. 아무 소리도 들리지 않았고 오로지 침묵뿐이었다. 폭포수가 떨어지는 소리도 더 이상 울려 퍼지지 않았다. 호수의 수위가 그만큼 높아졌기 때문이다. 그는 헤아릴 수 없는 깊은 심연 속에서 보고 듣고 방향을 잡아 목표에 도달해야만 했다.

　수문이라? 라울은 단 한순간도 수문에 대해 생각해 본 적이 없었다. 수문을 찾는다는 것은 죽음의 놀이처럼 미친 짓이었다. 아니다, 그의 목표는 수문을 찾는 것이 아니라 두 강도를 덮치는 일이었다. 그들은 어딘가에 숨어 있다. 그들은 만약의 공격에 대비해 어둠 속에 몸을 숨기고 무기를 든 채 계략을 꾸미고 있을 것이다. 그렇다면 어디에서 그들을 찾을까?

267

호숫가 위쪽으로 올라가 보았지만 얼음장같이 차가운 물이 가슴까지 차올라 너무나 고통스러웠다. 수문까지 수영을 하는 건 불가능할 것 같았다. 게다가 장치가 어떻게 구성되어 있는지도 모르는 상태에서 수문을 어떻게 조절한다는 말인가?

절벽을 따라 더듬거리며 물에 잠긴 계단을 올라가니 오솔길에 다다랐다.

오솔길을 오르는 일도 너무나 고통스러웠다. 라울은 갑자기 걸음을 멈췄다. 멀리 안개 사이로 희미한 불빛이 반짝였다.

어디일까? 정확한 위치를 찾는 것은 불가능했다. 호수 위일까? 절벽 위쪽일까? 어쨌든 정면에서 보이는 불빛이었다. 그러니까 협로 근처, 강도들이 총알을 발사한 지점에서 캠프를 하고 있는 게 분명했다. 하지만 동굴 쪽에서는 그들의 위치를 알아차릴 수 없었다. 그러니 그들이 얼마나 신중을 기하고 있는지 알 수 있었다. 강도들은 분명 그곳에 있다.

라울은 잠시 망설였다. 육로로 갈까? 산과 계곡을 빙 둘러서 갈까? 바위를 타고 갈까? 아래쪽으로 내려갈까? 그리로 가면 빛이 정확히 보이질 않을 텐데……. 하지만 화강암 동굴 속에 갇혀 있을 오렐리를 생각하니 쉽게 결정을 내릴 수 있었다. 라울은 지나온 오솔길을 다시 서둘러 내려간 다음 물속에 몸을 던졌다.

질식해서 죽을 것만 같았다. 너무나 추워서 도저히 참을 수가 없었다. 수영을 해야 할 거리는 200~250미터가 넘지 않았지만 라울은 거의 포기 직전이었다. 그만큼 인간의 힘으로는 도저히 할 수 없는 일이었다. 하지만 오렐리에 대한 생각이 머릿속을 떠나지 않았다. 그녀는 둥근 천장 아래 꼼짝없이 누워 있을 것이다. 물은 계속해서 잔인하게 밀려들고 그 어느 것도 차오르는 물을 멈추거나 속도를 늦출 수가 없다. 오렐리는 악마의 속삭임을 들으며 얼음처럼 차가운 숨결을 느끼고 있을 것이다. 이런 치욕스러운 일이 어디 있다는 말인가?

라울은 두 배로 힘을 냈다. 빛은 그에게 길을 인도하는 별과 같았다. 그는 어둠의 힘이 공격을 가해 순식간에 빛을 사그라지게 만들까 두려워하는 사람처럼 눈으로 그 빛만 열심히 좇으며 앞으로 나아갔다. 하지만 다른 한편으로 불빛이 있다는 말은 호수 쪽에서 적이 공격해 올 가능성이 있기 때문에 기욤과 조도가 감시하고 있다는 뜻이 아닐까?

몸을 계속해서 움직인 탓인지 앞으로 나갈수록 라울은 오히려 안정을 되찾았다. 라울은 소리 없이 앞으로 쭉쭉 뻗어 나아갔다. 불빛이 호수에 비쳐 두 배로 크게 보였다.

라울은 밝은 곳을 피해 옆으로 돌아갔다. 강도들은 협로의 입구와 겹쳐지는 언덕 꼭대기에 있을 것 같았다. 그는 암초에 부딪친 다음, 작은 조약돌이 박혀 있는 둑에 다다랐다. 라울은 둑 위로 올라섰다.

머리 위쪽에서 약간 왼쪽으로 목소리가 들려왔다.

조도와 기욤 사이의 거리는 얼마나 될까? 넘어야 할 장애물은 뭐가 있을까? 높은 벽일까, 아니면 경사진 언덕일까? 아무것도 알 수가 없었다. 그는 아무렇게나 올라가야 했다.

라울은 마른 조약돌을 손에 한 움큼 쥐어 다리와 상반신을 세게 문질렀다. 그러고는 젖은 옷을 벗어 물기를 짜낸 뒤에 다시 입었다. 이제 다시 몸이 가뿐해졌으니 위험을 무릅쓸 준비가 되어 있었다.

그곳은 가파른 벽도 아니고 올라가기 쉬운 경사지도 아니었다.

그곳에는 거석 건축물의 받침돌처럼 바위가 포개져 있었다. 따라서 위로 올라갈 수는 있었지만 위험해서 대단히 큰 용기와 힘이 필요했다. 올라갈 수는 있었지만 손가락으로 계속해서 조약돌이나 바위틈을 붙들고 있어야 했다. 식물들은 모두 뿌리째 뽑혀 나왔다. 저 위쪽에서는 점점 더 목소리가 명확하게 들려왔다.

환한 대낮이었다면 라울은 절대로 이런 무모한 시도를 하지 않았을 것이다. 하지만 계속해서 똑딱거리는 시계 소리가 그에게 거부할 수 없는 힘을 불어넣어 주었다. 초침이 귓가에 울릴 때마다 오렐리의 목숨이 조금씩 사그라지는 것 같았기 때문이다. 라울은 반드시 성공해야만 했다. 그리고 그는 성공했다. 어느 순간, 눈앞에 있던 장애물이 사라졌다. 바위를 하나씩 올라가자 마지막에는 건물 앞에 펼쳐진 잔디밭이 나왔다. 어둠 속에서 희미한 불빛이 흰 구름처럼 흔들리고 있었다.

눈앞에는 변기 덮개 모양의 분지 가운데에 반쯤 무너진 오두막집이 있었다. 나무 기둥에는 초롱불이 매달려 있었다.

반대편 가장자리에는 두 남자가 등을 돌린 채 호수 쪽으로 배를 깔고 엎드려 있었다. 손을 뻗으면 닿을 만한 거리에 장총과 권총이 놓여 있었다. 그들 주위에 두 번째 불빛이 있었다. 전기 램프에서 흘러나오는 빛이었는데 그 빛이 라울을 이곳까지 인도한 셈이었다.

라울은 시계를 쳐다보고 소스라치게 놀랐다. 이곳까지 오는 데 50분이나 흘렀다. 생각보다 훨씬 더 지체했다.

〈물이 차오르는 것을 멈출 시간은 이제 30분 정도밖에 없어. 30분 후에도 조도에게서 수문의 비밀을 캐내지 못하면 이제 약속대로 오렐리 곁으로 돌아가 함께 죽음을 맞이하는 수밖에…….〉

라울은 키 큰 풀 뒤에 숨어 오두막집 쪽으로 올라갔다. 10여 미터 떨어진 곳에서 조도와 기욤이 안심하고 큰 소리로 이야기를 나누고 있었다. 목소리는 들렸지만 무슨 말을 하고 있는지는 알아들을 수 없었다. 이제 어떻게 해야 할까?

라울은 이곳에 오면서도 아무 계획이 없었다. 상황에 따라 행동해야겠다는 생각뿐이었다. 무기도 없으니 싸움을 걸면 위험할 것이다. 그렇게 해 봐야 자신이 패배할 것이 뻔했다. 하지만 싸움에서 요행히 이긴다면 조도 같은 자에게는 강요하고 협박하는 방법이 최고였다. 다시 말해 패배자임을 인정하게 해서 수많은 문제를 야기한 그 비밀을 털어놓게 하는 수밖에 없었다.

따라서 라울은 계속해서 조심스럽게 위로 올라갔다. 한마디라도 정보가 될 만한 말을 듣기 위해서였다. 그는 2미터, 그리고 3미터를 올라갔다. 육지로 올라오니 더 이상 추위는 느껴지지 않았다. 마침내 대화 내용이 확실하게 들리기 시작했다.

조도의 목소리가 들렸다.

「아! 그러니까 걱정하지 마, 젠장! 수문으로 내려가면 수위가 5까지는 다다랐을걸. 그럼 동굴 천장에 해당하는 높이지. 그들이 빠져나갈 수 없으니 이제 그 문제는 해결된 거야. 2더하기 2가 4인 것처럼 아주 확실한 사실이란 말이야」

기욤이 말을 받았다.

「어쨌든 그들을 감시하려면 좀더 동굴 가까이 갔어야 해요」

「그럼 네가 가지 그랬냐?」

「저요? 이런 팔로요! 제대로 사격만 할 수 있었으면 이곳에 있지도 않았을 겁니다」

「넌 그놈을 두려워하잖냐……」

「당신도 마찬가지잖습니까, 조도」

「아니라고는 말하지 않겠다. 어쨌든 난 장총을 쏘는 편이 더 좋아. 탈랑세 노인의 노트도 있으니까 이곳에서 수위나 조절하고 있으면 돼」

「아! 그 노인 이름은 꺼내지도 마세요……」

기음의 목소리가 잦아들었다. 조도가 비웃으며 말했다.

「에잇, 겁쟁이. 꺼져 버려!」

「생각해 보세요. 제가 병원에 있을 때 당신이 우릴 찾으러 왔죠. 제 어머니가 당신한테 말했잖습니까. 〈그래요. 당신은 그 악마 같은 리메지란 놈이 어디에 오렐리를 숨겨 놨는지 알고 있죠. 그리고 그자를 감시하다 보면 보물이 있는 곳을 알아낼 수 있다고 했죠. 그렇다고 치죠. 내 아들이 당신에게 도움을 줄 겁니다. 하지만 범행을 저질러서는 안 돼요, 알겠죠? 피를 봐서도 안 됩니다…….〉」

조도가 빈정대는 투로 말했다.

「피는 한 방울도 보지 않았잖아?」

「그래요. 맞습니다. 하지만 제 말이 무슨 뜻인지 아시잖습니까. 그 불쌍한 노인에게 일어난 일 말입니다. 사람이 죽었으니 그건 범죄라고요. 리메지나 오렐리도 마찬가지죠. 그걸 범행이 아니라고 말할 수 있습니까?」

「그럼 뭐냐, 이 모든 걸 포기해야 한단 말이냐? 리메지 같은 놈이 네 놈의 착한 마음에 감명받아서 보물이라도 양보할 것 같으냐? 너도 잘 알고 있잖아, 그놈이 어떤 놈인지. 그놈은 네 팔을 부러뜨렸어. 다음엔 네 얼굴을 뭉개 놓을걸? 그놈이냐, 우리냐 선택을 해」

272

「하지만 오렐리는요?」

「그 연놈은 한 패야. 그놈을 건드리면서 그년을 다치지 않게 할 방법은 없어」

「불쌍한 여자……」

「그래서? 도대체 보물을 갖고 싶다는 거야, 싫다는 거야? 한가롭게 담배나 피워 대면서 총 싸움에서 이길 순 없어」

「하지만……」

「후작의 유언을 봤잖냐? 오렐리가 쥐뱅 영지 전체를 상속받게 된단 말이야. 그럼 넌 어떻게 할 테냐? 결혼? 안됐지만 결혼은 두 사람이 하는 거야. 하지만 기욤 너는……」

「그래서요?」

「그래서 앞으로 이렇게 될 거라는 얘기지. 내일이면 쥐뱅 호수는 전처럼 수위가 높지도 낮지도 않은 상태로 되돌아가게 되지. 모레가 되면 목동들이 돌아올 거야. 후작이 그전까지는 영지로 들어오지 말라고 했으니까. 그럼 그 목동들이 협로에서 떨어져 죽은 후작을 발견하겠지. 누군가 그 후작을 밀어서 떨어뜨렸을 거라고는 아무도 생각하지 못할걸. 그럼 유산은 공개 처분되겠지. 하지만 유서는 없어. 내가 갖고 있으니까. 상속인도 없고 상속인의 가족도 없으니 법적으로 영지는 국가 소유가 되지. 그럼 여섯 달 후에 매각될 테고 우리가 사들이는 거야」

「무슨 돈으로요?」

조도가 음흉한 목소리로 대답했다.

「여섯 달이면 돈을 구하기에 충분해. 게다가 아무도 비밀을 모르고 있으니 땅값이 그렇게 비싸지도 않을 거라고」

「기소당하면요?」

「누가?」

「우리요」

「무슨 일로?」

「리메지와 오렐리 때문에요」

「리메지? 오렐리? 익사해서 시신도 찾을 수 없을 텐데?」

「찾을 수 없다뇨! 동굴에서 발견될 텐데요?」

「아니. 내일 아침, 우리가 동굴로 가서 다리에 돌을 묶고 호수 바닥으로 던져 버릴 테니까. 아무도 볼 수 없고 아무도 알 수 없지……」

「리메지의 자동차는요?」

「오후에 우리가 가지고 간다. 사람들은 그자가 이곳에 왔다는 사실조차 모를 거야. 사람들은 오렐리가 요양소에 있다가 애인을 따라 여행을 갔다고 믿겠지. 어딘지는 모르고……. 자, 이게 내 계획이다. 어떠냐?」

「아주 훌륭해, 친구. 단지 허점이 한 군데 있군」

뒤쪽에서 들려온 목소리였다.

그들은 놀라고 겁에 질려 뒤를 돌아보았다. 한 남자가 웅크리고 앉아 있었다. 그 남자가 다시 입을 열었다.

「아주 큰 허점이야. 자네의 그 멋진 계획은 모든 일이 종결되었다는 가정 하에 세운 거지. 그런데 동굴 안의 남자와 여자가 도망쳤다면 어떻게 되겠나?」

조도와 기욤은 손을 더듬거려 장총과 브라우닝 권총을 찾았다. 하지만 아무것도 손에 잡히지 않았다.

남자가 빈정거리며 말했다.

「무기……? 무기는 뭐 하려고? 내가 무기를 갖고 있나? 바지와 셔츠 모두 젖었는데. 그게 전부라고. 무기라니……. 우리처럼 선량한 사람들 사이에서 무기라니!」

조도와 기욤은 너무 놀라 더 이상 움직일 수가 없었다. 다시 나타난 남자는 조도가 니스에서 본 남자였고 기욤이 툴루즈에서 본 남자였다. 그리고 이들이 제거했다고 믿고 있던 소름끼치는 적이었다.

남자가 웃으며 말했다.

「물론, 그래. 그래, 난 살아 있지. 수위 5는 동굴 천장에 해당하는 높이가 아니거든. 게다가 그까짓 장난으로 나 같은 사람을 없앨 수 있을 거라고 생각했나! 난 살아 있어, 조도! 오렐리도 살아 있지. 그녀는 동굴에서 멀리 떨어진 곳에 잘 대피해 있네. 몸에는 물 한 방울 묻히지 않고 말이야. 그러니까 얘기를 해 보지. 그리 오래 걸리지 않을걸세. 5분이면 돼. 1초도 더 필요 없네. 어떤가?」

조도는 놀라고 어안이 벙벙해 아무 말도 하지 못했다. 라울은 불안해서 가슴이 터질 지경이었지만 아무렇지 않은 듯 무표정하게 시계를 쳐다보며 말했다.

「자, 이제 자네 계획은 쓸모가 없어졌네. 오렐리가 죽지 않았으니 그녀가 상속인이 되고 영지를 매각하는 일도 없을걸세. 물론 자네가 오렐리를 죽이면 영지를 매각하겠지만 내가 있지 않나. 그러니 내가 영지를 매입할걸세. 그러면 나도 죽여야 할걸. 그건 불가능한 일이지. 난 불사신이거든. 그러니 이제 자넨 궁지에 몰린 걸세. 방법이 딱 하나 있긴 하지」

라울이 말을 멈추자 조도가 몸을 기울였다. 정말 방법이 있을까? 라울이 말했다.

「그래, 방법이 있지. 딱 하나 있어. 나와 합의를 하는 거야. 어떤가?」

조도는 대답하지 않았다. 그는 라울 쪽으로 두 걸음 다가서서 반짝이는 눈동자를 라울의 얼굴에 고정시키고 있었다.

「대답하지 않는군. 하지만 자네 눈동자가 빛나고 있어. 야수의 눈동자처럼. 내가 제안을 하니까 자네가 필요해서 그런 줄 아나? 천만에. 난 아무도 필요로 하지 않아. 단지 자네는 15년 내지 18년 전부터 한 가지 목표를 향해 달려왔고 이제 거의 목표에 다다르게 되었으니 자네에게도 권리가 있다고 생각했지. 살인까지 불사하면서 갖은 방법을 동원해 그 목표를 향해 달려온 노력에 대한 권리 말일세.

그 권리를 내가 사지. 난 조용히 살고 싶거든. 오렐리도 마찬가지고. 언젠가 자네가 또다시 우리를 해치는 방법을 찾아낼지도 모르잖나. 난 그런 걸 원치 않아. 얼마면 되겠나?」

조도는 이제 긴장이 풀린 모양이었다. 드디어 조도가 입을 열었다.

「얼마를 줄 수 있는데?」

「자, 자네도 알다시피 이 보물은 각자 몫을 챙겨 갈 만한 성질의 물건이 아냐. 앞으로도 계획하고 개발해야 할 것들이 많고 이익은 그 후에나 생기겠지……」

조도가 말했다.

「하지만 엄청난 이익이야」

「자네 몫도 떼어 주겠네. 내 몫에 비례해서 주지. 매달 5,000프랑」

강도는 그 엄청난 숫자에 입을 다물지 못했다.

「두 사람 모두?」

276

「자네는 5,000. 기욤은 2,000」

기욤은 동의하지 않을 수 없었다.

「좋아요」

「조도, 자네는?」

「아마도……. 하지만 그 증거로 선금을 줘」

「석 달치면 되겠나? 내일 3시에 클레르몽페랑, 조드 광장에서 수표를 전해 주겠네」

조도는 그를 경계하며 말했다.

「좋아, 좋아. 하지만 내일 리메지 남작이 경찰을 데려올지 어떻게 알겠어!」

「그럴 리가. 경찰은 나까지 체포하려고 할 텐데」

「당신을?」

「그래! 자네를 체포하는 것보다 날 잡는 게 훨씬 더 이득이 될 걸?」

「당신이 누군데?」

「아르센 뤼팽」

그 이름은 조도에게 놀라운 효과를 가져왔다. 이제야 자신의 계획이 모두 실패로 돌아가고 그 인물이 자신을 앞질러 왔던 이유가 모두 설명되는 것 같았다.

라울이 다시 말했다.

「아르센 뤼팽. 전 세계 경찰이 노리고 있는 인물이지. 500건이 넘는 절도와 100번이 넘는 유죄판결을 받았지. 자, 그러니 합의할 만하지 않겠나? 나는 자네에게 돈을 주지만 그 대신 자네도 날 지켜 주는 거라고. 자, 이제 계약이 성사된 것 같군. 난 좀 전에 자네 머리를 박살 낼 수도 있었어. 하지만 그렇게 하지 않았지.

난 거래를 원하니까. 그리고 필요하면 자넬 이용할 수도 있지. 자네 실수를 저지르긴 했지만 재주도 뛰어나거든. 특히 클레르몽페랑까지 날 미행한 방법은 최고였어. 난 아직도 자네가 어떤 방법을 썼는지 모르니까. 자, 그러니 자네는 이제 나, 뤼팽과 약속을 한 걸세. 뤼팽과의 약속은 금이나 다를 바 없지. 알겠나?」

조도는 낮은 소리로 기욤과 대화를 나누고 다시 말했다.

「그래, 동의하지. 이제 뭘 원하나?」

라울은 여전히 걱정 없는 얼굴로 말했다.

「나 말인가? 아무것도 바라는 것 없네. 난 평화를 추구하는 사람이고, 그걸 얻기 위해 필요한 대가를 치르니까. 우린 동업자가 된 걸세. 오늘부터 우리 사업에 일조하고 싶다면 자네가 할 일이 하나 있네. 서류를 가지고 있나?」

「중요한 서류지. 후작이 호수와 관련해서 지시한 내용이니까」

「그렇겠지. 자네가 수문을 닫을 수 있었던 걸 보면. 상세한 설명이 나와 있나?」

「그럼, 노트 다섯 권에 아주 상세하게 적혀 있지」

「지금 가지고 있나?」

「그래. 유언장도. 오렐리에게 유리한……」

「이리 주게」

조도는 단호하게 말했다.

「내일 수표를 받고 나면 주지」

「알겠네. 내일 수표와 교환하지. 악수나 하세. 이게 계약이 성사되었다는 서명일세. 이제 헤어지자고」

그들은 악수를 나누었다.

라울이 말했다.

「잘 가게」

회담은 끝났다. 하지만 이제부터 몇 마디 말로 진짜 싸움을 해야 할 것이다. 여태까지 했던 말들과 약속, 또 조도의 정신을 쏙 빼놓을 만한 허튼 소리도 지껄여야 할 것이다. 중요한 것은 수문의 위치를 알아내는 일이었다. 조도가 말을 할까? 조도는 라울이 처해 있는 상황을 알아차릴까? 라울이 이곳에 온 진짜 이유를 알아차릴까?

라울은 이렇게 초조해 보기는 처음이었다. 그는 아무렇지도 않은 듯 말했다.

「떠나기 전에 물건을 보고 싶네. 내 앞에서 수문을 열어 볼 수 있겠나?」

조도가 반대하며 말했다.

「후작의 노트에 씌어진 대로라면 물이 완전히 빠지는 데는 일고여덟 시간은 걸려」

「좋아, 그럼 바로 수문을 열게. 내일 아침, 자네는 여기서, 오렐리와 나는 저기서 물건, 아니 그 보물을 보기로 하지. 준비됐나? 배수관은 아래에 있나? 수문과 가까운 곳에 있나?」

「그래」

「그곳으로 바로 가는 길이 있나?」

「그래」

「어떻게 조절하는지도 알고 있나?」

「아주 쉽지. 노트에 전부 나와 있으니까」

「내려가지. 내가 도와주겠네」

조도는 일어서서 전기 램프를 들었다. 그는 전혀 눈치 채지 못한 것 같았다. 기욤이 그의 뒤를 따랐다. 조도와 기욤은 걸어가다가 총을 발견했다. 라울이 자기 쪽으로 끌어당겨 멀리 던져 놓은 모양이었다. 조도는 총 하나를 멜빵에 맸다. 기욤도 총을 집어들었다.

라울은 등을 들고 두 강도를 따라갔다.

라울은 속으로 무척 기뻤지만 얼굴에는 드러내지 않으려고 애쓰면서 생각했다.

「이번에는 된 것 같군. 아직은 몇 번 더 혼란스런 상황을 겪어야 하겠지만 어쨌든 큰 싸움에선 이긴 거야」

그들은 길을 내려갔다. 호숫가에 다다르자 조도는 절벽 발치에 모래와 자갈로 만든 제방 쪽으로 방향을 틀었다. 그러고는 배가 걸려 있는 울퉁불퉁한 바위를 빙 둘러 돌아갔다. 조도는 그곳에 무릎을 꿇고 커다란 조약돌 몇 개를 걷어 냈다. 그러자 쇠로 만든 손잡이 네 개가 보였다. 각각의 손잡이 끝에는 고리가 달려 있었는데 도기로 만든 파이프 안으로 연결되어 있었다.

조도가 말했다.

「바로 여기야. 수문 크랭크는 바로 옆에 있지. 고리는 각각 저 안쪽에 있는 주철 판에 연결되어 있어」

조도가 손잡이 하나를 잡아당겼다. 라울도 그를 따라서 손잡이를 당겼다.

라울은 곧 수문의 구조를 파악할 수 있었다. 손잡이를 당기면 고리 끝으로 전달되어 주철판이 앞으로 나오게 되어 있었다. 나머지 수문 두 개도 성공적으로 열었다. 조금 떨어진 호수에서 작은 소용돌이가 일었다.

라울의 시계는 9시 25분을 가리키고 있었다. 오렐리는 살아남았다.

라울이 말했다.

「총 좀 빌려 줘. 아니, 그럴 필요 없네. 자네가 쏘게. 두 방만」

「뭐 하러……?」

「신호일세」

「신호?」

「그래. 오렐리를 동굴에 놔두고 왔네. 동굴에 거의 물이 차올 랐을 테니 그녀가 얼마나 불안에 떨고 있는지 자네도 상상이 갈 걸세. 그래서 난 그녀를 떠나오면서 어떤 방법으로든 신호를 해 주겠다고 약속했지. 위험이 사라진 순간에 말이야」

조도는 깜짝 놀랐다. 오렐리가 아직도 위험한 상황에 처해 있 다고 고백을 하다니……. 라울의 과감한 대답에 조도는 혼란스러 워졌다. 조도의 눈빛에서 예전에 적으로 삼았던 이에 대한 경외 감이 커져 가고 있음을 엿볼 수 있었다. 조도는 이 상황을 이용해 야겠다는 생각은 단 1초도 하지 않았다. 총성 두 발이 바위와 절 벽 사이로 울려 퍼졌다. 곧이어 조도가 말했다.

「자, 당신이 대장이오. 아무 망설임 없이 당신에게 복종하겠 소. 후작의 노트와 유언장은 여기 있소」

라울이 서류를 받아 들며 소리쳤다.

「좋아. 자네를 감동시켜 줄까? 자넨 정직한 사람은 아니지만 그럭저럭 괜찮은 사기꾼일세. 자네는 저 배가 필요 없을 테지?」

「물론 필요 없죠」

「오렐리에게 돌아가는 데 저 배가 요긴하게 쓰일 걸세. 아! 한 가지 충고를 더 하지! 이 지역에 다시는 모습을 드러내지 말게. 내가 자네라면 오늘밤에 클레르몽페랑까지 도망치겠네. 그럼 내 일 보세, 친구들」

라울은 배에 올라 조도와 기욤에게 몇 마디 충고를 더 했다. 그러고 나자 조도가 닻을 올렸다. 라울은 노를 젓기 시작했다.

그는 힘차게 노를 저으며 생각했다.

〈정말 착한 사람들이군! 진심으로 대하면서 본래 가지고 있는 너그러운 마음에 호소하니까 바로 반응을 보이잖아. 물론 자네들은 수표를 받게 될 거야. 리메지의 계좌에 아직도 돈이 남아 있다고 장담할 수는 없지만. 어쨌든 자네들은 내가 약속한 대로 합법적인 서명이 되어 있는 수표를 받게 될걸세.〉

250미터를 노를 저어 가야 하는 길이었지만 좋은 결과를 안고 돌아가는 길이니만큼 전혀 힘들지 않았다. 라울은 몇 분 후에 동굴에 다다랐다. 그는 뱃머리를 동굴 쪽으로 대고 램프를 뱃머리에 올려놓은 다음 곧장 동굴을 향해 들어갔다.

라울이 소리쳤다.

「우리가 이겼습니다! 오렐리, 신호를 들었습니까? 우리가 이겼단 말입니다!」

죽음을 맞이할 뻔했던 동굴 안에 이제는 기쁨의 빛이 비추고 있었다. 그물 침대는 여전히 두 벽 사이에 걸쳐 있었고 오렐리는 그 위에서 평화롭게 잠들어 있었다. 그녀는 라울의 약속을 믿고 아무 일도 일어나지 않을 것이라고 생각한 모양이었다. 그래서 그렇게 바라던 대로 위험과 죽음의 고통에서 벗어나 피곤에 지쳐 잠이 든 상태였다. 어쨌든 지금은 어떤 소리도 그녀의 잠을 깨우지 못했다…….

다음날 눈을 떴을 때 오렐리는 태양 빛이 램프 불빛과 섞여 동굴을 비추고 있는 모습을 보고 깜짝 놀랐다. 물은 다 빠져나갔다. 벽에는 배가 기대져 있고, 그 안에는 라울이 목동들이 입고 다니는 긴 외투와 작업복 바지를 입은 채 깊이 잠들어 있었다. 선반 위에 있던 후작의 물건들 중에서 찾아낸 옷인 듯했다.

오렐리는 한참 동안 사랑스런 눈으로 라울을 바라보았다. 그를 보고 있자니 그동안 자제해 왔던 호기심이 다시 솟구쳐 올라왔다. 저 특이한 남자는 누굴까? 운명에 대항해 싸우고 항상 기적을 몰고 다니는 저 남자는 누굴까? 그녀는 마레스칼이 그를 비난하며 아르센 뤼팽이라고 했던 말을 떠올렸다. 하지만 그게 뭐가 중요하다는 말인가? 라울이 아르센 뤼팽이라는 말은 사실일까?

〈당신은 누구신가요? 제가 제 자신보다 더 사랑하는 당신은 누구신가요? 계속해서 절 구해 주신 당신은 누구신가요? 저를 구하는 일이 자신의 유일한 임무라고 믿고 있는 당신은……. 도대체 당신은 누구신가요?〉

「파랑새」

라울이 잠에서 깨어나며 대답했다. 오렐리는 소리 없이 물었지만 그 마음이 너무 강하게 느껴져 라울도 망설임 없이 대답했다.

「착하고 믿음이 강한 아가씨에게 행복을 가져다 줄 책임을 진 파랑새입니다. 그리고 그 아가씨에게 식인종과 악마들이 달려들지 못하도록 그녀를 보호하죠. 또 그녀를 왕국으로 안내하는 역할도 합니다」

「라울, 그럼 제 왕국이 있나요?」

「그럼요. 여섯 살 때 당신은 그 왕국을 방문했죠. 후작의 유언에 따라 이제 그 왕국은 당신 소유가 되었습니다」

「아! 라울, 어서요. 어서 보고 싶어요……. 아니, 다시 보고 싶어요」

「우선 뭘 좀 먹읍시다. 배가 너무 고프군요. 게다가 둘러보는

데 오래 걸리지도 않을 겁니다. 오래 걸려서도 안 되죠. 수세기 동안 감춰져 있던 왕국은 주인이 나타났을 때에만 환한 햇볕 아래 한꺼번에 모습을 드러내야 합니다」

여태까지 그랬던 것처럼 오렐리는 라울이 어떤 방법을 사용했는지에 대해서는 한마디도 물어보지 않았다. 조도와 기욤은 어떻게 된 걸까? 탈랑세 후작의 소식은 들은 걸까? 그녀는 아무것도 알고 싶지 않았다. 그저 그가 하는 대로 따를 뿐이었다.

잠시 후, 이들은 함께 밖으로 나갔다. 오렐리는 다시 한번 감정이 복받쳐 라울의 어깨에 머리를 기대고 속삭였다.

「아! 라울, 바로 이거예요. 예전에 보았던 바로 그 광경이에요. 둘째 날……. 어머니와 함께 보았던……」

청춘의 샘

희한한 광경이었다! 물이 빠져나간 곳에 깊은 모래사장이 생겼고 넓은 공간을 바위가 화관처럼 둘러싸고 있었다. 바위 안쪽으로는 각종 기념물의 잔해가 흩어져 있었으며 사원은 아직도 옛 모습 그대로였다. 하지만 기둥은 무너졌고 계단의 디딤돌은 여기저기 흩어졌으며 건물 안뜰의 회랑들도 어지럽게 널려 있었다. 지붕이나 박공(합각머리나 맞배지붕의 양쪽 끝머리에 ' ' 모양으로 붙인 두꺼운 널 또는 벽. 박풍(風)), 코니스(서양식 건축벽면에 수평의 띠 모양으로 돌출한 부분으로 〈돌림띠〉라고도 한다. 일반적으로 벽면 상단 근처에 둘러쳐져 추녀 밑 외관을 돋보이게 한다)도 보이지 않았고 숲은 번개를 맞아 황폐해져 있었다. 하지만 죽어 있는 나무에서도 여전히 위엄과 생명의 아름다움이 느껴졌다. 그곳으로부터 고대 로마의 도로, 개선로가 뻗어 나가고 있었다. 개선로의 양옆으로는 부서진 동상들이 세워져 있었고, 사원들도 대칭으로 서 있었다. 개선로는 입구에 있는 부서진 아치 기둥 사이에서부터 호수 가장자리를 지나 동굴까지 이어졌다. 그 동굴에서 제례가 행해졌던 모양이었다.

물기를 머금은 대리석과 금 조각들이 햇빛을 받아 반짝였다. 여기저기 진흙과 석회가 묻어 있기도 했고, 종유석도 눈에 띄었다. 왼쪽과 오른쪽에는 수로로 흘러드는 폭포수가 기다란 은색 리본처럼 보였다.

라울은 약간 상기된 얼굴에 떨리는 목소리로 말했다.

「고대 로마 광장입니다. 고대 로마의 광장……. 규모나 배치가 거의 같습니다. 후작이 갖고 있던 서류에 지도와 자세한 설명이 나와 있더군요. 제가 어젯밤에 살펴봤죠. 쥐뱅 마을은 커다란 호수 밑에 있었다고 했습니다. 호수 아래 온천과 신전이 있고요. 건강과 힘의 신에게 바치는 신전입니다. 다른 건물과 신전은 모두 젊음의 신에게 바치는 신전을 중심으로 배치되어 있습니다. 저기 원형 열주들이 보이실 겁니다」

라울은 손으로 오렐리의 허리를 감쌌다. 그들은 신성한 길을 내려갔다. 바닥에는 커다란 포석이 깔려 있었다. 작은 조약돌 사이로 이끼와 수중 식물들이 자라 있었고, 그 사이로 가끔씩 동전이 눈에 띄었다. 라울은 그중에 동전 두 개를 주워들었다. 콘스탄티누스 황제의 초상화가 그려진 동전이었다.

이들은 젊음의 신을 위한 작은 건물 앞에 다다랐다. 남아 있는 잔해만으로도 너무 멋있어서 조화로운 원형 건물의 모습을 충분히 상상할 수 있었다. 건물이 계단 위로 높이 솟아 있고 분수대 수반 위에는 작고 볼이 통통한 어린이 동상 네 개가 세워져 있는 모습……. 그 가운데에는 젊음을 관장하는 신의 동상이 서 있었을 것이다.

  지금 남아 있는 어린이 동상은 두 개뿐이었지만 형태는 매우
아름답고 멋있었다. 예전에는 그 아이들 동상 넷이 수반에 발을
담그고 수반 위로 물을 뿜어냈을 것이다.

  전에는 안쪽에 감춰져 보이지 않았을 커다란 납 파이프들도 보
였다. 파이프는 절벽 뒤쪽에 감춰져 있는 샘에서부터 연결된 모
양이었다. 파이프 끝에는 수도꼭지가 달려 있었는데 최근에 용접
한 것 같았다. 라울은 수도꼭지를 틀었다. 그러자 미지근한 물이
쏟아져 나왔다. 물에는 진흙이 약간 섞여 있었다.

  라울이 말했다.

  「청춘의 물입니다. 당신 할아버지께서 이 물을 병에 담고 물의

공식을 적어 병에 붙여 놓으셨죠」

그들은 두 시간 동안 전설의 도시를 산책했다. 오렐리는 과거에 느꼈던 감각을 되찾았다. 그녀의 몸속 깊은 곳에 잠들어 있던 감각들이 한순간에 되살아났다. 그녀는 예전처럼 사지가 없는 여신상과 유골 단지를 보았고 포석이 불규칙하게 박혀 있는 길을 걸었다. 또 아치형 통로 사이로 어지럽게 난 풀들이 바스락거리는 소리도 들었다. 그 모든 것들을 보고 있자니 우울하면서도 기쁨이 솟구쳐 올라 온몸이 떨려 왔다.

오렐리가 말했다.

「내 사랑, 내 사랑, 당신이 행복을 다시 찾아 줬어요. 당신이 아니었다면 전 슬픔만을 안고 살아갔을 거예요. 하지만 당신 곁에 있으면 모든 게 아름답고 멋져 보여요. 사랑해요」

10시가 되자 클레르몽페랑 성당에서 미사를 알리는 종소리가 울려 퍼졌다. 오렐리와 라울은 협로의 입구에 다다랐다. 개선로를 사이에 두고 양쪽에서 쏟아져 내린 폭포수는 네 개의 수문으로 빨려 들어가고 있었다.

경이로운 유적 방문은 끝이 났다. 라울이 말했던 대로 수세기 동안 숨겨져 있던 이곳은 한번에 세상에 드러나서는 안 된다. 오렐리가 공식적인 주인으로 인정받기 전까지는 아무도 이곳을 보아서는 안 되었다.

라울은 배수구를 닫고 수문의 크랭크를 천천히 돌렸다. 그러자 수문이 조금씩 열리기 시작했다. 금세 안쪽으로 물이 차올랐다. 넓은 호수가 채워지기 시작했고 폭포수가 바위 위로 격렬하게 쏟아졌다. 그들은 라울이 전날 두 강도와 함께 돌아왔던 오솔길로 다시 올라왔다. 길 중간에 멈춰 서서 보니 물이 작은 호수를 넘어 신전의 주춧돌을 에워싸고 마법의 샘을 향해 빠른 속도로 흘러들고 있었다.

라울이 말했다.

「그래요, 마법입니다. 후작도 마법이란 단어를 사용했죠. 후작의 말이 맞는다면 젊음의 샘은 루아야의 물 성분 외에도 에너지와 힘의 원천이 되는 성분을 포함하고 있습니다. 그 성분은 놀랍게도 방사능에서 나오는 것입니다. 측정 단위는 전문어로 밀리퀴리라고 하는데 정말 믿을 수 없는 일입니다. 삼사 세기 로마의 부자들은 이 샘에 와서 목욕을 했습니다. 테오도시우스 황제가 사망하고 로마 제국이 멸망하자 갈리아의 마지막 황제는 야만적인 침략자들이 쥐뱅 마을을 발견하지 못하도록 숨기고 약탈로부터 보호하려고 했습니다. 많은 증거들이 있지만 그중에서도 비밀 비문에 그 사실이 잘 나와 있습니다.

파비우스 아랄라 총독의 명령에 따라 스키티아 인, 보리스 인들의 약탈에 대비하여 내가 사랑하는 신들과 내가 경배하는 신전을 호수의 물로 덮었느니라.

그렇게 15세기가 흘렀던 겁니다! 15세기가 흐르는 동안 돌과 대리석으로 만든 수많은 작품들이 훼손됐습니다. 당신 할아버지가 친구인 탈랑세와 함께 버려진 영지를 산책하다가 우연히 수문을 여닫는 장치를 발견하지 않았다면 15세기가 아니라 얼마나 더 많은 시간이 흘렀을지도 모릅니다. 그럼 이 영광스러운 과거는 영원히 묻혀 버렸겠죠. 그런데 그 두 분이 이곳을 찾아내어 관찰하고 조사하며 갖은 애를 썼습니다. 그래서 결국 장치를 새로 고쳤죠. 예전에 작은 호수의 수위를 조절하던 커다랗고 낡은 나무 문을 고쳐서 이곳을 꼭대기까지 물에 잠기게 만들었던 겁니다.

자, 오렐리, 제 얘기는 이제 끝입니다. 이곳이 바로 당신이 여섯 살 때 방문했던 곳입니다. 당신 할아버지가 돌아가신 뒤에도 후작은 쥐뱅 영지를 떠나지 않고 몸과 마음을 바쳐 보이지 않는 도시를 재건하는 데 힘썼습니다. 목동 두 명의 도움을 받아 구멍을 파고 뒤지고 씻고…… 과거를 다시 세우기 위해 노력했습니다. 그게 바로 후작이 당신에게 주는 선물이죠. 샘을 개발하기만 하면 루아야나 비쉬보다 훨씬 값진 샘이 탄생할 테고 그렇게 되면 엄청난 돈을 벌어들일 수 있습니다. 또 이 세상 어디에서도 볼 수 없는 멋진 작품과 기념물도 있으니 얼마나 엄청난 선물입니까?」

라울은 흥분해서 말을 마쳤다. 물에 잠긴 도시에 얽힌 아름다운 이야기를 들려주고 나니 벌써 한 시간이 흘러 있었다. 그들은 손을 잡고 물이 차오르는 광경을 지켜보았다. 기둥과 동상들이 조금씩 물에 잠겼다.

하지만 오렐리는 침묵을 지키고 있었다. 라울은 그녀가 다른 생각을 하고 있는 것을 알아차리고 놀라서 물었다. 그녀는 처음에는 대답하지 않으려고 하다가 잠시 후 중얼거리듯 말했다.

「탈랑세 후작이 어떻게 되었는지 아직 모르시나요?」

라울은 오렐리를 침울하게 만들고 싶지 않아 거짓말을 했다.

「모릅니다. 하지만 후작이 약속을 잊은 게 아니라면 아파서…… 그래서 마을에 있는 집으로 돌아갔을 겁니다」

썩 훌륭한 변명은 아니었다. 오렐리는 별로 만족스럽지 않다는 표정을 지었다. 이제 그동안 느꼈던 수많은 고통과 불안은 모두 사라졌다고 생각했지만 그녀는 여전히 미궁 속에 남아 있는 일을 생각하고 이해하지 못해 불안해하고 있었다.

오렐리가 말했다.

「가죠」

라울과 오렐리는 두 강도가 밤에 머물렀던 것으로 보이는 무너진 오두막집까지 올라왔다. 라울은 그곳에서부터 높은 성벽까지 올라가서 목동들이 영지를 빠져나갈 때 드나드는 출구를 이용하려고 했다.

그런데 오렐리가 주위에 있는 바위를 둘러보다가 절벽가에 놓여 있는 불룩한 자루를 가리키며 말했다.

「움직이는 것 같은데요」

라울은 오렐리가 가리키는 자루를 얼핏 쳐다보고는 기다리라고 말하고 그곳을 향해 달려갔다. 갑자기 어떤 생각이 떠올랐다.

라울은 절벽 가장자리에 다다르자 자루를 집어 들고 안에 손을 넣었다. 잠시 후, 그는 자루 속에서 아이의 머리와 몸을 끄집어냈다. 그 아이는 조도의 어린 공범이었다. 조도가 족제비처럼 데리고 다니면서 쇠창살과 울타리를 넘어 지하실을 염탐하라고 시켰던 바로 그 아이였다.

아이는 자고 있었다. 라울은 이제야 수수께끼가 풀렸다는 듯 화를 내며 아이를 흔들어 깨웠다.

「이런 못된 녀석! 쿠르셀가에서부터 날 따라온 게 너였지? 응! 너지? 조도가 널 내 자동차 트렁크에 감춰 뒀겠지. 클레르몽페랑까지 우릴 따라오다가 거기서 조도에게 엽서를 보낸 거냐? 어서 말해. 안 그러면 때려 줄 테니」

아이는 무슨 일이 일어났는지 이해하지 못하는 표정이었다. 하지만 못된 얼굴은 창백하게 변하며 무척 당황했다. 아이가 더듬거리며 말했다.

「네, 삼촌이 시켰어요……」

「삼촌?」

「네, 조도 삼촌이요」

「네 삼촌은 어디 있지?」

「어젯밤에 다른 아저씨하고 떠났다가 다시 돌아왔어요」

「그래서?」

「그래서 오늘 아침에 저 아래로 내려갔는데, 저기…… 물이 없을 때 여기저기 돌아다니면서 물건들을 주워 모았어요」

「나보다 먼저 내려갔단 말이냐?」

「네. 아저씨하고 저 아줌마보다 먼저요. 아저씨가 동굴에서 나왔을 때 삼촌과 다른 아저씨는 저기 있는 벽 뒤에 숨어 있었어요. 물이 빠져나가고 저 아래쪽이었는데, 그때는 여기서도 다 보였어요. 삼촌이 여기서 기다리라고 했거든요」

「그 두 사람, 지금은 어디 있지?」

「모르겠어요. 전 너무 더워서 잠이 들었어요. 그러다가 깼는데 삼촌하고 다른 아저씨가 싸우고 있었어요」

「싸우고 있었다고……?」

「네. 저기서 찾은 물건 때문이었는데, 금처럼 반짝이는 물건이 있었어요. 둘 다 바닥을 뒹굴다가…… 삼촌이 칼로 찔렀어요……. 그리고, 그 다음엔 아무것도 모르겠어요……. 다시 잠들었나 봐요. 벽이 무너져서 둘 다 그 아래 깔린 것 같기도 하고……」

라울은 깜짝 놀라 소리쳤다.

「뭐? 뭐라고? 지금 뭐라고 했지? 대답해 봐. 그게 어디였다고?

언제였어?」

「종이 울렸을 때요. 저 끝에……. 저 끝이었어요. 저기요」

아이는 허공으로 몸을 기울이다가 소스라치게 놀랐다.

「어! 물이 다시 찼네……!」

아이는 잠시 생각하더니 소리를 지르며 울기 시작했다.

「그럼, 그럼……. 물이 다시 들어왔으면……. 도망치지 못한 거예요. 저 아래 있었다고요. 그럼, 삼촌은……」

라울이 아이의 입을 막았다.

「조용히해……」

오렐리는 이미 그들 앞에서 당황한 표정으로 서 있었다. 그녀도 들은 모양이었다. 조도와 기욤은 부상을 당한 데다 힘이 빠져 움직이거나 도움을 요청할 수 없었을 것이다. 그들은 밀려드는 물속에 갇혀 질식해 숨졌을 것이다. 벽이 무너져 그들을 덮쳤는지 시체도 떠오르지 않았다.

오렐리가 더듬거리며 말했다.

「끔찍해요. 그런 형벌을 당하다니!」

아이는 더욱더 큰 소리로 흐느껴 울었다. 라울은 아이에게 은화와 카드 한 장을 주며 말했다.

「자, 5프랑이다. 파리 행 열차를 타고 이 주소로 가거라. 거기서 널 돌봐 줄 거야」

그들은 돌아오는 길에 아무 말도 할 수가 없었다. 요양소 근처에서 오렐리와 작별 인사를 할 때도 분위기는 매우 무거웠다. 운명이 두 연인을 무겁게 짓눌렀다.

오렐리가 말했다.

「며칠만 헤어져 있어요. 편지 드릴게요」

라울은 반대하며 말했다.

「헤어져 있다뇨? 사랑하는 사람들은 따로 떨어져 있는 게 아닙니다」

「사랑하는 사람들은 떨어져 있어도 걱정할 게 없어요. 운명이 다시 만나게 하니까요」

라울은 슬펐지만 그녀의 말을 따르기로 했다. 그녀가 너무나 혼란스러워 보였기 때문이다. 그녀의 말대로 일주일이 지나자 짧은 편지가 도착했다.

친애하는 라울에게,

전 무척 당황스러웠어요. 우연히 제 의붓아버지 브레작의 죽음에 대해 알게 되었거든요. 자살하신 게 맞죠? 탈랑세 후작도 계곡에서 추락해 시체가 발견됐다죠? 사고라고 하던데……. 누군가 일부러 그렇게 만든 거죠? 살인인가요? 그리고 조도와 기욤의 끔찍한 죽음에 대해서도……. 그밖에도 얼마나 많은 사람들이 희생됐는지. 베이크필드, 그리고 두 형제. 또, 예전에 저의 다스퇴 할아버지까지…….

전 떠나겠어요, 라울. 제가 어디 있는지 찾으려고 하지 마세요. 저도 아직은 어디로 갈지 모르니까요. 제 인생에 대해서 생각하고 다시 검토하고 결정을 내려야 할 것 같아요.

사랑해요, 라울. 절 기다려 주세요. 그리고 죄송해요.

라울은 기다리지 않았다. 편지를 읽으며 그녀의 고통과 슬픔이 얼마나 큰지 알 수 있었기 때문이다. 편지를 읽고 나자 라울도 고통스럽고 불안해지기 시작했다. 그래서 그는 서둘러 오렐리를 찾아 나섰다.

하지만 그녀를 찾을 수가 없었다. 라울은 오렐리가 생마리 수녀원으로 갔을 것이라 생각했지만 그녀는 그곳에 있지 않았다. 라울은 여기저기 찾아보지 않은 곳이 없었다. 심지어는 친구들까지 동원했지만 아무 소용도 없었다. 그는 낙담하고 또 새로운 적이 나타나 그녀를 괴롭힐까 봐 걱정하면서 고통스럽게 두 달을 보냈다. 그러던 어느 날, 그는 전보 한 통을 받았다. 다음날 브뤼셀로 와 달라는 오렐리의 전보였다. 약속 장소는 캉브르 숲이었다.

그곳에 도착했을 때 그녀는 한없이 부드러운 표정으로 웃음 띤 채 그를 바라보고 있었다. 이제는 나쁜 기억에서 완전히 벗어나 새로운 결심을 굳힌 것 같았다. 라울은 그런 오렐리의 모습을 보며 기뻐서 어쩔 줄 몰랐다.

오렐리가 손을 내밀었다.

「절 용서해 주시는 건가요, 라울?」

이들은 잠시도 떨어져 본 적 없는 사람들처럼 꼭 붙어서 걸었다. 잠시 후, 그녀가 말했다.

「라울, 당신은 제 안에 상반되는 두 개의 운명이 있다고 말했죠. 그 두 운명이 서로 부딪치면서 제게 나쁜 영향을 미친다고……. 한 가지는 제 본래 성격과 비슷한 행복하고 밝은 운명이고 또 다른 하나는 폭력과 죽음, 재난의 운명인데, 그 힘이 합쳐져 어릴 적부터 절 괴롭히고 구렁텅이로 몰아넣었던 거라고 말이에요. 전 그 구렁텅이에 열 번이나 빠졌고 그때마다 당신이 구해 주셨어요.

그런데 쥐뱅에서 이틀을 보낸 후에는 사랑의 힘이 존재했는데

도 삶이 너무나 끔찍하게 느껴졌어요. 당신이 신비롭고 놀랍다고
했던 그 사건들도 제겐 어두운 지옥의 광경일 뿐이에요. 그게 당
연하지 않나요, 라울? 제가 겪은 일을 생각해 보세요! 제가 목격
한 장면들을 떠올려 보세요! 당신이 말했죠. 〈자, 여기가 당신의
왕국입니다.〉전 그 왕국을 원하지 않아요, 라울. 전 과거와 현재
를 잇는 연결고리는 하나도 원치 않아요. 지난 몇 주 동안 숨어
지냈던 것도 너무나 혼란스러웠기 때문이에요. 제가 마지막 생존
자가 되어 버린 그 모험으로부터 벗어나야 한다고 생각했죠. 수
년, 수세기가 흐른 후에 어둠 속에 있던 것들을 온 세상에 드러
내면 멋있고 경이적인 경치를 이용해 많은 이득을 얻겠죠. 하지
만 전 그렇게 하고 싶지 않아요. 제가 물려받는 것은 비단 부와
화려한 유산만이 아니에요. 범죄와 살인까지 물려받는 거죠. 전
그 무게를 감당할 수가 없어요」

라울은 주머니에서 종이 한 장을 꺼내 그녀에게 내밀며 말했다.
「후작의 유언은……?」

오렐리는 종이를 받아 갈기갈기 찢은 뒤 바람에 날려 버렸다.
「라울, 다시 한번 말하지만 이제 다 끝났어요. 이제 그 사건은
저와 아무 관련이 없어요. 전 그 일이 또다시 범죄와 살인을 불러
올까 봐 두려워요. 전 이제 주인공이 아니에요」

「그럼 뭐죠?」

「라울, 당신의 애인이오……. 인생을 다시 시작한 애인. 사랑
을 위해, 단지 사랑을 위해 인생을 다시 시작한……」

「아! 초록 눈의 아가씨, 그런 약속은 신중하게 해야 합니다!」

「신중하게 내린 결정이에요. 하지만 당신은 그러지 않아도 돼
요. 안심하세요. 전 제 인생을 당신께 바치지만 당신의 인생을 요

구하진 않아요. 당신은 계속해서 모험을 즐기세요. 절 사랑하는 대신 모험을 그만두라고 하진 않을 테니까요. 전 당신 그대로의 모습을 받아들일게요. 당신은 제가 만난 사람 중에 가장 고상하고 매력적인 남자예요. 당신께 바라는 건 한 가지뿐이에요. 가능한 한 오랫동안 절 사랑해 주세요」

「오렐리, 당신을 영원히 사랑하겠습니다」

「아뇨, 라울. 당신은 한 사람을 영원토록 사랑할 사람이 아니에요. 오랫동안 사랑하기도 힘들걸요. 하지만 그 기간이 아무리 짧더라도 전 너무 행복할 거예요. 그리고 전 불평할 자격이 없는 걸요. 절대로 불평하지 않을게요. 오늘 저녁에 루아얄 극장에서 만나요. 1층 특별석으로 오세요」

그들은 헤어졌다.

라울은 저녁이 되자 루아얄 극장으로 갔다. 공연작은 「보헤미안 인생」으로 주인공은 뤼시 고티에라는 젊은 신인 가수였다.

뤼시 고티에는 바로 오렐리였다.

라울은 이해할 수 있었다. 예술가의 자유로운 삶은 관습을 뛰어넘기도 하는 법이다. 오렐리는 자유로웠다.

공연이 끝나자 관중들이 열렬한 환호를 보냈다. 그는 공연을 성공적으로 마친 여주인공의 대기실로 갔다. 오렐리가 금발 머리를 숙여 라울에게 인사를 했다. 라울은 그녀에게 다가가 입을 맞췄다.

그렇게 해서 지난 15년간 수많은 범죄와 절망을 야기했던 쥐뱅의 끔찍하고 희한한 모험은 끝이 났다. 라울은 조도가 데리고 다니던 어린 공범의 나쁜 버릇을 고치기 위해 애썼다. 라울은 그 아이를 앙시벨 부인의 집에 데려다 놓았는데 그 부인은 아이를 볼

때마다 아들 기욤이 생각나서 술을 마시기 시작했다. 조도의 조카는 너무 일찍부터 나쁜 길로 빠져들어 쉽게 달라지지 않았다. 그래서 아이를 요양원에 가뒀지만 그 아이는 그곳을 빠져나와 다시 앙시벨 부인에게 돌아갔고 두 사람은 미국으로 건너갔다.

마레스칼은 좀 침착해지긴 했지만 여자들에 대한 집착은 여전했다. 그는 여자 관계를 들키지 않기 위해 더욱더 보안을 강화했다. 어느 날 그는 유명한 치안국장인 르노르망에게 면담을 요청했다. 대화가 끝나자 르노르망은 마레스칼에게 다가와 입에 담배를 물고 말했다.

「불 좀 빌립시다」

마레스칼은 그 말을 듣고 소스라치게 놀랐다. 마레스칼은 곧 그가 뤼팽이라는 사실을 알아차렸다.

뤼팽은 또 다른 모습을 하고 있었지만 마레스칼은 충분히 그를 알아볼 수 있었다. 뤼팽은 여전히 빈정거리며 한쪽 눈을 깜박이고 있었다. 그리고 매번 마지막에는 예상치 않았던 끔찍하고 신랄하며 혹독한 말을 남겨 마레스칼을 우스꽝스럽게 만들곤 했다.

「불 좀 빌립시다」

라울은 쥐뱅의 영지를 사들였다. 하지만 초록 눈의 아가씨가 바라는 대로 기적의 비밀은 결코 발설하지 않았다. 쥐뱅 호수와 청춘의 샘은 아르센 뤼팽이 프랑스에 남긴 수많은 경이로운 보물 가운데 하나로 남게 되었다……

암염소 가죽을 쓴 사나이

서문

　모리스 르블랑은 친구인 조르주 부르동의 부탁을 받아 이 글을 썼다. 부르동은 르블랑을 찾아와 친교를 청하며 신문 기자 협회를 위해 간행할 선집에 넣을 작품 한 편을 부탁했다. 그의 청에 따라 르블랑은 1926년 신문 기자 협회가 간행한 『내 이력의 한때(Une heure de ma carri????e)』라는 제목의 선집 안에 「어느 작가의 등단기(Un d???ut litt???aire)」라는 작품을 실었다. 이 선집에는 르블랑 이외에도 다른 여러 작가들과 신문 기자들이 저마다 자신의 경력 중 가장 중요했던 시기를 회상하며 쓴 글들이 담겨 있다.

　단편 소설 「암염소 가죽을 쓴 사나이」은 1927년 5월, 보디니에르 출판사가 프랑스 여러 소설가들의 작품을 『사랑(L'Amour)』이라는 제목으로 묶어 발표한 선집에 포함되었다.

　이 작품에서 르블랑은 자신이 그전부터 찬사를 아끼지 않았던 미국의 대문호 에드거 포를 거듭 극찬한다. 한편 레지 메삭은

1929년 〈탐정 소설〉에 관한 자신의 논문에서 「모리스 르블랑은 에
드거 포가 공식화한 압축과 점층 기법을 훌륭하게 적용했다」라고
강조한 바 있다.

암염소 가죽을 쓴 사나이

마을은 온통 공포의 도가니로 변했다.

일요일이었다. 생니콜라와 인근 마을의 농부들은 성당에서 미사를 마치고 나와 마을 광장을 가로질러 가고 있었다. 바로 그때, 앞서 출발해 이제는 큰길로 접어들기 시작한 마을 아낙네들이 공포에 질린 비명을 지르며 뒤로 물러섰다.

여인들의 시선이 머문 곳을 바라보니 무지하게 큰, 거의 괴물처럼 생긴 자동차 한 대가 대단히 빠른 속도로 광장을 향해 질주해 오고 있었다. 사람들이 아우성을 치며 혼비백산해 흩어지는 가운데, 그 자동차는 성당을 향해 곧바로 돌진하는가 싶더니 성당 계단에 부딪혀 차체가 박살나려는 순간 급선회하여 사제관의 벽을 가볍게 스친 후 다시 차도로 진입해 점차 사람들에게서 멀어졌다. 참으로 기적처럼 놀라운 일은 자동차가 미친 듯이 광장을 질주했는데도 그곳에 있던 사람들 중 단 한 사람이 가벼운 찰

303

과상을 입었을 뿐, 별다른 사고가 없었다는 점이다.

하지만 사람들은 여전히 얼이 빠진 상태였다. 그 끔찍한 자동차에는 이해할 수 없는 모습을 한 두 남녀가 타고 있었다. 아니, 그중 한 사람은 자동차에 매달려 있었다. 온몸에 암염소 가죽을 두르고 머리에는 모피를 뒤집어쓴 한 남자가 두꺼운 안경으로 얼굴을 가린 채 운전석에 앉아 있었다. 그리고 그 앞, 그러니까 자동차의 보닛 위에는 한 여자가 엿가락처럼 몸이 휘어진 채 머리가 땅에 닿을 듯한 모습으로 거꾸로 매달려 있었으며, 그녀의 머리에서는 끊임없이 피가 흘러내렸다.

사람들의 귀에는 그 여자의 비명소리가 계속 맴돌았다. 공포와 고통에 짓눌려 외치던 그 끔찍한 비명소리…….

단 몇 분이었지만 사람들은 지옥을 맛본 듯했다. 살육과 고통, 피가 난무한 지옥의 광경…… 바로 그것이었다.

「피다!」

누군가가 외쳤다.

정말 사방이 피투성이였다. 가을의 첫서리가 내려 딱딱하게 굳은 도로와 자갈이 깔려 있는 광장 바닥에는 선명한 핏자국이 여기저기 널려 있었다. 달아나는 자동차를 쫓아 달려가던 개구쟁이들과 남자들 몇몇은 그 불길한 흔적만 따라가면 되었다.

핏자국은 큰길로 이어졌다. 길의 한쪽에서 반대쪽으로, 갈지자 형태로 이어진 자동차 바퀴 자국은 너무도 해괴했으며 바퀴 자국과 너무 가까운 곳에 핏자국이 겹쳐 있어 보는 이는 등골이 오싹했다. 어떻게 자동차가 가로수에 부딪히지 않고 달아날 수 있었는지, 또 언덕 아래로 내려오며 차체가 곤두박질치기 전에 어떻게 운전사가 자동차를 바로잡을 수 있었는지…… 큰 사고가 일어나지 않았다는 사실이 오히려 신기할 따름이었다. 운전자가 아주 초보이거나 미치광이, 아니면 술에 취한 사람이었거나 죄를 저지르고 질겁한 채 도망치는 범인이 아니라면 이처럼 광포하게 운전할 수 있었을까?

농부들 중 한 사람이 말문을 열었다.

「바퀴 자국을 보아하니, 차가 숲 속 모퉁이까지 가지는 못 했겠어」

그러자 다른 농부가 대꾸했다.

「무슨! 거기까지 가기도 전에 이미 완전히 박살 나고 말았을 거야」

생니콜라에서 500미터 떨어진 곳에는 모르그 숲이 자리하고 있었다. 숲까지 난 도로는 마을 어귀에서 약간 구부러진 후 계속 직선이었다. 숲이 시작되는 곳에서는 오르막으로 이어지고, 바위와 나무가 무성한 숲 한가운데서는 심하게 굽이가 졌다. 따라서 미리 속도를 늦추지 않는다면 제아무리 날고 기는 운전사라 해도 무사히 굽이 길을 통과할 수 없었다. 그곳에는 위험 지역임을 표시하는 도로 표지판도 버젓이 세워져 있었다.

농부들은 가쁜 숨을 몰아쉬며 너도밤나무가 5점형(주사위에서 5를 뜻하는 면에 있는 점의 모양——옮긴이)으로 심어져 있는 길의 가장자리에 도착했다.

곧 그들 중 누군가가 외쳤다.

「자, 보라고!」

「뭘?」

「차가 박살 났어」

실제로, 차체가 뒤집혀 뒤틀리고 형체를 알아보기 힘들 정도로 박살 난 리무진이 길가에 널브러져 있었고, 그 옆에는 여자의 시체가 놓여 있었다. 더욱 끔찍하고 구역질나는 장면은, 거대한 바위가 여자의 얼굴을 짓뭉개 뼈와 살점을 으깨고 납작하게 만들어 놓은 모습이었다. 누가 저처럼 엄청난 바위를 옮겨 와 여자의 얼굴에 던져 놓았을까? 불가사의한 힘을 가진 누군가가……

그러나 암염소 가죽을 입고서 차를 운전했던 남자의 모습은 보이지 않았다. 사고 지점과 그 주변을 샅샅이 훑어보았으나 그림자도 보이지 않았다. 때마침 모르그 숲의 비탈을 따라 내려오던 일꾼들에게도 물어보았으나 그들은 개미새끼 한 마리도 보지 못했다고 했다.

그렇다면 남자는 숲을 가로질러 도망쳤다는 얘기인데……. 오래된 나무들이 수려한 모습을 자랑해 사람들이 숲이라 부르는 〈모르그 숲〉은 사실 그리 넓은 곳은 아니었다. 이윽고 신고를 받고 출동한 헌병대가 농부들의 도움을 받아 숲을 샅샅이 수색했다. 하지만 그들은 아무것도 발견하지 못했다. 예심판사들도 나서서 며칠 동안 빈틈없이 수사를 했지만 사건 해결에 도움이 될 만한 단서 하나 찾지 못했다. 오히려 수사를 하면 할수록 미궁 속으로 빠져들었고 도저히 믿기지 않는 사실들만 드러날 뿐이었다.

그들은 문제의 바위 덩어리가 적어도 40미터 정도 떨어진 곳에 있는 붕괴된 암반에서 나왔다는 결론만 내릴 수 있었다. 그렇다면 살인범은 겨우 몇 분 사이에 바위를 옮겨 희생자의 머리에 내리꽂았다는 말이 된다.

어떻게 생각하든 살인범은 이미 숲을 떠난 게 분명했다. 그렇지 않다면 그 작은 숲을 며칠씩 뒤졌는데도 발견하지 못했을 리가 없다. 그런데 놀랍게도, 살인범은 범행을 저지른 지 일주일 뒤에 대담하게도 다시 그 굽이 길로 돌아와 자신이 둘렀던 암염소 가죽과 모피 모자를 남기고 사라졌다. 그자는 어째서, 무슨 목적으로 그 같은 짓을 했을까? 모피 모자 안에는 병따개와 수건 한 장이 들어 있었다. 모피 모자, 암염소 가죽, 병따개와 수건 한 장……, 대체 이 물건들의 조합은 무엇을 의미할까?

한편 자동차의 부품 등을 조사한 끝에 마침내 자동차 판매상을 찾아냈다. 그는 3년 전에 한 러시아 인에게 차를 팔았다고 했다. 그러나 그 러시아 인을 찾아가자 그는 자신도 곧 다른 사람에게 차를 넘겼다고 말했다. 그렇다면 최종적으로 차를 소유했던 사람은 누구였을까? 아쉽게도 자동차에는 등록 번호조차 적혀 있지 않았다.

죽은 여자의 신변을 확인하는 일은 불가능했다. 그녀가 입었던 옷가지에서는 아무런 단서도 발견할 수 없었다. 더구나 그녀의 얼굴은 형체를 알아보기 힘들 만큼 심하게 뭉개져서 그녀의 가족이 와도 얼굴을 알아볼 수 없을 정도였다.

경찰청에서 나온 수사관들은 수수께끼 같은 이 사건에 연루된 인물들이 차를 타고 지나왔을 도로를 되짚어 가며 조사했다. 하지만 사건 전날 밤 자동차가 정확하게 그 길로 지나왔다고 증언해 줄 사람이 과연 있겠는가?

탐문 조사를 펼친 결과 작은 단서를 발견했다. 이들은 사건 전날 저녁, 사건 발생 장소에서 300킬로미터 정도 떨어진 작은 마을에서, 도로변에 자리 잡은 식료품 가게 앞에 문제의 리무진 차량이 정차했다는 사실을 확인했다. 점원 말에 따르면, 그곳에서 운전사는 우선 차에 기름을 가득 넣은 후 예비용 기름통을 사서 기름을 채웠고 몇 가지 식료품과 소시지, 과일과 과자, 포도주와 트루아제투알 코냑을 반 병 구입했다. 운전석 옆에는 한 귀부인이 앉아 있었지만 그녀는 차에서 내려오지 않았다. 또한 점원은 뒷좌석 창에 휘장이 드리워져 있었는데 그 휘장 중 하나가 여러 차례 움직였으며, 그 점으로 보아 분명 차 안에는 또 다른 누군가가 있었을 거라고 증언했다.

만일 점원의 말이 사실이라면, 문제는 더욱 복잡해진다. 지금까지 이 사건에 두 남녀 말고 다른 인물이 개입했으리라고는 생각지도 못했기 때문이다. 물론 이제까지 제3의 인물이 있었다는 것을 추측케 하는 어떤 증거도 발견하지 못했다.

어쨌든 리무진을 타고 온 여행객들이 식료품을 구입했으니 그들이 그것으로 무엇을 했는지, 그리고 그들이 구입했던 물건의 흔적이 어디에 남아 있지는 않은지 살펴보는 일이 남았다.

수사관들은 다시 처음 사건이 일어났던 곳으로 돌아왔다. 그리고 마침내 국도와 대로가 갈라지는 분기점, 다시 말해 생니콜라에서 18킬로미터 떨어진 지점에서 한 양치기의 도움을 받아 관목들 사이 수풀에서 빈 병 한 개와 그 밖의 다른 물건들도 찾아냈다. 수사관들은 이제 기운을 얻었다. 분명히 차는 그곳에서 주차를 했고, 아직 신원이 밝혀지지 않은 여행객들은 아마 차 안에서 밤새 휴식을 취하며 음식을 나눠 먹은 뒤 날이 밝자 다시 길을 떠난 듯했다. 그 증거로, 수사관들은 그곳에서 식료품 가게 주인이 팔았다고 증언한 트루아제투알 코냑 병을 찾아냈다.

코냑 병의 입구 가장자리는 깨진 채였다.

수사관들은 주변에서 병을 깨는 데 사용한 듯한 돌멩이를 찾아냈다. 아마 술병 입구가 마개로 막혀 있었던 듯, 금속제 병마개의 흔적들도 주변에 남아 있었다. 수사관들은 주변을 더 수색해 수풀 가장자리에서 작은 도랑을 발견했다. 도랑을 따라 내려가니 도로와 수직 방향으로 이어져 있었고, 다시 가시덤불로 가려진 작은 샘물이 나왔다. 이들이 샘물 근처까지 갔을 때, 그곳에서는 수상한 악취가 풍겨 나오고 있었다.

수풀을 거두자, 한 남자의 시체가 눈에 들어왔다. 남자의 머리 역시 형체를 알아볼 수 없게 으깨져 있었고 시체 안에는 벌레들이 득시글댔다. 죽은 남자는 밤색 가죽 바지와 조끼를 입고 있었는데 호주머니는 텅 빈 상태였다. 시체의 신원을 밝혀 줄 신분증이나 지갑, 심지어 시계조차 보이지 않았다.

이틀 후, 급히 호출을 받고 달려온 식료품 가게 주인과 점원은 시체의 체격과 그가 걸친 옷을 보고 그가 범행 전날 자신의 가게에서 식품과 기름을 구입했던 여행객이 분명하다고 증언했다.

이제 새로운 증언을 바탕으로 사건 전체를 다시 풀어 가야 했다. 이 사건에 연루된 사람은 두 사람이 아니라 세 사람이다. 또한 이제껏 여자 살해 혐의를 받았던 남자와 시체로 발견된 여자 모두를 살해한 제3의 인물에게 수사 초점을 맞춰야 한다. 살인범은 명백했다. 자동차 안에 있던 제3의 남자, 자신의 얼굴이 노출될까 봐 조심스레 휘장 뒤로 얼굴을 숨겼던 남자, 그가 바로 살인범이다. 그는 우선 운전자를 죽이고 소지품을 빼앗은 뒤, 여자에게 심한 상처를 입힌 후 차를 거칠게 몰아 죽음에 이르게 하고 바위로 얼굴을 짓뭉갰다.

새로운 사건의 등장, 뜻밖의 증언, 그리고 예상치 못한 증거……. 사람들은 새로운 증거를 통해 수수께끼와도 같은 이 사건이 풀리기를, 아니 적어도 진실에 좀더 다가가기를 희망했다.

하지만 사건은 더 미궁으로 빠져들었다. 시체 한 구를 더 발견해 앞서 발견한 시체 옆에 놓았을 뿐이었다. 기존 문제에 또 다른 문제가 더해진 꼴이었으며, 살인 용의자가 한 인물에서 다른 인물로 바뀌었을 뿐이다.

그게 다였다. 확실하게 드러난 몇 가지 증거와 정황 증언 말고, 실제 사건의 진실은 어둠의 베일 속에 가려져 있었다.

죽은 여자와 남자의 이름은 물론, 살인범의 정체 역시 풀리지 않는 수수께끼로 남아 있었다.

그러면 그 살인범은 누구며 지금 어디 있을까? 그자가 그냥 사라졌다면 이 사건을 풀리지 않은 수수께끼로 그렇게 잊혀졌을지도 모른다. 하지만 그자는 다시 돌아왔다. 사건 현장으로 돌아와 자신이 걸치고 있던 암염소 가죽을 남겼고, 어느 날에는 모피 모자를 남기고 갔다. 놀라운 기적처럼 또 어느 날 아침, 수사관들이 그 유명한 굽이 길의 바위 아래서 망을 보며 밤을 지새고 난 다음날에는 운전자가 썼던 깨지고 녹슬고 때가 타 더 이상 쓸 수 없게 된 안경을 발견하지 않았던가! 어떻게 그자는 수사관들의 눈을 피해 그 안경을 다시 가져다 놓았을까? 무엇 때문에 그런 짓을 한 것일까?

그 다음날 밤 숲 속을 가로질러 지나던 한 농부가 예방 차원에서 권총을 소지하고 개 두 마리를 데리고 나섰다가, 어둠 속에서 그림자 하나가 지나가는 모습을 보고 즉시 그 자리에서 멈춰 섰다. 농부의 개들은 반쯤은 야성을 지닌 늑대 개인 데다 기운 또한 대단했기 때문에 단번에 관목들을 뛰어넘어 그 그림자를 추격했다.

하지만 개들의 추격도 오래가지 못했다. 농부는 곧이어 소름끼치도록 울부짖는 개들의 비명을 들었고……, 이내 고통 속에 죽어 가는 개들의 신음 소리가 들려 왔으며, 마침내 그 소리마저 잦아들더니 아무런 소리도 들리지 않았다.

농부는 두려움에 사로잡혀 들고 있던 권총마저 팽개친 채 뒤도 돌아보지 않고 도망쳤다.

다음날, 농부가 그 장소에 다시 찾아갔을 때는 개 두 마리와 권총의 손잡이가 온데간데없이 사라진 후였다. 총신은 땅에 수직으로 박혀 있었으며 탄알을 넣는 구멍 중 하나에는 꽃 한 송이가 꽂혀 있었다. 꽃은 그곳에서 50보 정도 떨어진 곳에서 따온 가을에만 피는 콜히쿰이었다.

과연 이것은 또 무슨 뜻인가? 꽃을 꽂아 놓은 이유는 도대체 무엇일까? 무슨 이유에서 범인은 이 같은 짓을 하고 있을까? 너무도 어처구니없는 행동이지 않은가? 그자의 행동을 도무지 이해할 수 없었다. 무엇을 두려워해 이처럼 비정상적인 짓을 했을까?

사건을 맡은 예심판사는 이처럼 이해할 수 없는 정황들을 보며 사건을 제대로 파악할 수 없었고, 풀리지 않는 수수께끼는 그가 숨쉬기 곤란할 정도로 그의 마음을 짓눌렀다. 가장 명철한 이성을 가졌다고 소문난 이들조차 이 사건을 대하는 순간 난감해했다.

결국 예심판사는 병이 나고 말았다. 그로부터 나흘 후, 후임 판사도 이번 사건은 출구가 보이지 않는 미로 같다고 토로했다. 후임 판사는 사건 발생 지역을 배회하던 부랑자 두 명을 체포했으나 무고한 이들로 밝혀져 이내 풀어 줘야 했다. 또 다른 부랑자 한 명을 뒤쫓았으나 그자도 사건과는 전혀 무관했다. 요컨대 이번 사건은 판사에게나 수사관들에게 큰 혼란이자, 암흑이요, 모순 그 자체였다.

어떤 우연이 행운처럼 작용하기만을, 아니 기막힌 우연이 작용하여 사건 전부를 해명해 주기만을 기다릴 수밖에 없었다. 현장에 급파된 파리의 한 주요 일간지 기자는 이 사건과 관련해 다음과 같이 간추린 기사를 내보냈다.

결국, 되풀이하는 얘기지만 우리는 운명이라는 조력자를 기다려야만 한다. 그렇지 않고서는 괜한 시간 낭비가 될 뿐이다. 지금까지 드러난 증거만으로는 그럴듯한 가설을 세우기 어렵다. 이 사건은 한 치 앞도 보이지 않는, 고통스러운 절대 암흑 세계와 같다. 이제 할 수 있는 일은 아무것도 없다. 셜록 홈즈와 같은 명탐정들이 모두 달려든다 해도 결코 해결하지 못할 사건이고 신출귀몰한 아르센 뤼팽 역시, 이런 표현을 써서 좀 뭐하지만, 혀를 내두를 만한 사건이다.

그런데 이 기사가 나간 바로 다음 날, 같은 신문에 다음과 같은 전보가 실렸다.

가끔 나도 혀를 내두를 때가 있습니다. 허나 단 한번도 바보 같은 짓거리는 하지 않습니다. 생니콜라의 비극적 사건은 애송이들에게나 수수께끼일 겁니다.

———아르센 뤼팽

아르센 뤼팽의 전보는 곧 커다란 반향을 일으켰다. 사람들은 그의 전보를 들먹이며 소란을 떨었고 곧 이 유명한 모험가가 사건에 개입하지는 않을까 공론을 벌였다.

과연 뤼팽이 이 사건에 개입할 것인가? 사람들은 이에 대해 회의적이었다. 이 점을 의식해서인지 언론 역시 신중한 태도를 취하며 말을 아꼈고, 이런 말만 덧붙였다.

우리는 참고 자료로 본 전보를 게재한다. 하지만 이 글은 분명히 한 익살꾼의 작품이다. 아르센 뤼팽이 비록 속임수의 귀재라고는 하지만, 이처럼 유치할 정도로 오만함을 드러낼 사람은 아니기 때문이다.

또 며칠이 흘렀다. 매일 아침 사람들은 혹시나 하는 마음으로 신문을 훑어보았고, 그때마다 실망을 했다. 그래도 그들의 호기심은 날로 자라났다.

그러던 어느 날 마침내 신문 한쪽 귀퉁이에 한 통의 편지가 실렸다. 바로 아르센 뤼팽의 편지였다. 그는 매우 정확하고도 단호하게 이 사건의 실마리를 제시했다. 그의 편지 전문을 그대로 옮겨 보면 이렇다.

편집장 나리께,
제가 할 수 없을 거라 말씀하셨다죠? 제 약점을 제대로 찌르셨군요. 그런 말로 저를 부추기셨으니 저도 거기에 응할까 합니다.
하나 그전에, 생니콜라의 비극적인 사건은 애송이들과 초보들은 절대 풀 수 없는 수수께끼라는 점을 명확히해 둘까 합니다. 그리고 이 사건의 진실을 알아내는 일은 극히 간단하다는 사실을 증명하고자 지면으로 간략하게 설명 드리겠습니다.
뭐, 제 논리는 간단합니다.
사건이 상식을 벗어난 듯할 때, 다시 말해 범행이 자연스럽지 못하고 어리석어 보일 때, 많은 경우 상식 밖의 초자연적이고 초인간적인 동기들을 통해서만 설명할 수 있는 뭔가가 있는 법입니다. 제가 여기서 '많은 경우'라고 단서를 단 이유는 가장 논리적이고 가장 통속적인 사건들 속에도 터무니없는 면이 있다는 점을 인정하기 때문입니다. 허나 이번에는 사건 전체가 사리에 맞지 않는 일들뿐이었습니다.

처음 제가 이 사건에 주목한 점도 범행의 특징이 너무도 비정상적이라는 사실입니다. 우선, 자동차가 지그재그로 서툴게 운행되었다는 사실을 두고 사람들은 초보 운전자가 운전을 했기 때문이라 말했다죠? 또는 주정뱅이나 미치광이가 그렇게 했을 거라는 말도 했다지요. 모두 그럴듯한 가정입니다. 하나 그냥 미친 사람이나 주정뱅이가 겨우 몇 분 사이에 큰 바위를 집어다 불행한 여인에게 던져 머리를 짓뭉갤 정도의 힘을 가지고 있었겠습니까? 그러기 위해서는 엄청나게 힘이 센 사람이어야 합니다. 따라서 저는 사건 전체를 비정상적인 징후가 지배하고 있다는 확신을 품게 되었습니다.

희생된 여자를 죽이려면 조약돌 하나만 가지고도 충분할 텐데, 그자는 어째서 그처럼 무지막지하게 큰 바위를 옮겨왔던 걸까요? 그리고 또, 차량이 끔찍하게 전복되었을 때 어째서 살인자는 죽지 않았을까요? 아니 조금쯤은 충격을 받았을 테니, 일시적이라도 몸을 가누지 못했어야 하지 않겠습니까? 그리고 어째서 그는 사라졌던 걸까요? 그리고 어째서, 사라진 뒤에 다시 사건 현장으로 왔던 걸까요? 어째서 그는 자신이 뒤집어썼던 가죽을 던져 놓고, 또 다른 날에는 모자를, 또 다른 날에는 안경을 던져 놓았던 걸까요?

모두 비정상적이고, 불필요하고, 어리석은 행동이지 않습니까?

더욱이 그자는 또 왜 부상당해 죽어 가는 여자를 매달고 운전하여 사람들에게 그녀의 모습을 보였을까요? 왜 그녀를 차 안에 가두거나 어딘가 구석에다 처박아 놓고 죽게 내버려두지 않았을까요? 시체로 발견된 남자를 강가의 가시덤불 속에 내던져 두었던 것처럼 말입니다.

모두 비정상적이고 어리석은 짓이지요.

다 터무니없는 짓들뿐입니다. 애송이가 저지른 짓처럼 어눌하고 서투르고 일관성도 없는 데다 어리석기 그지없지요. 아니, 어쩌면 멍청하고 사납고 포악한 야만인, 아니 어쩌면 짐승이 저지른 짓은 아닐까요?

코냑이 들어 있던 술병을 한번 보시지요. 분명 병따개가 있었는데도(모피의 호주머니 속에서 찾았지 않습니까), 살인자가 그것을 사용했던가요? 네, 병마개에 분명 병따개의 흔적이 있긴 합니다만, 그자에게는 병을 따는 일이 너무 어려웠던 겁니다. 그래서 병따개 대신 돌로 술병 주둥이를 깨뜨려야 했죠.

그리고 줄곧 돌을 사용했습니다. 이 작은 단서에 주목해 주시기 바랍니다. 돌은 그자가 사용한 유일한 무기이자 유일한 도구입니다. 다시 말해, 돌은 그자가 일상적으로 사용하는 무기이자 친숙한 도구입니다. 그자는 돌로 남자를 죽였고 돌로 여자를 죽였으며 또 돌로 병뚜껑을 땄습니다.

되풀이하는 말이지만, 짐승이나 사납고 난폭한, 또는 갑자기 머리가 돈 야만인이 아니고선 그 같은 짓을 할 이가 없습니다. 그렇다면 사건의 전말은 뭐냐고요? 아! 역시 간단합니다! 운전자와 동행했던 여자가 풀밭에서 점심을 먹는 동안 그자는 차 안에 있었습니다. 암염소 가죽을 뒤집어쓰고 모피 모자를 쓴 그자는 술병을 발견하고는 주둥이를 깨뜨려서 안에 있던 술을 입에 털어 넣었던 겁니다. 이게 이번 사건의 시작이지요. 그는 술을 마시자 포악한 미치광이로 변했고, 아무런 이유 없이 되는 대로 사람을 때렸습니다. 그러고는 곧 본능적인 두려움에 사로잡혀, 아마 처벌이 두려웠겠죠, 남자의 시체를 숨겼던 거지요. 그리고 어리석게도 부상당한 여자를 납치해 도망쳤습니다. 그는 운전을 할 줄도 모르면서 차를 몰고 도망쳤는데, 그 난폭하고 초보적인 운전 솜씨 때문에 오히려 붙잡히지 않았던 셈이죠.

이 시점에서 편집장 나리는 아마도 이렇게 물으시겠지요.

〈하지만 돈은? 지갑도 털리지 않았습니까?〉

그 질문에 저는 이렇게 답하겠습니다.

〈그럼, 지갑을 털어간 이가 그자라고 어떻게 확신하십니까? 혹시 시체 냄새를 맡고 사건 현장까지 왔던 부랑자나 농부가 한 짓이 아니라고 어떻게 확신하십니까?

좋습니다. 좋아요. 여전히 선생은 제 말을 수긍하지 않겠지만, 그 짐승을 다시 발견한다면 제 말이 맞는다는 사실을 알게 될 겁니다. 그 짐승은 굽이 길 근처에 여전히 숨어 있고, 또 어쨌든 그 짐승도 먹고 마셔야 할 테니까요…….〉

〈뭐라고요?〉

〈아직도 짐작하지 못하셨습니까?〉

〈그렇다면……, 그 짐승이 아직도 그곳에 있다는 말입니까?〉

물론입니다. 증거라도 대 볼까요? 농부가 보았다는 그림자가 바로 그 증거지요. 그리고 덧붙여 말하지만, 그 농부가 데려갔다가 사라진 늑대 개 두 마리 말입니다. 범인이기도 한 짐승은 그 큰

몰로스(집 지키는 큰 개의 일종—옮긴이) 개들을 아파트에서 키우는 푸들인 양 가볍게 낚아챘을 겁니다.

그리고 땅바닥에 박혀 있던 총신 말입니다. 우습게도 그 안에 꽂이 꽂혀 있지 않았습니까? 그게 바보가 한 짓이 아니고 뭐겠습니까? 멍청이거나 기괴한 행동을 하는 사람이 아니라면……? 자, 아직도 모르시겠습니까? 통 모르시겠다고요? 그렇다고요? 그렇다면, 선생의 의문을 말끔히 씻어 드리고, 사건을 마무리하는 방법은 곧장 사건 현장으로 돌아가는 방법뿐이겠지요. 설명은 충분히 했으니까요. 이제 행동만이 남아 있죠. 자, 경시청과 헌병대 양반들이 직접 그곳에 가 봤으면 합니다. 그들에게 권총을 꼭 가져가라고 하십시오. 그리고 사건 현장에서 반경 이삼백 미터 내의 숲속을 뒤져 보라고 하십시오. 그 이상 나갈 필요도 없습니다. 하지만 고개를 숙이거나 눈을 땅바닥에 고정시키고 수색해서는 안 됩니다. 그 대신 시선을 머리 위에 두라고 하십시오. 네, 머리 위 말입니다. 가장 높이 자란 너도밤나무들과 참나무의 가지와 잎사귀들 사이를 올려다보라고 하십시오. 절 믿으십시오. 분명 그자를 발견하게 될 겁니다. 그자는 바로 그 위에 있습니다. 어쩔 줄 몰라 당황한 얼굴로, 가엾은 모습으로 그 위에 있을 겁니다. 자기가 죽였던 남자와 여자를 찾아 헤매며, 또 그들이 돌아오기를 기다리면서, 도망칠 엄두도 내지 못하면서, 자신이 무슨 짓을 저질렀는지 이해하지 못한 채로 말이죠.

저로서도 꽤 호기심이 느껴지는 사건이라 직접 가서 해결되는 모습을 보고 싶지만, 아쉽게도 여러 중대한 일들 때문에 계속 파리에 묶여 있어야 할 것 같습니다. 전 지금 매우 복잡한 사건을 처리하느라 정신이 없거든요.

그러니 법조계에 있는 저의 훌륭한 친구들에게 제가 직접 찾아가지 못하는 데 용서를 구하며, 편집장 나리에게도 각별한 애정을 담아 인사를 드리는 바입니다.

——아르센 뤼팽

신문을 읽고 난 사람들은 곧 사건이 해결될 거라며 쑥덕거렸다. 그러나 법조계와 헌병대의 양반들은 관심이 없다는 듯 어깨를 으쓱해 보였고, 뤼팽이 애써 보낸 편지도 전혀 신경 쓰지 않았다. 대신 지방에 사는 시골 귀족 네 명이 각자 총을 장전하고, 시선을 하늘에 고정시킨 채 문제의 짐승을 잡고자 사냥에 나섰다. 그들은 마치 까마귀 몇 마리 정도 사냥하러 가는 양 가벼운 마음으로 사건 현장에 갔다. 그렇게 30분 정도 숲을 뒤졌을 때, 정말로 그들은 살인범을 발견했다.

총성 두 발이 울리자, 곧 살인범이 나무에서 굴러 떨어졌다. 그는 작은 부상만 입었고, 사람들은 곧 그를 생포했다.

그날 저녁, 파리의 모 일간지는 범인 생포 사실을 전혀 모르는 채로 다음과 같은 짧은 기사를 내보냈다.

6주 전 마르세유에서 하선한 브라고프 부부가 실종되었다. 그들은 그곳에서 자동차 한 대를 빌린 이후로 소식이 끊겼다.

몇 해 전부터 호주에서 지냈던 그들 부부는 이번에 처음으로 유럽에 방문했다. 브라고프 씨는 그동안 연락을 주고받았던 파리 불로뉴 동물원 원장에게 편지를 보내, 지금까지 한번도 알려지지 않은 종에 속하는, 사람이라 불러야 할지 원숭이라 불러야 할지 모를 이상하게 생긴 동물 하나를 함께 데리고 오겠다고 알렸다고 한다.

저명한 고고학자인 브라고프 씨의 편지에 따르면, 우리는 이제까지 그 존재를 증명할 수 없었던 유인원, 아니 그보다는 〈원숭이 인간〉이라 불러야 할 종을 보게 될 것이다. 그 동물의 겉모습은 1892년 뒤부아 박사가 자바 섬에서 발견했던 피테칸트로푸스 에렉투스(Pithecanthropus erectus), 즉 직립 원인과 유사하다고 한다. 그리고 몇몇 특이한 점들이 있는데, 이를 통해 아르헨티나의 박물학자 아메히노 씨의 이론이 옳다는 사실을 증명할 수 있다고 한다. 즉, 그가 부에노스아이레스 항구의 굴착 공사 당시 발견된 두개골 조각들과 함께 디프로톰(Diprothomme)을 재구성할 수 있게 되었다.

지능이 높고, 관찰하기를 좋아하는 이 원숭이 종은 호주에 있는 브라고프 부부의 사유지에서 하인으로 일하고 있으며, 그들의 차를 청소하고 운전까지 한다고 한다.

그런데 브라고프 부부는 어떻게 되었을까? 그리고 그들과 동행한다고 했던 그 이상한 유인원은 어디로 사라졌을까……?

이제 이 질문에 대한 답이 명확하게 드러났다. 아르센 뤼팽의 편지 덕분에 사건 전말이 드러났고, 그 덕분에 범인은 사법 당국의 손으로 넘어갔다.

이제 우리는 그 유인원을 불로뉴 동물원에서 만나 볼 수 있다. 그는 동물원에 수감되어 있는데, 트루아제투알 코냑을 마셨다는 이유로 〈트루아제투알〉이라는 이름으로 불린다. 그는 분명 원숭이이긴 하지만 사람이기도 하다. 집에서 키우는 가축처럼 온순하고 지혜로우며, 가축들이 주인이 죽었을 때 그러하듯 슬픈 모습을 보이기도 한다. 그리고 그는 인간과 가장 가까운 종이라서 그런지 인간과 많은 유사성을 지니고 있다. 그는 교활하고 잔인하고 게으르고 게걸스럽고 화를 잘 내며, 특히 무엇보다 술에 무절제할 정도의 강한 집착을 보인다.

그 점만 제하면, 명백히 그는 원숭이다.

만일 그렇지 않았다면······.

그가 체포(?)된 지 며칠이 지난 후, 나는 그가 갇힌 우리 앞에 꼼짝 않고 서 있는 아르센 뤼팽을 발견했다. 뤼팽은 분명 흥미진진한 이 사건이 마무리되는 모습을 보고자 찾아왔을 것이다. 나는 그에게 나 혼자서 줄곧 생각하고 있던 이야기를 꺼냈다.

「뤼팽, 사실은 말이야······, 자네가 이 사건에 개입해 증거를 보이겠다며 손수 편지까지 쓴 사실에 그리 놀라지 않았다네」

그러자 뤼팽이 침착히 물었다.

「아! 그런가? 어째서?」

「어째서라니? 이 사건은 이미 칠팔십 년 전에 일어났던 일이 아닌가. 에드거 포가 그의 주옥같은 단편 소설들 중 하나에서 다룬 주제지. 내막이 그러하니 수수께끼는 당연히 쉽게 풀렸겠지」

아르센 뤼팽은 내 팔을 잡고 끌어당기며 물었다.

「그렇다면, 자넨 언제 그 사실을 알아차렸지?」

나는 이렇게 실토했다.

「자네가 보낸 편지를 읽다가······.」

「특히 내 편지의 어느 부분에서 그랬나?」

「끝 부분쯤이지」

「끝 부분쯤이라? 아, 그럼, 내가 사건의 의도를 분명히 밝힌 뒤부터였겠군. 그렇군. 이번 사건은 서로 다른 상황들이 맞물리면서 우발적으로 일어난 사건이지. 하지만 각 상황의 범인이 동일하다는 사실을, 자네를 포함한 모든 이에게 알려 줄 필요가 있었어. 가만히 지켜만 보고 있으려니 통 해결될 기미가 보이지 않더군. 그래서 나는 편지를 보내 사건을 증명할 수밖에 없었지. 비록 간간이 미국의 대문호가 즐겨 썼던 어휘들을 사용했지만 말일세. 자, 자네도 알겠지만 사실 내 편지가 그래도 전혀 불필요한 건 아니지 않았나? 게다가 사람들에게도 이미 알고 있었으나 잊어버렸던 사실들을 다시 환기해 줄 필요가 있었고……」

말을 마친 뤼팽은 뒤를 돌아보았다.

늙은 원숭이의 얼굴과 마주한 그는 이내 웃음을 터뜨렸다.

그 유인원은 흡사 철학자라도 되는 양 심각한 표정으로 어떤 생각에 잠겨 있었다…….

옮긴이 | 양진성

한국외국어대 통번역 대학원 한불과 재학 중

아르센 뤼팽 전집 15
초록 눈의 아가씨

1판 1쇄 펴냄 2003년 5월 23일
1판 5쇄 펴냄 2014년 7월 31일

지은이 | 모리스 르블랑
옮긴이 | 양진성
발행인 | 김세희
펴낸곳 | 황금가지

출판등록 | 2009. 10. 8 (제2009-000273호)
주소 | 135-887 서울 강남구 신사동 506 강남출판문화센터 5층
전화 | **영업부** 515-2000 **편집부** 3446-8774 **팩시밀리** 515-2007
홈페이지 | www.goldenbough.co.kr

© 황금가지, 2003. Printed in Seoul, Korea

ISBN 978-89-8273-432-8 04860 (15권)
ISBN 978-89-8273-417-5 (set)

㈜민음인은 민음사 출판 그룹의 자회사입니다.
황금가지는 ㈜민음인의 픽션 전문 출간 브랜드입니다.